百年の恋

篠田節子

青山智樹氏による作中育児日記はゴチックの部分です。

目次

謝辞
この作品を書くにあたり、お忙しい中を相談に乗っていただいた産婦人科医の丸元百合子先生、プレジデント編集部の鈴木直哉様ほか取材にご協力いただいた多くの方々にこころより御礼申し上げます。

百年の恋

オーク材のドアを開けたとたん、真一は居心地の悪さを感じた。

日本橋にあるその信託銀行本社ビルは、フランス人建築家の手による明治中期の建物と言われる。吹き抜けと見まごうばかりに高いロビーの天井といい、林立する大理石の柱といい、ぎしぎしと音を立てて上昇するエレベーターといい、ことさらの威圧感を与えて本来の金融目的以外の来訪者を追い払おうとしているように見える。

しかし真一の味わった居心地の悪さは、そうした威圧感によるものだけではなかった。そのビルの最上階にある応接室に招き入れられたとき、建物のいかめしい構えとは異質な、ひどく気恥ずかしいものを感じた。

それは艶《つや》めいた匂いだった。実際のところそのグリーンノートは、香水ではなくオーデコロンのもので、ビジネスの場にふさわしいさわやかな香りだったが、真一にとっては、彼を萎縮《いしゅく》させる大人の女の化粧臭さだった。

「ようこそおいでくださいました」

女が一人、パーティションの陰から姿を現すと、グリーンノートがさらに濃く立ちのぼった。

「初めまして。大林でございます」

女は微笑して頭を軽く下げる。

「どうも、お忙しいところを申しわけありません。今日はよろしくお願いいたします」と真一の傍らで、編集者の秋山泉子《せんこ》が名刺を差し出し、同行したカメラマンの峰村が自己紹介しながらやはり名刺を出す。少し遅れて真一が名刺を手に「どうも……ライターの岸田です」と言おうとしたがだめだった。

自分の名字である岸田の「き」の音が緊張すると喉に詰まってしまう。

「き、き、き……」と吃《ども》っているのをさえぎって、秋山が女に向かい取材を受けてくれた礼を重ねて言い、峰村は「インタビューの前に、お写真を撮らせていただいてよろしいでしょうか」と、三脚の足を伸ばし始める。

真一は無言のまま、テープレコーダーを取り出し、カメラの前で婉然《えんぜん》と微笑する女を盗み見る。背が高い。踵《かかと》が七センチはあろうかという靴を履いているから余計に高く見えるのかもしれないが、それにしても小柄な自分が向かい合ったら、おそらく顎《あご》くらいまでしかないだろう。スーツの腰は細く、タイトスカートからすらりと伸びた足がハイヒールに真っすぐにのっている。

真一には洋服のブランドやファッションについての知識はない。しかし女の着ているチャコールグレーのテーラードスーツが相当に高額なものだろうというのは、想像がつく。インナーの白い襟がまぶしい。その襟元からすらりと伸びた首とその上にのった顔の白さが薄暗い応接室で光を放っているように見える。アーモンド形の大きな目、細く真っすぐな鼻梁《びりよう》。後ろひとつにシニョンに結った髪は、首筋から顎にかけてのギリシャ彫刻を思わせるラインを際立たせている。

バストアップの写真を撮り終えたカメラマンの峰村がレンズを付け換えた。広角にして引いて全身を撮る気だ。そんな写真は、今回のインタビュー記事には必要ないが、体の線のきれいな女に出会うと、彼はよくそんなことをする。峰村でなくても必要以上にシャッターを切りたくなる女だろうが、真一はただただ気後れしていた。

瞼《まぶた》の上にブルーのシャドーを塗りたくった女、体にぴったりした服を着る女というのは最初から苦手だ。今、目の前にいる女の顔は、ファンデーションがうっすらとのっている程度で、三十三歳というその年齢からすると服装も髪形も極端なくらい地味だ。ビジネスの場だから、という分別以前に、若づくりはそこいらにいる安っぽい女のやることと、というこの女の気位の高さがうかがえる。そして地味な格好のはずなのに、全体の印象は息を呑むほど華やかだ。真一は無意識に後退《あとずさ》りしている。化粧が濃くなくても、キャバクラの従業員のようなスーツを着ていなくても、彼女、大林梨香子は間違いなく彼が苦手とするタイプの女だった。

撮影を終えた峰村がストロボを片付け始める。いよいよインタビュー開始だ。

女と向き合ってソファに座ると、日本人にしては色の淡い大きな瞳が快活な表情を浮かべて、真一をみつめた。

「あ……じゃ……どうも」と真一はぺこりと頭を下げた。それだけで喉がひくついてくる。

「会社には何年に入られたんですか」

メモを見ながらいきなり本題に入った。語尾が震えた。真一は決して人間嫌いではない。ただし共通の興味や同じ話題で結びついた仲間以外の人間とは、どうにも話が弾まないのだ。初対面の人間に向かって、「いやぁ、やはり同じ金融機関とはいえ、都市銀とはずいぶん雰囲気が違いますねえ。ビルディングもなかなか風格があるし」などと世間話から入ることができない。

挨拶も前ふりもなく、いきなり質問をされた大林梨香子には、しかし動じた様子は微《み》塵《じん》もない。

「九〇年です」と落ち着いた柔らかな声で答えた。

「あ、はい、九〇年、ええと……それで、普通の都市銀行ではなく、信託銀行を選んだ理由は？」

これではまるで尋問だ。隣では編集者の秋山泉子がいつでも助け船を出せる態勢で事態を見守っている。

そもそも真一は、ライターでもインタビュアーでもない。工学部出身の彼は、海外のＳＦ小説の翻訳を本業としているのだが、何しろ需要が少ない上に、業界では多くの定評ある大御所が幅をきかしており、仕事はほとんどない。ただ同然で下訳をさせてもらうことはあるが、それでは食べてはいけず、マニュアルの翻訳や科学記事のライターなど、文筆関係の仕事は何でも引き受けることで、三十になった今でも、男一人、細々と生活している。

しかし今回のような人物取材は初めてだ。以前からときおり科学記事を書かせてもらっているビジネス誌「戦略《ストラテジー》２０００」の編集者、秋山泉子から「一部上場企業の女性管理職に聞く。均等法15年」というシリーズの仕事を引き受けてくれないか、という話がきたときには、もちろん断った。

「ちょっと、そんなこと言わないで、お願いよ。今日の今日になって、松井君がおたふく風邪で倒れちゃったんだから」

松井というのは、真一と同じＳＦ同人誌の先輩にあたる男で、現在は「戦略２０００」など、いくつかの雑誌でレギュラーを持っているベテランライターだ。翻訳で食い詰めている真一をみかねて、自分の担当編集者、秋山泉子を紹介してくれた人物でもある。

「まったく三十五にもなって、おたふく風邪ですってよ。男の人だから、電話口でもヒーヒー言ってたいへん。向こうも痛いだろうけど、こっちだって往生してるのよ。ホント、笑いごとじゃないんだから。先方にアポは取ってるし、カメラマンも手配しちゃったし、頼みの綱はあなただけよ」と秋山泉子は切羽詰まった声で言った。

「すみません、ほんとうにそういうのは苦手で、僕は。たとえば平岡菜穂子とか、絹田徹子とか」

真一は電話口で頭を下げながら、人物インタビューのできそうなライターの名前をあげた。

「だめよ。連中はインタビューはするけど、記事をこっちで書かなきゃならないんだから」

「でも……」

人から話を引き出すのは得意だが、とうてい日本語とは思えない文章を書く者と、きちんとした記事は書けても、他人と話のできない者。どちらのライターを選ぶかというときの秋山の選択は後者だった。あるいは、収入の少ない自分のことを気にかけて、仕事を回してくれているのかもしれないと真一は思った。

苦手とわかっている仕事でも断りきれなかったのは、苦労人らしいこの中年編集者に恩義を感じたからでもある。

「大丈夫よ。相手は頭のいい人だから。こっちの質問意図を汲《く》み取って、的確な答えをくれるわ」

秋山はそう言い、大林梨香子のプロフィールをファックスで流してきたのだった。

「東邦信託銀行　国際営業開発部　営業開発プロジェクトマネージャー」というのが肩書だ。東大理学部数学科の大学院を修了し東邦信託銀行に入行、年金信託部で二年間、数理計算とシステム設計を行った後、アメリカの大学に社内留学し、ＭＢＡを取って戻ってきた。現在、その語学力と国際感覚を買われて国際営業開発部にいる。

経歴を見たかぎり、男も女もない。理系文系をクロスオーバーして活躍する、あきれるほど優秀で有能な人材というのがうかがえる。そのうえ会ってみれば、非の打ちどころのない容貌《ようぼう》だった。

「私が都市銀行ではなく、信託銀行を選んだ理由と申しますのは、こちらの仕事はたとえば年金部門にいたしましても、不動産部門にいたしましても、それぞれにたいへん専門性が高いということです。まるで東邦というこの会社の中に、いくつもの会社があるようなもので、それぞれの専門性の高いセクションが、お客様との関係の中で違った角度からひとつの問題に切り込んで、大きな仕事ができる面白さとでも、申しましょうか……。もちろん扱う金額も大きいということもございますが」

大林梨香子はもの柔らかに笑みを浮かべながら、理路整然と話す。ベージュ系のオレンジの口紅が艶やかで美しい。

「あ、そうですか、で、おたくの不良債権は……いや、そうじゃなかった。ええと、債券の発行に関しては……その、ええと……」

真一はますます吃り、言葉は途切れがちになった。工学部出身の真一はSFの翻訳やサイエンスライターの真似事《まねごと》ならできるが、経済はわからない。経済の中でも金融はますます疎《うと》い。しかしこちらがどんなに戸惑い、どんな愚かな言い間違いや失礼な質問をしても、大林梨香子の顔は終始、穏やかだ。その穏やかさに真一は次第に救われた気分になってきた。

知性が鋭く尖《とが》った形で表情や言葉に出るのは、どこかしら自分に自信がないからだ。大林梨香子の場合は、優秀さが確固たる自信に裏打ちされ、おっとりとした微笑や大人の女のセクシーさという形で、その物腰や顔つきに表れている。

「会議の場で、論理的で攻撃的なマネージメント論を展開するかと思えば、パーティーではウェービーヘアにスリットの入ったドレスで登場して、カトレアの花のような色香をまきちらす。常に権力の側に立ち、その方が有利と判断すれば、平然と『女』を演じる、女の姿をした男。オフィスで伝票整理に明け暮れる女性から見れば、所詮《しょせん》は違う世界の人と、憧れとともに悲しいあきらめを誘う存在で男女共同参画の趣旨からすれば有害以外の何物でもない」

以前、ライター仲間の絹田徹子が、そんなふうに断じたパワーエリートの女性とはこういう人のことだったのか、と真一は、大林梨香子の顔をあんぐりと口を開けて見ていた。

その顔を真一は美しいと感じた。パワーエリートの女性を罵《ののし》っていた絹田を始めとする、彼のまわりにいる女たちに対して抱いていた軽蔑と恐怖を、大林梨香子には抱かないですんだ。それどころかインタビューが進むうちに、緊張は次第に解けてきている。

フェミニストのライターの物言いをまつほどのこともなく、大林梨香子は真一にとっては女ではなかった。何を考えているのかさっぱりわからず、理屈の通らぬ、一足す一が二という簡単な論理もわからぬ、「女」という動物。見てくれのいい男に対しては甲《かん》高《だか》い声で媚《こ》び、真一のように背も収入も出身大学の偏差値も低い男に対しては、蔑《さげす》みの視線を顕《あら》わにし、少しでも場にそぐわぬ態度を取ったとたんに集団で愚弄《ぐろう》する。大林梨香子は、そうした「女」という意地悪で陰険な生きものではなかった。

大林梨香子は常に穏やかで、話す言葉は理路整然としており、その態度には、表面的な態度や容貌ではなく、相手の人格をきちんと認めた上で話をすすめていこうとする誠意と知性が感じられた。

「で、大林さんの今している仕事は、何ですか」

「航空機ファイナンス、と申しまして」

「飛行機？」

真一は、思わずメモ用紙から顔を上げた。

「ええ。航空会社、たとえば全日空とか日航とかで、飛行機を使いますよね。これまではそういった航空会社で飛行機をメーカーから買いとるというケースが多かったんですけど、ここに来て、各社とも、機体が老朽化してきまして。ところが、航空機の性能が良くなった分だけ価格も上がってますから、なかなか買うといっても難しいわけです。たとえばジャンボ機一機で、一億ドルもしますから。そこでメーカーと航空会社の間にリース会社が入って、リース会社が飛行機を買って、航空会社に貸し出すということをするわけです。そのリース会社は、一般の投資家の方から一部分は出資してもらい、大半は銀行が融資するという形で設立されるんですが、当行でもそのマーケットに参入しておりまして、つい最近ではフランスの航空会社への貸し出しをアレンジしたりしています」

「はあ……なんか大きな仕事みたいですね」

「実際に携わっていると大きい仕事という実感はありませんけれど、確かに今年だけで二十三億ドルのファイナンス契約が成立したわけですから、そうかもしれませんね」

「航空機の性能は確かにアップしてますよね。ジャンボ機なんかにしても、この前、見学に行ったらもうコックピットがグラス化されてて、びっくりしちゃって……」

「グラス化？」

梨香子は怪訝《けげん》な顔をした。

「あ、液晶化という意味で、昔はコックピットに計器類が並んでいましたけれど、それがすべてパソコンの画面みたいになって計器が液晶に描かれたような格好になってるんです」

「それは、どういう意味があるんですか？」

「つまりソフトウェア的に処理できるということで、ただ開発段階では、いくつか問題があって、たとえばパイロットが偏光レンズのサングラスをかけると液晶の向きと干渉しあってまったく見えなくなってしまうとかあったようです。現在ではそうした問題点は解消されていますが」

初対面の、しかも仲間以外の人間に対して言葉がすらすらと出ることに、真一は驚いていた。

「お詳しいんですね。飛行機、お好きなんですか？」

「ええ」と真一は我知らず笑みを浮かべていた。

「小学生の頃、プラモデルを作り始めたときから、好きで好きでしかたなくて。戦闘機のフォルムを見ていると、なぜこんなにきれいなんだと、ほんとに感激します。横田基地のフレンドシップデーには必ず行きますし、入間《いるま》でブルーインパルスを見られたときには、本当になんか……胸が熱くなったというか」

呪縛《じゅばく》が解けたように、言葉がすらすらと出てくる。そのときテーブルの下で、足を蹴飛ばされた。秋山泉子だ。余計なことを言って相手を気味悪がらせるんじゃない、と言いたげに真一を睨《にら》みつける。

しかし梨香子の反応は違った。その目にはそれまでのエスタブリッシュメント風の落ち着きはらった光ではなく、好奇心に彩られた無邪気な輝きがあった。

「私、横田のフレンドシップデー、行きたいと思っていたんです」

「あ、飛行機好き?」と聞いたあとで、ばかなことを口にしたと気づいた。航空機ファイナンスの仕事をしているのだから、何か仕事がらみで飛行機と基地を見たいというだけのことだろう。

「よくわからないけど、私も戦闘機の本物を見たいんです。見られますよね」

秋山がぽかんとした顔をしている。

「うん、格納庫にももちろんあるけど、F16とかが、ロープを張った中に置いてあって」

「すてき。あれ、二十メートルくらいありましたっけ」

「いや、それはF15。値段を安くするのに、エンジンを一基だけ積んでるんで、小型化してますから、十五、六メートルだと思います。あれって操縦桿《かん》が右にあるって知ってますか。まるでジョイスティックみたいに」

「どうやって操縦するんでしょう」

「普通の飛行機と変わらないです」と真一は手順を説明する。

「操縦、おできになるんですか？」

「はあ……一時、フライトシミュレーションに凝《こ》ったことがありまして、それでどうしても本物を飛ばしてみたくて、昨年グアム島の飛行機学校に行ってセスナの免許を取りました。本当は戦闘爆撃機を操縦してみたいんですが、ドッグファイトなんて一度でもできたら、そのまま撃墜されたっていい」

「あの、そろそろ」と秋山が鋭い声で口を挟んだ。

「すてき。セスナでもすてき」

秋山の姿など目に入らないように梨香子が言った。

真一は梨香子に笑いかけようとしたが、星を浮かべたようなその瞳に出会ったとたん、思わず目を伏せた。

「旅客機だけじゃなくて、戦闘機って目の前で見たいわ」

「横田、一緒に行きますか？」

そう言った瞬間、テーブルの下で再び秋山に足を蹴飛ばされた。

すかさず梨香子が言った。

「公開は七月の終わりだから」

「三カ月も先なのね」と梨香子の顔に失望の色が浮かんだ。

「あの……セスナでよかったら……」

「乗せてくださるんですか？」

「恐くないですか？」

「ぜんぜん」

秋山は呆《あき》れたような顔で、「そろそろよろしいでしょうか」と声をかけた。

「あ、はい、失礼しました」

梨香子は再び有能な女性社員の顔に戻っていた。

「いえ。こちらこそ、とんだ失礼を」と秋山が汗を拭きながら謝っている。

真一は、「それではどうも長時間、ありがとうございました」という挨拶の代わりに、

「じゃ、ども。すいません」と頭をひょこりと下げた。

応接室を出ると秋山は、小さくため息をついた。

「いや、驚いた。こんなところで航空マニアに会うなんて。しかも女性のマニアって、僕、初めて」と真一が言うと、「ばかね」と冷ややかな声で秋山は答えた。

「頭がいいのよ」

「確かに頭のいい人ですね」

「そうじゃなくて、頭がいいから、どんな人にでも話題を合わせられるのよ」

「は……」

意味がわかりかねている真一に一瞥《いちべつ》もくれず、秋山はさっさとエレベーターに乗り込んだ。

翌日の夜、旧式のパソコンを立ち上げた真一は、大林梨香子からメールが入っているのを発見した。

「こんにちは、記事は仕上がりましたか？　昨日は楽しかった。どうもありがとう。セスナ、ぜひ、乗せてくださいね」

真一は口をぱくぱくさせた。セスナに乗せてください、セスナに乗せてください、と何度も音読した。あれは社交辞令でも、愛想でもなかった。単なる話題合わせでもなかった。本気だ。彼女は本気でセスナに乗せてくれと言っている。でなければ、わざわざメールなど送ってよこしはしない。

ありがとう、ありがとう、と、今頃、おたふく風邪でうなっているであろう松井に、心の中で手を合わせた。

「やあ、こんにちは。いつでも乗せてあげます。どうせならよく晴れた日がいいでしょう」と返事を出そうとして、困ったことに思い当たった。

真一はグアム島にある飛行機学校でセスナの免許を取った。二週間という短期講座と、甘い基準で免許を乱発して、各方面から叩《たた》かれているアメリカの航空学校だ。しかし日本で免許を取得しようとすれば、数百万からの授業料がかかるのだからしかたない。年収二百万の売れない翻訳家兼サイエンスライターにそんな金はない。

授業料だけではない。日本で飛行機を飛ばすには航空クラブに入らなければならないが、それがまた金がかかる。飛行機ももちろんない。

グアムなら一回空中散歩するのに、七千円くらいしかかからない。

かといって出会ったばかりの女に「飛行機乗りにグアム島行きましょう」とは言えない。真一は、女とは海外旅行どころか、箱根にさえ行ったことはない。話の流れで「セスナに乗せてあげる」などと口走ったことを後悔した。

そのときふと、グアム島で一緒に研修を受けた折のルームメートのことを思い出した。千葉にある総合病院の院長だった。

二十代はテニスとゴルフとスキューバダイビングに凝っていたが、三十代に入ってスキューバダイビングのためにクルーザーを買い、免許を取った。三十代で水の中を制覇してみると、次は空を自由に飛びたくなって、四十歳の誕生日を機会にバカンスを兼ねて研修を受けにきた、という彼の話を真一はグアム島の合宿施設のベッドで聞いた。

金はなくても飛行機だけは死ぬほど好き、という航空マニアの研修生が多い中でその四十歳の院長は浮いていた。研修生全員から毛嫌いされていたといってもいい。万事に要領の悪い真一は、みんなに毛嫌いされた彼と同室にされ、二週間を共に過ごしたのだが、帰国した後、彼から一度だけ電話をもらった。

「いやぁ、どうしてるかね？　実は今日、セスナ152を買ったんだよ。安物だよ。ま、最初はそんなものでいいかと思ってね。しかしこっちに戻ってきてしまうと、なかなか乗る暇がなくてね。まったく貧乏、暇なしだよ、君。で、あんまり放っておくと、女と一緒で飛行機もへそを曲げるそうなんで、君、乗りたいときは電話してよ。僕は大利根《おおとね》飛行場の飛行クラブに入っているんだ。電話してくれれば、すぐ乗れるように手配しておくから、遠慮はいらんよ」

普通の人間なら、嫌味な自慢話としか受け取らないが、真一は真に受けた。日本で乗るなら、彼から飛行機を借りるしかない。

すぐに彼の病院に電話をした。話は簡単だった。何かを察したらしく、院長は真一が、何のためにセスナを操縦するのか尋ねた。

適当に質問をかわすことのできない真一は、正直に一部始終を話した。

「つまり女の子を口説くために、僕の飛行機、貸してくれってわけか？」

院長は揶揄《やゆ》するように言った。

「いえ、いえ、いえ、そんな……つまり……」

「空の上にラブホはないし、手握って操縦するわけにはいかないが、しかしだ、空はいいぞ。雲の上で口説かれたら女はイチコロだ。いいか、下りてきたら、女がまだその気になってるうちにやっちまうことだ。女なんてやっちまえば、こっちのものだからな」

そこまで言って、院長の口調は急に事務的なものに変わった。部屋にだれかが入ってきたらしい。とにかく日時が決まったら連絡するようにという言葉を残して、電話は一方的に切られた。

真一はいそいそとパソコンに向かい、梨香子への返事のメールを入れる。

翌週の日曜日、総武線の駅で降りた真一の目の前に、一台のワーゲンゴルフが止まった。運転席からサングラスをかけた梨香子が顔を出し、ゆっくりとサングラスを頭の上にずらして微笑んだ。

「あ、あ、あ……ども……」

ぺこりと頭を下げた。やはりそれ以外の言葉は出なかった。

緊張しながら助手席に乗り込む。車を持っていない真一を、この日は梨香子が飛行場まで乗せていくことになっていたのだ。

梨香子は、ほとんど化粧をしていないように見えた。しかし一見素肌のようななめらかな肌には、この前会った時より濃い色のファンデーションがのっていて、それが小麦色の素肌に見せているというのがわかる。小麦色の肌は真っ白なコットンのセーターによく映えて、前回会ったときより、ずいぶん印象が若いのは、髪をシニヨンではなくポニーテールにしてオレンジ色のシュシュでまとめているからだろう。これなら三つ年下の真一と同じくらいに見える。ぴっちりしたジーンズに包まれた印象的な腰の細さと長い足……。

真一はその姿をちらちらと盗み見ながら、胸の高鳴りを抑えかねていた。

飛行場では院長が待っていて鍵を渡してくれるはずだったが、その姿はなかった。オフィスに入ると、係員が院長の所有するセスナの番号を言って、鍵を渡してくれた。

彼はこの日、急な診療が入ってしまい、病院の従業員が代わりに鍵を届けに来たとのことだった。

「女なんてやっちまえば、こっちのもの」などと下品なことを言う男に、梨香子を引き合わせないですんだことに、真一はほっとしていた。

セスナ152は、飛行場の端にまるで自転車か軽自動車のように、無造作に用意されていた。真一はものめずらしげに機体に触っている梨香子を待たせて、コックピットの中を見る。イグニッション・スイッチをオフにして、機体や計器類を入念に見る。プリフライトチェックを終えて、操縦席に乗り込み梨香子に向かい「乗って」と声をかけた。梨香子は戸惑っている。

手を差し伸べた。初めて触れる梨香子の手は冷たくなめらかだった。

「ハーネスはきちんと締めて。それから君の前にも操縦桿があるけど、何があっても飛行中は触らないでね」

こんなとき、不思議なことに言葉はすらすらと出る。梨香子は神妙な顔で「はい」と返事をした。

プロペラ付近に人がいないことを確認して、スロットルを開く。マスタースイッチをオンにした。イグニッション・キーを差し込み回す。

爆音のようにエンジンが鳴り渡った。梨香子は少し驚いたような表情を見せ、真一に向かって目だけで微笑んだ。

飛行機はゆっくり駐機場から滑走路に滑り出ていく。いったんブレーキを踏み、最後の点検をする。

無線機に向かい「クリア、テイクオフ」と言った後、真一はスロットルをいっぱいに押し込んだ。

エンジン音が大きくなり、速度計が50ノットを示したとき、真一は操縦桿を手前に引いた。小さな機体はひらりと空に向かって舞い上がった。

梨香子が歓声を上げた。何かうれしそうにしゃべっているが、エンジンの音がうるさくて聞こえない。楽しげな様子だけが伝わってくる。

キャノピーの向こうに青空が広がっている。梨香子は再び歓声を上げる。下に何か見えたのだろう。たいして上昇したわけでもないのに、空の青さときらめきが、地上とは格段に違う。ちらりと隣を見ると目が合った。頬を上気させ、梨香子は潤んだような瞳で真一をみつめている。

「好きだ」

真一は言った。エンジン音にかき消されて、声は自分の耳にさえ届かない。だれにも遠慮せず、何も恐れず、今なら言える。

「好きだ、好きだ、好きだ」

「え……」

梨香子が怪訝な顔をしている。

「付き合ってください。地上に下りた後も、できればずっと」

「えーっ、なんて言ったの？」

悲鳴のように甲高い声で梨香子が尋ねるのが、切れ切れに聞こえる。

真一は笑って首を振った。

「君を好きだ、だれより、だれより……」

地上に下りた後も、梨香子は少し興奮していた。

「ほんとに町が、おもちゃの国みたいに見えるのね、空が透明で、鳥になった夢をときどき見るけれど、本当にそんな感じ」

目を輝かせ語るのを真一は相づちを打ちながら聞いていた。

飛行場を後にしての帰り道では、話題がA・C・クラークのことになった。真一が翻訳を試みた作家だ。真一が持っていないクラークのハードカバーを梨香子は持っているという。飛行機だけではない。もうひとつ、真一は梨香子と共通する話題をみつけた。

さっそく臨海副都心にある梨香子の家に寄り、その本を借りることになった。

梨香子の実家はもともと東京の杉並にあったが、外務官僚をしていた梨香子の父親の定年退職と同時に、両親はその家を処分して和歌山に引っ込んだという。現在は南紀白浜近くの高台に白いテラスを回した家を建て、その庭でニラやトマトを作るという、豪華で優雅な田舎暮らしを楽しんでいるらしい。

東京に残った梨香子は、海の見える単身者用の高層マンションを借りて住んでいる。

マンションの駐車場で車を降り、真一は梨香子と一緒に部屋に向かう。スニーカーを履いていても自分より背の高い梨香子の、形のいい鼻を見上げながら、真一は、院長の言葉を思い出していた。

「いいか、下りてきたら、まだその気になってるうちにやっちまうことだ。女なんてやっちまえば、こっちのものだ」

一人住まいの女の部屋。真一は唾《つば》を飲み込んだ。院長を軽蔑しながら、その言葉に呪縛されている。ぎらぎらした自分の表情を気づかれないようにと、真一は目を伏せた。

エレベーターを降りて、同じ形のドアの並んでいる廊下を歩きながら、真一は緊張のせいか喉の渇きを覚えた。

やがて梨香子はそのドアのひとつに鍵を差し込んだ。

「じゃ、待っててね。すぐに本、とってくるから」

そう言うと、梨香子は細く開けたドアの隙間《すきま》から、するりと中に入ってしまった。かちりと鍵のかかる音がする。

真一は自分の期待が外されたことを知った。それはいい。しかし鍵までかけることはなかろうと思う。上げてくれとは言わないが、せめて玄関ホールで待たせてくれてもよさそうなものだ。

まもなくドアが細く開き、まずクラークの原書が差し出され、続いて梨香子の体が出てきた。

「あの」

真一は口ごもりながら言った。

「水、ほしいんですが」

他意はない。それを口実に上がりこもうなどという意地汚い目論《もくろ》みはまったくなかった。単純に喉が渇いていた。考えてみれば操縦を終え、鍵を返して飛行場を出たきり、缶ジュース一本、口にしていない。

「あ、ごめんなさい。今」と梨香子はまた細くドアを開け体を半分中に入れて、真一を振り返った。

「コーラ？　午後の紅茶？　桃の天然水？」

「いえ、水」

「ミネラルウォーター、買ってないの」

「だから水道の水」

「ここ、まずいんだけど……」

再びドアが閉められ、鍵のかかる音がした。コーラも午後の紅茶も桃の天然水も、真一はペットボトルものは飲まない。そんなものを梨香子は冷蔵庫に常備しているのだろうか。

それにしてもいちいち鍵までかけるこの用心深さは何なのだろう。ドアの内側に入るなり押し倒しそうなぎらついた目を自分はしているのだろうか？　それとも、中に男がいるのだろうか。そんなことを思いながら突っ立っていると、グラスが差し出された。望みどおり水道水が入っている。生温《なまぬる》く、黴《か》びたようなにおいがした。確かにまずい水だ。

ふと見ると透明な水の入ったバカラとおぼしきゴブレットは曇っていて、どことなく油っぽい。指紋がべたべたとついている感じだ。

いくら水道水とはいえ、もう少しきれいなグラスで出せないものか、と首を傾《かし》げて飲み干した。

マンションの谷間にある一日中陽の当たらない真一のアパートに、梨香子がやってきたのは、それから一週間後、ゴールデンウィークの中日《なかび》だった。

借りていた本を返したいとメールを送ると、梨香子の方から、あなたの家に遊びに行きたいと電話がかかってきたのだ。

真一は戸惑った。

「どこか、近場の海かなんかじゃなくていいの？」

当然のことながら、家に来るという言葉で、真一の頭にひらめいたのは、本のことなどではない。

「あなたの家でいい」と梨香子は繰り返した。

ゴールデンウィークはどこに行っても混んでいるし、道路も渋滞している。このところ残業続きだったので、でかけるよりは家でのんびりしたいと言う。

その家がなぜ梨香子のマンションではなく、今どき家賃三万円の一日中陽の当たらない、窓枠の腐ったような、東府中《ひがしふちゅう》にある自分のアパートであるのかわからない。しかしそんなところへでも来たいと言ってくれる梨香子の気持ちがうれしく、そこで起きるかもしれない事態を思い浮かべると、真一は、甘く苦しい期待でめまいがしそうになった。

約束した時間ぴったりに梨香子はやってきた。この前より少しVネックの深いコットンセーターの胸はきれいに盛り上がり、解いてヘアバンドで留めた髪は波打って腰まで垂れている。

「おみやげ」と手渡された白い箱から、ふわりとバターの香りが漂う。

「パウンドケーキ。今朝、焼いたの」

「え……手作り」

真一は箱を受け取って、梨香子の顔を見上げた。

「あ、どうぞ、上がって」

真一の所属していたSF系の同人誌では、料理や菓子を作るのを趣味としている女の子たちがけっこう多かった。化粧気はなく、着るものも質素で飾り気はないが、彼女らは意外に家庭的で、会が終わった後などは手早く灰皿を片付け、湯呑みを洗ってから二次会の会場に行く。

そんな仲間うちの女に対してだけは、真一は恐怖心を抱かずにすんでいた。数年前、下膨《しもぶく》れの顔に分厚いレンズの眼鏡をかけ、小太りの体をピンクのトレーナーに包んだ、彼らの仲間としてはごく標準的なタイプの女に思いを寄せたことがある。彼女のハードディスクの増設を手伝った折、お礼にともらったのが手作りのアップルパイだった。しかし真一が悶々《もんもん》としているすきに、その彼女は、同人誌即売会で声をかけてきた私立高校の教員と同棲を始めてしまい、彼の恋は終わった。

一見したところ、彼の仲間の女たちとは対照的な梨香子が、彼女たちと同じような女らしい気配りを見せてくれたことに真一は有頂天になった。

パウンドケーキに包丁を入れると、バターの香りが濃く立ち上った。

「きれいにしてるのね」

紅茶とケーキを盆に載せて持っていくと梨香子は部屋を見回して言った。

「え、そう……」

部屋の隅にあるのは、大学に入って一人暮らしを始めたときに買ったビニール製のクロゼット。その隣のスチール机にはパソコンが載っている。天井近くまである本棚の本は、分野別に分けてきっちり立ててある。本棚の中段に載せているのは、十四インチの旧式のパソコンのディスプレイを転用したテレビとビデオだ。

神経質というほどではないが、真一の部屋はもともとかなり整理整頓が行き届いているから、特に大掃除をする必要はなかった。しかし梨香子を迎えるための準備は彼なりにした。

埃《ほこり》のたまった本棚の裏側に念入りに掃除機をかけ、擦《す》り切れたシーツを捨て、新しい物に買い替えた。机の上に出しっぱなしにしていたアダルトゲームの攻略本を辞書の裏側に隠し、壁に貼ってあったアニメ顔巨乳少女のポスターを剝《は》がして押し入れにしまった。

梨香子は立ち上がり、攻略本を隠した棚のそばに行った。その下段に手を伸ばした。

「懐かしい」と、スター・ウォーズのパンフレットを引き抜く。

「エピソード1、もうすぐね。友達がニューヨーク出張のついでに見てくるんだって」

「僕たちも……」

そこまで言いかけて言葉が止まった。ロードショーの始まる夏になったら見に行こうか、それともニューヨークまで見に行こうか……。

パンフレットをめくっている梨香子は、自分より三つ年上とは思えないほど可愛らしかった。

真一にも野心は十分にある。しかしこんなときどう行動したらいいのか、三十になった今もわからない。今まで、女の体に触れたことはなかった。触らせてくれる女はいなかったし、風俗に行く趣味と金はない。真一としても、ゲームの中の女の子はともかくとして、頭が悪そうで胸の大きい生身の女は苦手であったし、厚化粧の女は不潔そうで嫌だった。そしてピンクのトレーナーの下膨れの女とはそんなチャンスもなく終わった。

真一は、梨香子の首筋から落ちてくる髪を指先で摘《つま》み上げ、恐る恐るその頬にキスした。

「やだぁ。くすぐったい」

梨香子は笑って、真一の首に両手を回してきた。頬が触れあい、次の瞬間、唇が触れあっていた。

畳の上に寝かせてしまえば、五センチはあろうかという背の差も気にならない。

何もかもがあまりにあっけなかった。思春期を迎えて後の十数年の間に妄想となり、膨れ上がったものは、あっさりと実現されてしまった。すさまじくも生々しい過大な期待と、現実との落差に真一は戸惑ってもいた。しかもせっかく新しいシーツを買ってきたというのに、事は畳の上で終わっている。

男女の間で何かがあった、ということは、真一にとっては結婚を意味する。三つ年上であっても、自分より五センチも背の高い女であっても、愛情があれば心も体も戸籍も結ばれなければならないと真一は素朴に信じていた。

「何、言ってるの？　セックスしたくらいで私の人生、縛らないでくれる」とは、梨香子は言わなかった。

「入籍なんて、前近代的な風習だわ」とも「職場では、旧姓で通すわよ」とも言わなかった。

「結婚……してくれるよね」

真一が遠慮がちに言うと、返事の代わりに梨香子は、汗ばんだ体をぶつけるように抱きついてきた。

「新婚旅行は、サンフランシスコかな」と真一は、目の前にある真っ白で豊かな乳房に触れながら尋ねた。少しの間、うつぶせになっていただけで、なめらかな肌の上に畳のあとがくっきりついている。

「湯河原《ゆがわら》でいいわ」

真一の背を撫でながら、梨香子は言った。

「年に十六回も海外出張があるんですもの。オフのときまで海外に行きたくないの」

真一ははっとした。忘れていたが、彼女はやはり業界一位の信託銀行のエリート社員だったのだ。立場の違いを思い知らされた。

関係ない、と真一はつぶやいて、一瞬、脳裏をかすめた気後れとも不安ともつかないものを打ち消した。

真一が松井に「おたふく風邪は治りましたか。ところでいよいよ僕も、年貢のおさめどきが来たようです。結婚することになりました」とメールを送ったのは、その日の深夜だった。

実家への電話より松井への報告が先だった。雑誌「戦略２０００」の仕事を紹介してくれ、意図的なものではなかったにせよ大林梨香子のインタビューの仕事を真一に譲ってくれたのは、他ならぬ松井だからである。彼がおたふく風邪に倒れなかったら、梨香子と知り合うことはなかった。

松井からはすぐに返事のメールがきた。

「もう、びっくりしたよ。おめでとうございます。で、どんな人？」という問いに、真一は梨香子の職業や名前はもちろん、馴《な》れ初《そ》めさえ伏せたまま、「三つ年上のキャリアウーマン。僕より背が高いけど、飛行機が大好きでクラークの『前哨《ぜんしょう》』を原文で読んでいる人」という返事のメールを送った。

ひょっとして梨香子の気が変わって破談になったら、という不安がぬぐいきれず、真一は相手の素性を明らかにすることができなかった。

新タイプのハイブリッドカーの製作発表を取材するために、真一が晴海《はるみ》に出掛けたのは、それから一週間ほどしてからのことだった。

メモを片手に真一がエンジンの仕組みやボディの材質についての質問を終えて帰ろうとしたとき、背後から、「ちょっと、タクシンじゃない」と呼び止められた。

振り返ると、ライターの平岡菜穂子と絹田徹子が立っている。「戦略２０００」では、ときおりライターを集め、特集チームを組んで仕事をさせるのだが、そのメンバーだ。

科学技術やコンピュータがらみのアプローチは真一が引き受け、彼女ら女性ライターは担当者のインタビューや一般の人々の声を拾うことが多い。

同じチームには、山崎慎一というライターがいて、経済物に強い彼が、たいてい中心となる記事を書いている。そちらはヤマシンと呼ばれ、岸田真一はキシシンではなく、オタクのシンイチ、すなわちタクシンと呼ばれている。真一は一度、「オタク」という呼び方は失礼だと抗議したことがある。すると彼女たちは「マッドシンイチ」だの「フリークシンイチ」だのと呼び始め、結局、他のメンバーの間に定着している「タクシン」に戻ってしまった。

「ねえねえ、ちょっと不穏当な噂が広がってるんだけどさ」と絹田徹子が、頬骨ばかり目立つ痩せた顔に、意地悪な笑みを浮かべて近付いてきた。

「結婚、するって、本当ですか」

絹田は四十過ぎの彼女には馴染み深い、昔の歌のメロディーを口ずさんでみせた。

「あ……う……」と真一が口ごもっていると、菜穂子が低い鼻からずり落ちてきた眼鏡を上げながら言った。

「年上のキャリアウーマンだって？」

「なんでそんなことを知っているの」

驚きはしたが、真一は無意識ににやついている自分に気づいた。

「メール、入ったもーん」と菜穂子が答えた。

「我らがタクシンが、ついに結婚することになったのだ。相手は年上。長身にして有能なエグゼクティブウーマンらしいぞ」

そんな文面のメールが、松井から仲間のライターに回ったらしい。松井は真一のプライベートな重要事を躊躇《ちゆうちよ》も遠慮もなく公開してしまったのだ。

「でもって、キャリアウーマンって、何やってる人？　学校の先生？　プログラマー？　どっちにしてもＳＦ関係者でしょ」

「銀行」

真一は短く答えて立ち去ろうとした。

「テラー係のお嬢さん？」

絹田徹子が追いすがってきて尋ねた。

「いや。信託銀行。国際営業開発部の営業開発プロジェクトマネージャー」

えっという言葉とともに、女二人が顔を見合わせた。

「じゃあ、経済が専門の人？」と菜穂子が尋ねた。

「出身は、理学部だけどね」

「どこの？」

「東大……」

うっ、と二人揃《そろ》って絶句する様を、真一は心地よく眺めた。

「あの、ちょっと聞いていい？」

絹田が尋ねた。

「いったいどうやって、そんな人を捕まえたわけ？」

「別に」と真一は、絹田のアイラインを太く引いた目から視線をそらせ、さめた口調で続けた。

「女なんて、やっちまえば、こっちのものですからね」

吃らずに言葉はすらすらと喉から出た。

そう言ってみたかったのだ。一生に一度の大見得を切ってみたかった。真一の顔さえ見れば、ばかにしたような口をたたく、高慢で下劣な女どもに、一泡吹かせてやりたかった。

その場の勢いで口にした言葉だったが、この「やっちまえば……」発言は、その後メールに乗って業界内をかけめぐることになる。

他の男の言葉なら、女性たちの怒りを買うところであるし、男性たちからは嫌味だという理由で敬遠されるはずだが、なぜか真一の口から出たということで、この極めて差別的な発言も失笑を買ったに留まった。

「やっちまえば……」に対する大方の反応は、「いったいどんなレベルの女がひっかかったものやら」というものだった。

自分が仲間うちで「三低」と呼ばれていることを知ったのは、それからまもなくしてからのことだ。バブルが弾けて表立って三高男を求める声はなくなったが、結局のところ絹田徹子や平岡菜穂子はもちろん、他のメンバーも相変わらずそうした硬直した価値観を持ち続けていたらしい。

だから君たちは結婚できないんだよ、と真一は、低い鼻に横皺《よこじわ》を寄せた菜穂子の意地悪そうな笑顔と、無理なダイエットで心同様にぎすぎすした絹田の体を思い浮かべる。

梨香子は彼女たちとはまったく違う。他人をみつめる目はいつも優しく、その態度にも言葉遣いにも、人間として、一人の男として、自分を尊敬する気持ちがあふれている。

「三低」というあざけりの言葉は、たとえ冗談でも、梨香子の口からは出ないだろう。「三低」の後には、「タクシンのフィアンセは仕事こそできるが、普通の男なら洟《はな》もひっかけないような年増のブスの大女」という噂が広まった。

愛する女のことをそう言われるのは、さすがに腹に据えかねたが、所詮は品性下劣な連中の言うこと、と相手にしないことにした。

年と身長の差はともかくとして、梨香子の年収が自分の四倍もあることを真一が知ったのは、結納を交わした六月のことだった。そして学歴は双方とも大学院修了だったが、真一がスポーツでのみ有名な私学の出身であるのに対し、梨香子は東大だ。

どれもこれもが、本質的なことではない、と真一は自分に言い聞かせた。年齢も背も出身大学も、人間性には関係ない。収入はいずれ逆転するに違いない。

プロポーズから結婚までは、驚くべき速さで進んだ。九月生まれの梨香子は、誕生日が来る前に結婚式を挙げたいと主張したのだ。出会ってから四カ月しか間がなかったが、「あなたとの年の差が三つだけのうちに結婚したい」という梨香子の言葉はいじらしく、真一は何をおいても彼女の願いを叶《かな》えてやりたいという気持ちにさせられた。

八月はちょうど式場も空《す》いていて、申し込むとすぐに予約が取れた。五月の終わりには和歌山にある梨香子の両親の家に挨拶に行き、了解を取った。梨香子には弟が一人いるが、商社マンの彼は、中国の大連に赴任中で、姉の結婚式には出られそうにない。

いずれにしても三十も半ば近い長女の結婚について、いまさら注文をつけられはしないと、はなからあきらめているのか、それともほっとしているのか、梨香子の家族は結婚後に住む場所についても、真一の職業についても、結婚式を挙げる会場についても、ほとんど口を差し挟んでこなかった。

一方、真一の方は、とうに父は亡くなり、母は郷里の茨城で長男一家と住んでいる。これまた定収のない次男の結婚について指図できる立場ではない。

式や結婚生活に関するあれこれは若い二人の判断にまかされた。しかし実際のところ、住まいや式場の決定から始まり、洗濯機の機種の選択まで、すべての準備は真一ひとりの判断で進められていった。

招待状の印刷を頼むときも、引出物を決めるときも、梨香子は自分の希望を簡単に伝えただけで、その場にいなかった。休日だというのに、フランス語が堪能《たんのう》だという理由から、来日した取引先の社長夫妻の観光案内を命じられたのだ。

真一が選んだ引出物や、電気洗濯機を一目見た梨香子は、「まあ、すてきね。もちろん気に入ったわよ」と、うれしそうに笑っただけだった。

梨香子には、結婚式のための準備をする時間はほとんどなかった。激務の中で、結婚式と新婚旅行のための休暇を確保するだけが精一杯だ。かわりに真一が、原稿を書く合間をぬってやりくりする。それどころか新居についてさえ、不動産屋を二人で回ろうと約束したその日、急な出張が入り、梨香子はロンドンに出かけてしまった。

勤め先まで一時間以内で通えて、生活に便利な町という梨香子の出した条件の下に、真一は住宅情報誌をめくり、一人で不動産屋を回った。

収入のある梨香子は家賃については、条件を出していない。場合によってはマンションを買ってもいいと言う。しかし真一は、賃貸住宅に住み、家賃は一月十万円以内、と決めていた。年収八百万の梨香子と年収二百万の自分がマンションを購入するとしたら、銀行や不動産屋でどんな対応をされるのか想像がつく。また賃貸にしても、家賃の高い豪華マンションで暮らすのは、やはり自分にとって無理が多いような気がする。不自然なことはしたくないし、プライドが許さなかった。

しかし家賃が十万円以内で、日本橋にある東邦信託銀行の本社まで通えるようなところを探すのは難しい。都心に近いという条件から選べば、駅から遠い。そうでなければ駅までのバスの便が悪く、しかも渋滞する。駅から近い物件は都心から特急で五十分以上かかる。

あるいは鈍行しか停まらないから途中駅での乗り換えが煩雑だ。そうした条件をクリアした物件でも、現地に行ってみると駅前にさびれた果物屋と大衆食堂が一軒ずつあるきり、梨香子の出した「生活に便利な町」という条件からはほど遠い。

ようやく中野駅から徒歩十五分のところに条件に合うマンションを見つけたので、こんどこそはという期待を持って出向いてみると、築二十年の建物の廊下はコンクリートが波打ち、空き部屋の目立つ典型的な欠陥マンションで、黒々として荒れ果てたたたずまいは、今はなき九龍城を彷彿《ほうふつ》とさせた。

一日歩き回り、疲れ切って戻ってきたところに、梨香子から国際電話が入った。

「おはよう。今、ブレックファストミーティングが終わったところ。これからもう一つ、会議が入ってるのよ。私の企画を提示することになってるの」

生き生きとした梨香子の口調に気圧《けお》されるように、真一は我知らず疲れた不機嫌な声を出していた。

「ところで、家だけど、君の言うようなところ、十万以下じゃみつからないよ」

「あら、別に、家賃なんか、十二、三万だっていいじゃない。私の今いるところだって、十三万なんだから、二人で住めば安いものじゃない」

穏やかな明るい調子で、梨香子は言った。

「そうかもしれないけど」

真一は口を尖らせた。言葉は出ない。心のうちにあるわだかまりをどのように伝えたらいいかわからなかった。

「ごめんね」

不意に、梨香子は言った。優しく陰りを帯びた声だった。

「え……」

「真一さんばかりに、たいへんな思いをさせて。本当にごめんね」

「あ……え……」

あやうく涙が滲《にじ》みそうになった。瞬時に自分の人間としての器の小ささを思い知らされた。

「いいんだよ……そんな。別にそんな意味で言ったんじゃないんだから」

つまらないプライドから、とうていありえないような物件を探していた自分のおろかさに気づかされた。

「自分の家なのに、私、何もできなくて……」

「だからいいんだって。こんなのは、そのときできる人間がすればいいことなんだ。そうだろう、気にすることなんか、ないんだよ。君はロンドンでの仕事をきっちりすればいいんだ」

「ありがとう」

電話を切った後も、胸の底がいつまでも温かかった。自分は世界一幸せな男だと思った。良き伴侶《はんりょ》を得て、翻訳家としての将来も開けていくような気がした。

翌日、家賃を十三万まで引き上げた条件で探してみたところ、調布《ちょうふ》に理想的なマンションがみつかった。通勤時間帯にのみ開かれるホームのいちばん端の改札口を使えば、駅まで一分で、しかもビルの中を通り抜ければ雨にも濡れない。２ＳＬＤＫで、七十平方メートルと広く、北側の一部屋が納戸になっているので、真一の持っているたくさんの本を収納するのに都合がよい。

十日間の出張を終え、梨香子が戻ってきたとき、真一はすでに契約まで済ませていた。清掃業者が入ったばかりのマンションの十二階の部屋に案内すると、開け放った西側の窓から近所にある神社を見下ろした梨香子は「まあ、すてき」と歓声を上げた。そして真一の方を振り返り、両肩をだきしめて、「すてきよ、すてき。真一さんって、どうしてこんなに私の好みをわかっているの。本当にありがとう」と頬をすりよせてきた。

その言葉を聞ければ満足だった。一人で悩みながら情報誌をめくり、この数日間、締め切り間近の原稿を抱えながらも足を棒にして物件を探した苦労が報われたような気がした。

結局のところ結婚のために梨香子がしたのは、イギリスのメーカーへウェディングドレスと、二次会用のカクテルドレスを注文することだけだった。

家探しや電化製品の購入など、肝心なことをする暇さえなかったのに、一回きりしか着ないドレスのために、何度もファックスのやりとりをする梨香子の気持ちは真一にはわからない。

しかし夏の終わりに迎えた式の当日、真一は、そのイギリス製ドレスに身を包んだ梨香子の姿に陶然とした。

真一の親戚も、仕事の関係者も、SF同人誌の仲間たちも、花嫁の美しさに息を呑んだ。

開いた襟刳《えりぐ》りから見える鎖骨とまばゆく白い背中、細いウエスト。そしてトレーンを引いたドレスのラインは長身の梨香子によく似合い、まるで映画の一シーンのようだった。映画と違うのは、隣にいる真一との組み合わせだけだが、本人にとっては気にならない。

梨香子の上司は「まさに才色兼備のお嬢さん」と讃《たた》え、友人は「仕事ができる上に、こんなすてきな花嫁姿を見せてくれて、私たちもがんばらなくては」とスピーチした。そして真一に対しては、「こんな美しく、しかも仕事もできる人を」「すばらしい女性を」という賛辞が送られたが、相手が梨香子であるかぎり、だれの目からみても結婚式用の社交辞令には見えなかった。

「すんげえ、ナイスバディ」

キャンドルサービスの折、テーブルについていた松井が、耳打ちした。

「美人だよね、驚いた」

弾んだ声で真一の肩を叩いたもう一人のシンイチ、山崎慎一の目は声と裏腹に笑ってはいなかった。

二次会には、この結婚について真一にさんざん中傷の言葉を浴びせかけたライター仲間の女たちもやってきた。

ホテルの小宴会場を借りてのセミフォーマルな会だというのに、絹田徹子はサンドレスのような木綿のワンピースを着ている。平岡菜穂子のビーズつきのブラウスは、アンティックと言えば聞こえはいいが、早い話が古着で、下はこともあろうに足にぴったりしたブルージーンズだ。

ほかの女たちもサマーニットのセーターやキャミソールドレスといったくだけた服装で、失礼を承知の上での確信犯的ドレスダウンだった。

まもなく着替えを終えた梨香子が会場に現れた。オレンジ色のカクテルドレスに身を包んだ梨香子が、会場の人々一人一人に頭を下げ、短く礼の言葉を言いながら近付いてくる。

絹田と菜穂子が絶句した。

「あれって、本当に、タクシンの花嫁？」

絹田徹子が半信半疑のように真一に囁《ささや》いた。

驚きといまいましさのにじみ出た口調で、

「きれいな人ね」と菜穂子が言う。

「あ、そう？」と真一は、軽くいなした。

「あたしたち、こんな格好できちゃって……」

ようやくそのときになって、菜穂子が自分の無礼に気づいたように言った。

「だって、案内状に平服でお越しくださいって書いてあるから、恥かいちゃったじゃないの」と絹田が、自分の非常識を棚に上げて、非難がましい目で真一を見る。

梨香子は彼女たちのテーブルにやってきた。

「岸田梨香子です。いつも真一さんがお世話になっているそうで、真一さんともどもこれからもよろしくお願いします。仲良くしてくださいね」

柔らかな口調で挨拶されたとたん、絹田はその美しさと肩書に圧倒されたように視線

をそらせ、平岡菜穂子は卑屈な微笑を浮かべ、ぺこぺことお辞儀をした。挙げ句に、

「あの……今度、ぜひお話を聞かせてくださぁい」と媚びてみせる。

絹田たちのテーブルを離れ、真一は梨香子と連れ立って、彼女の学生時代の仲間のところに挨拶にいく。

「よかったね、梨香子ちゃん。本当に、ほっとしたよ」と花嫁の肩を叩いたのは、学部の三年生のときに司法試験に合格し、現在弁護士をしている岡本という男だ。梨香子と同じ理Iで入学し、一年生の冬にドラマを見て突然弁護士になりたいと思いたち、理科系の勉強をしながら、司法試験の現役合格を果たしたという、奇跡のような頭脳の持ち主だ。

「とられたみたいで、本心は悔しいよ」と言ったのは、学生時代、彼女と同じボランティアグループでストリートチルドレンの問題に取り組んでいたという大蔵官僚の堂島だ。なんでも地方の税務署長を経て、この春本省に戻ってきたばかりだということだった。

「翻訳家だと大林さんにうかがいましたが、どういった分野ですか」

岡本が真一に尋ねた。

「小説です。ＳＦで……」

真一は何人かの作家の名前をあげた。岡本は感心したような顔で、大きくうなずく。

「なんかわからないけど、格調高いな」

「翻訳する作品は自分で選ぶわけですか」

堂島が尋ねる。

「ええ、原書で読んでみると、ぜひ自分の手で訳したいと思う作品はあるけど、ただ、僕のレベルだと、まだなかなか出版社のＯＫが出ないので。やはり名のある人の下訳がせいぜいです」と真一は正直に答えた。

「謙虚なんですね」と言ったのは、やはり梨香子のゼミの仲間で、大手新聞社の情報企画室でシステム設計に携わっている男だ。

「英語といっても、僕たちが目にするのは書類やビジネスレターだからだれでも読めるようなものだが、小説は難しいですよね。英語以前に日本語の文学的素養やセンスが必要になるでしょう」

「え……まあ、あまり考えたことはないです。文学的になどと力むとかえって、一人よがりな妙な訳ができあがったりするし、僕としてはどうやって原作者の意図を忠実にくみとって、日本語に移しかえることができるかということに力点を置いてますから」

自分の専門分野のことについて語るとき、真一は落ち着き、言葉はすらすらと出る。

「それができるって、やはり岸田さんは実力があるんだと僕は思うよ」

弁護士の岡本が口を挟んだ。

「特に我々、実務一本できた者のセンスでは、やはり読むにたえない日本語になってしまうからね」

「そんなことはないと思うけど」

東大出という言葉から真一が抱いた居丈高で嫌味な男たちというイメージは、彼らのどこにもなかった。総じて礼儀正しく、真一の翻訳業という仕事に興味を抱くと同時に、敬意を表しているのがわかる。梨香子の女性の友人がこの場に少ないのは、彼女の出身学部には女子学生がごくわずかしかおらず、いるとしてもちょうど小さな子供がいたり、妊娠中であったりして欠席者が多かったという理由による。しかしそれ以前に梨香子は男女を問わず対等な友情関係を築ける希有《けう》な女だというのが、その男友達とのやりとりで真一には理解できた。

いずれにせよ妻の仲間の中で自分が認められ、それなりの敬意を払われていることに真一は満足した。

湯河原での新婚旅行が終わり、新居を構えた調布のマンションに戻ってきたのはそれから四日後の夜のことだ。

室内には段ボールが高く積まれ、埃っぽいにおいが充満していた。引っ越してきたきり、まだ荷ほどきも済んでいないのだ。

真一が家中の窓を開け放って戻ってくると、段ボール箱に囲まれた狭い空間に旅行バッグを放り出し、梨香子は小さくため息をついて、真一の顔を見た。

三日後に、梨香子にはニューヨーク出張の予定が入っている。タイトなスケジュールの合間をぬって、彼女はなんとか式を挙げ、新婚旅行まで果たしたのだが、家の中はまったく片付いていなかった。

「とにかく」と真一は、伸び上がって梨香子の肩を叩いた。

「何か食べようよ。一息ついてから、荷ほどきを始めればいいから」

まもなく九時になろうとしていたが、夕飯はまだ済ませていなかった。幸いキッチンだけは、式の前日に真一が調理器具を揃え、湯沸かし器をセットしているので、すぐ使える状態になっている。

考えてみれば、これが二人で向き合って食べる初めての家庭の食事だ。途中で押寿司を買ったのでそれを切って、お茶でもいれようということになり、真一と梨香子はキッチンに入った。

包丁を出してから、まないたがなかったことを思い出した。引っ越しのとき、真一は自分の使っていたまないたが、傷ついて真っ黒になっているので捨てたのだった。

「どうしたの？」と梨香子が、真一の手元を覗《のぞ》き込んだ。

「まないたがない」

「買ってくればいいじゃない。前のコンビニで」

ことも〈な〉げに梨香子は言った。

「コンビニで？」と真一は、尋ねた。

「コンビニで、まないたなんか売ってたっけ？」

「売ってるんじゃないの、何でも売ってるから」

「そうかなぁ」とサイフを出して、玄関に行きかけて、真一は尋ねた。

「君が前に使ってたのでいいから、荷物から出せないかな？」

「まないたなんか、持ってなかったわ」

平然とした口調だ。

「じゃあ、どうやって料理してたの」

梨香子は不思議そうな顔で真一をみつめた。

「今は、みんな切って売ってるし、包丁使うにしたって、まないたが必要なものなんてないじゃない」

「そうだけど……」

確かに一人住まいでは、一個丸々のキャベツなど買っても余らせるだけだ。肉も魚も切り身になって売っているのが普通だから包丁さえいらない。野菜にしてもペティナイフをうまく使えば、まないたはいらない。

それでも、寿司を切るために必要なので、真一は近くのコンビニエンスストアに走った。しかし割り箸や紙コップ、グラスなどはあったが、まないたはない。店員に尋ねると、学生アルバイトとおぼしき金髪の男は、「えー、まないたぁ？」とすっとんきょうな声を上げた。

何でもあるコンビニエンスストアではあるが、まないたのようなコンビニエントでないものは置いてない。当然のことではあった。

梨香子はそんなこともわからなかったのかと、妙な気分になって手ぶらで家に戻る。

「まないたなんてなかったよ」と真一が言うと、梨香子は「あら、そう」と屈託のない調子で言いながら、ステンレスの調理台の上に包み紙を敷いて押寿司を置き、セロファンの包装の上からあっさりと切った。まないたを使わない生活が、身についている様子だ。

真一がお茶をいれていると、梨香子はビールを冷蔵庫から出しかけたが、夫が酒類をほとんど飲めないことを思い出したらしく、元に戻す。

「あ、いいんだよ」

真一が声をかけると、梨香子は笑って首を振った。

「飲んでいいったら、僕のことは気にしないで」

梨香子は黙って、真一の鼻の頭を人差し指でつつくと、真一の唇にキスをした。それで火がついてしまった。食欲よりは性欲という時が、おそらく人生の一時期にはだれにでもあるのかもしれない。今の真一がまさにそうだった。

「ちょっと、待って」

梨香子は右手で押寿司を皿に盛り付けながら、左手を真一の背筋に回してきた。真一は積み重なった段ボールの隙間に梨香子を連れ込んで抱きしめ、Tシャツをまくり上げた。

梨香子はゆっくりとしゃがみ込み、足を絡ませてくる。

「乱暴に動いちゃだめよ、雪崩《なだれ》が起きると困るから」といたずらっぽく笑いながら、積み重なった段ボールをつついてみせたが、真一はいまさら抑制などきかない。

無我夢中で梨香子のチノパンを脱がせ、最上段の段ボール箱に頭を直撃される危険など忘れて、無我夢中で動いた。

梨香子はけらけらと笑いながら、窓が開いていることを忘れたように声を上げた。

やがて放心状態になった真一を置いて梨香子はさっさと立ち上がる。脱ぎ散らかした衣服をひとまとめにして持って、風呂場に向かう。一糸まとわぬ堂々たる後ろ姿を真一はぼんやり眺める。

パルプマガジンの表紙や月刊プレイボーイのグラビアでしかお目にかかれない、極端にめりはりのある、腰高な、ヒステリックグラマーと呼ばれる見事なプロポーションだ。そんな女が自分の妻であることが、未だに信じられない。

梨香子はバスタオルを巻いた姿ですぐに風呂場から引き返してきて、旅行カバンを持って再び風呂場にいく。

「何するの？」

「洗濯」

「洗剤、どこにあるかわかるかな」

「大丈夫よ。私、持ってきたの、あるから」と梨香子は忙《せわ》しなく洗濯機のところに行く。うろうろとその後を追っていき真一は首をひねった。梨香子が取り出したのは、毛糸や絹専用の洗剤だ。

「それ、違うんじゃゃない？」と真一が言うと、梨香子は不思議そうな顔をした。

「私、いつもこれで洗っていたけど。洗剤でしょ」

「合成界面活性剤であることは変わりないけど」

「おしゃれ着洗いに、って書いてあるから、一応、全部これで洗っておけば安心だと思って」

「あの……一応、僕のＴシャツとか下着は、これで洗って」と真一は普通の洗剤を手渡した。それにしてもライター仲間には、髪の毛から衣服、食器に至るまでなんでも石けんで洗うエコロジストがいるが、木綿のＴシャツやパンツまで毛糸や絹専用洗剤で洗うという人間を真一は初めて見た。

翌日は日曜日だったがゆっくりしている暇はなかった。駅前のデパートでまないたを買ってきた後、段ボール箱が空間の半分を占拠している部屋で、二人は親戚や友人に配る新婚旅行の土産物の発送や荷物の整理、礼状書きなどに追われた。始める前はどうということもない作業のように思えたが、いざ取り掛かると住所録が不備だったり、買い忘れがあったり、梱包《こんぽう》がうまくいかなかったり、と思いのほか手間取る。

夕方になっても、まだ終わらずに少し疲れてきたとき、真一の母親が茨城の実家から電話をしてきた。途中で梨香子に代わった。

「あ、お義母《かあ》さま……ええ、お陰さまで。……いいえ、お義母さまこそ、お疲れじゃありませんでした?……ほんとにいいお湯で、のんびりさせていただきましたわ。この次はぜひ、ご一緒に。え? そんな、新婚って年でもありませんもの、遠慮なさることはありませんのよ。ええ、ええ、それはもう、ぜひ。え……写真? はい、すぐにいたしますわ。ごめんなさいね、私が、のんびり屋なものですから、本当にごめんなさい……それじゃお義母さまも体に気をつけて。お義兄《にい》さまにもよろしく」

若い女には真似のできない完璧な対応だ。

丁寧に受話器を置いた直後のことだった。

「もう、いや」

梨香子は、手にしていた土産の菓子をいきなり床に叩きつけた。

「あ……う……」

真一は、言葉を喉に詰まらせたまま駆け寄った。

「ど、ど、どうしたの、おふくろが何を言ったの？」

梨香子は無言のまま唇を嚙《か》んでいる。

「ごめん、おふくろ、田舎者だから、もしかすると気に障ることを言ったかもしれないけど、そんなつもりはないんだから……怒ったわけじゃないんだよ、茨城弁だからちょっと当たりがきついだけで、あれで普通にしゃべってるつもりなんだよ」

おろおろとしている真一の前で、いきなり梨香子は涙をこぼし始めた。

「あさってから出張なのよ」

「うん、わかってる……わかってるよ」

「あたし用意しなくちゃいけないものがたくさんあるのに……スーツもバッグも段ボールの中なのに、こんなことしてられないのに。早く結婚式の写真送れって言われたって、お土産も送らなくちゃいけないし、お礼状も書かなくちゃいけないし」

声が裏返っている。

「わかった、わかった、おふくろが結婚式の写真を送れって言ったんだろ。親戚に配らなきゃって、言われたんだね。田舎だからうるさいんだよ、そういうの」

梨香子は涙をこぼし続けた。

「ごめん、ごめん、そんなつもりじゃないんだって」

梨香子の頭を両手で抱き締め、真一はなだめる。

「荷ほどきも写真も僕がやるから、君は出張の用意をしなよ、ね」

梨香子は何か言葉にならない声を上げて、真一の貧弱な胸に顔を埋めて泣きじゃくった。十分もそうしていると、まもなく落ち着いたらしく一人で隣の和室に行った。そっと様子をうかがうと、鼻を啜《すす》り上げながら段ボールの中からアタッシェケースやパスポートなどを取り出して点検している。

真一は何がなんだかわからないまま、さきほど梨香子が床に叩きつけた土産用の菓子を拾い上げた。箱の角が潰《つぶ》れてしまって、もう他人には渡せない。

穏やかな性格で有能、そのうえプロポーション抜群でとびきりの美人。それだけではない。二人きりのときは、だれより可愛い女、のはずだった。

確かにさきほどの泣き顔も可愛いとは思った。着ているものを脱がせて、その場に押し倒したくなるほど。しかし冷静に見れば、三十を三つも過ぎた女にしては可愛いどころか幼い。三つ年上どころか、十も年下の女と結婚したようだ。

それでも気の強い女房の尻に敷かれるよりはましか、と自分に言い聞かせ、真一は土産物発送のために親戚や知人の住所をコンピュータに打ち込み、シートに印刷していく。

資料作りを始めとする出張の準備に追われる梨香子に代わって、食事は真一が作った。荷ほどきや道具の整理を真一が行っていたこともあり、台所に梨香子が入っても、何がどこにあるのかよくわからず、お茶ひとついれるにも手間取ることがわかったからだ。

翌日には、真一の持ち物の荷ほどきが終わった。彼の荷物のほとんどは本で、本棚さえ組み立ててしまえば、後は収めるだけだったのだ。それ以外には身の回りに最低限必要な物しか持っていなかったし、そうした物も引っ越し前にある程度整理し、分類して箱に収めてあったから、収納は楽だった。

しかし引っ越しのための時間もほとんど取れなかった梨香子の持ってきた段ボール箱は、未整理のまま物が詰め込まれているため、蓋《ふた》を開けたら最後、収拾がつかない。そのうえ梨香子は多趣味らしく、持ち物が異常なほどに多い。

そうした雑多な物の中で、アクセサリーとコンピュータと周辺機器だけは、丁寧に梱包されている。

六十センチ四方の箱を一つ開けて、中身を飾り棚やクロゼットに収納しただけで、梨香子はあきらめてしまった。

部屋の三方に壁を築いたように積み重ねられた段ボールを見上げて、ため息をついている妻の肩を抱きながら、真一は「ゆっくりやろう、ゆっくり。これからずっと一緒なんだから」と囁いていた。

結局、出張用のマックスマーラのスーツが、どこの箱に入っているのかわからないま ま、梨香子はその日の夜、閉店間際のデパートに行き、スーツを買ってきた。マックスマーラだけでなく、外出用の衣服一切が、とうとうみつからなかったのだ。

火曜日の早朝、ベーコンエッグとサラダを作って新妻をアメリカに送り出した後、真一は、ほっとして食卓に座り込んだ。奇妙に安らいだ気持ちになっていた。

買い置きのリンゴジュースを飲み、テレビをつけると幼児番組をやっている。見るともなくその着ぐるみの熊を眺めながら、今日は、何日なのか、と首を傾げる。北側の一日中陽の射さない部屋で暮らした日々が、遠い昔のことのように感じられる。

やはり一人がいい、という思いが、ふと心に浮かび、慌てて否定する。

気を取り直してダイニングを出て、妻の段ボール箱が積み重ねられた和室に入る。いったいこれだけの荷物をどうやって、あの単身者用住宅に収めていたのだろうか、と真一は不思議なような圧倒されるような気持ちで、積み上げられた箱を見上げる。

メゾネットの2Kだったという梨香子の部屋に、真一は入れてもらったことがない。初めて行って、一杯の水をもらったときと同様、いつもドアの外で待たされた。それも内側から鍵をかけて。まだ正式に結婚したわけでもないから、世間体もあるのだろうと思い自分を納得させてはいたが、ひょっとすると何かを隠していたのではないかという気がする。男より、もっと変なものを。

しかし梨香子の段ボールのひとつを開けたのは、その変なものをこっそりみつけてやろう、という魂胆があったからではない。一週間の出張から疲れて戻ってくる妻のことを考え、多少は片付けておいてやろうという思いやりからだった。

段ボール箱のガムテープをはがし、蓋を開けたとたん、ぎょっとした。すえたような、それでいて扇情的な匂いが立ちのぼった。

色とりどりのランジェリーやTシャツのたぐいが、丸まり、絡みあって詰め込まれている。

洗濯籠《かご》に入れておいたのを、ビニール袋にも入れず、そのまま梱包してきたらしい。

両手でそれらを取り出してみると下から雑誌のようなものが出てきた。アメリカの信用調査会社から出された報告書だ。赤いボールペンによる英語の書き込みがしてあり、読みかけらしくしおりが挟んである。しおりだけでなく、菓子のかけらまで挟み込まれていた。真一はため息をついて、汚れ物を洗濯機のところに運んでいった。

その箱には、スノードーム、使いかけのコピー用紙、ピンクのレースペーパーをあしらった少女趣味な便箋《びんせん》やナショナルトラスト運動のはがきなど、雑多なものが上下左右裏表もかまわず突っ込んであった。

真一はそれらを一つ一つ出し、彼なりの基準に従って分類し、あるものは梨香子の松材の机の上に、あるものは飾り棚に、そしてわけのわからないものは、別の箱に収めた。

二つ目の箱も似たような状態だった。汚れてダニの巣になっているようなテディベアと、白い粉末の入った袋とステンレス製の小さな輪やハートが、一緒くたに収められている。

ココナツパウダーとクッキーの型抜き器だ。真一は自分のところに以前、梨香子が持ってきたパウンドケーキを思い出した。きめ細かな、ずっしりした生地から立ちのぼったバターの香り。しかし型抜き器の端には、クッキー生地とおぼしきものが付着している。ブラシでも使って洗っておかなくては、と思いながら傍らのビニール袋にそれを放り込んでいく。

そのとき製菓材料や用具の間から、写真が出てきた。手にとってはっとした。

梨香子だ。ジーンズにポロシャツの襟を立てた梨香子は若い。まだ二十代の前半だろうか。隣で身を寄せ合うようにして座っているのは、岡本だった。あの在学中に司法試験に合格したという、奇跡のような頭脳の持ち主。髪は当時流行《はや》ったテクノカットにしているので、今とはかなり印象が違うが、歌舞伎の女形を思わせる一重瞼《ひとえまぶた》の切れ長の目といい、ほっそり通った鼻筋といい、彼に間違いない。

背景はサウナ風呂を思わせる木の壁で、梨香子たちが座っているのは二人掛けのソファだ。通称ラブチェア、と呼ばれている……。場所はどこか高原の貸別荘か、ペンションであろうと想像がつく。

真一は、箱を開けたことを後悔した。何があったにせよ、十年も前のことだ。知らなくていいことだった。だいたい三十三にもなって処女であったらそちらの方が気味が悪い。そんなことを思いながら、箱をかき回すと、今度は集合写真が出てきた。背景は同じサウナのような木の壁のものが一枚、白樺《しらかば》とおぼしき林が一枚。

男女合わせて、十四名。堂島たち、結婚式で会ったメンバーの顔も見える。

自分の狼狽《ろうばい》ぶりに思わず苦笑した。岡本と梨香子の写真についても、よく見れば二人の座っているソファの手前にあるテーブルには、複数のグラスと数本のペットボトルが写っているのだ。

意識はしていなかったが、心のどこかで岡本のことがひっかかっていたのかもしれない。梨香子との奇妙に打ち解けたやりとり、百八十センチをゆうに超える長身。そして梨香子同様、理系文系の枠組みを難なく飛び越える活躍ぶり。常識的に考えれば、梨香子には彼の方がふさわしい。

しかし岡本も堂島も、そして新聞社の情報企画室にいる男も、結婚式の二次会にやってきた彼らはすべて既婚だ。

堂島は上司の紹介である大物政治家の孫娘と、岡本は親類の世話で茶道の家元の娘と、それぞれ二十代の後半に結婚している。

確かに結婚はしているが……。それ以上考えるのはやめることにして、真一は写真を無造作に梨香子の机の上に置いた。

箱二つをさばくと、空腹感を覚えた。

電気釜《がま》から飯を鍋に移し、コンソメキューブとお湯を注いで火にかける。

昨日、いきなり梨香子が「ご飯くらい、私が炊くわ」と言い出し、失敗したものだ。内釜をセットしたきり炊飯のスイッチを押し忘れ、保温のまま米に火が通ってしまったのだ。表面はべたつき芯《しん》は残り、とうてい食べられたものではなかった。

「捨てて炊きなおす」と半泣き顔で、ビニール袋に中身をあけようとする梨香子をなだめ、真一はうどんを茹《ゆ》でて夕飯にした。

炊きそこなった飯はしばらく火を通すと、リゾット風のものになった。年収二百万前後のライター生活を何年も送ってきたので、真一は食べ物を捨てるということが、生理的にできない。できあがった〝リゾット風〟を十分程度でかき込み、手早く食器を洗った後、ほぼ二週間ぶりに、机に向かう。

考えてみれば、梨香子と一緒にいる間は落ち着いて仕事ができなかった。「ヨメさんをもらう」と世間で言うときは、男の場合、身辺の雑事から解放されることを意味するが、どうも自分の場合、やることは格段に増えたのではないか、という気がする。しかしあらためて考えてみると、夜や梨香子が会社に行った後など、時間がないことはなかった。いったい何にそんなに時間を費やしたのかわからない。ただ忙しなく、落ち着かなかった。

ぼんやりしてはいられない。翻訳系の小説誌に連載しているブックレビューの締め切りが近づいている。「戦略２０００」の仕事は生活のためにする日銭稼ぎだが、こちらの評論は彼が志している翻訳の仕事にやや近い。辞書と原書と、書評で取り上げる翻訳本を机の上に置き、真一は目を通し始める。連載は一昨年から開始したので、すでに原稿はかなりの枚数になっている。担当の話によれば、クリスマスあたりには一冊の本にまとめて出版できそうだ。

梨香子をニューヨークに送り出してから一週間はまたたく間に過ぎた。大方の段ボール箱は片づいた。

風呂を掃除し、夕食を用意し、真一は梨香子が帰ってくるのを待った。

午後の六時を過ぎ、素麺《そうめん》のつけ汁も五目の具も冷蔵庫で冷えた頃、電話が来た。

「今、成田」

ひどくくたびれた声だった。東海岸からの十五時間はさぞつらかっただろうと胸をつかれた。しばらく離れていたせいか、知り合ったばかりの頃の痛みをともなうような熱い思いがよみがえってくるのを真一は感じた。

「このまま出社して、処理しなくちゃならないことができたの。そしたらすぐに帰るから」

「え」

素麺……という言葉が、喉元まで出かかった。

「ちょっと面倒な案件が出てきて」

「あ……うん、気をつけて」

それだけ言って、受話器を置いた。小さくため息をつき、調理台に出した素麺の束に目をやる。あとは湯をわかして茹でるだけだ。

午後の九時を回っても梨香子は家に帰ってこなかった。腹が減っていたが、いつ戻って来るのかわからないので、先に食べるわけにもいかない。会社に電話を入れるのも気がひける。

十一時になると、さすがに何かあったのではないか、と心配になってきた。仕事も手につかず、パソコンのトランプゲームなどをして待つ。

十二時間近になって、ようやくインターホンが鳴った。電話があってから六時間が経過していた。

玄関の扉を開けたとたんに目に飛び込んできたのは、スーツケースとアタッシェケースを手に、目を吊り上げ仁王立ちになっている妻の姿だった。

「お帰り……」

そう言い掛けた真一を押し退《の》けるようにして梨香子は上がった。

「あの……素麺……」

真一は追いすがる。

「いらない。そんなもの」

さすがに一瞬、頭に血が上った。

「寒いのよ」

「九月に入ったばかりじゃないか」

「しょうがないじゃない。部長に連れて行かれた料亭の冷房が、めちゃくちゃに利いてたんだから」

「料亭だって？」

真一は声にならない声を上げた。海外出張帰りの女性社員をねぎらって上司が和食をふるまった。発想は自分と変わらない。ただし大企業の部長がおごるのは料亭の会席料理で、こちらが用意していたのは素麺だ。

所詮そんなものだったのかと、刻んだ薬味やおかずを三角コーナーに放り込んでしまおうかと思ったそのとき、「ねえ、熱いの食べたい。寒くって、お腹痛い」と梨香子は子供のような口調になって、真一にまつわりついてきた。

「あ、わかった、わかった」

とまどいながら真一は台所に行く。にゅうめんを作るために、いったん冷やした素麺の汁を薄めて温める。煮立った湯に素麺を入れる。

そのとき妻の部屋から、「えー、なに、これ、なんなのよ」という声が聞こえてきた。

慌ててそちらに行くと、真一が整然と並べた梨香子の本や雑誌、ぬいぐるみやＣＤ、写真などを指差し、大きな目をかっと見開いて立っている。

「どこにいっちゃったか、わからないじゃない。なんで余計なこと、するのよ」

頭蓋骨《ずがいこつ》に響くような甲高い声で叫んだ。

「いい加減にしろ」

遂に真一も怒鳴った。怒鳴るなどという行為自体が、数年ぶりだ。いや、十数年ぶりかもしれない。ばかにされても、出版社の社員に理不尽な扱いをされても、ぶつぶつ口の中でつぶやくだけで、真一は決して怒鳴ったりはしなかった。しかしここまでないがしろにされればがまんも限界だ。

「一つの箱に、いろんなものを一緒くたに突っ込んであったじゃないか。わからないもなにもあるか」

「置き場所が近いものを一緒に入れてあったのよ。すぐに出して並べられるように。何もわからないくせに、他人の物に勝手に触るの、やめてよね」

「何が近くに置いてあった、だよ。菓子と本と汚れたパンツが、一緒じゃないか」

「汚れたパンツですって」

「ああ、箱いっぱい。真ん中が黄色くなったやつが。君みたいにだらしない女は初めて見たよ」

とたんに肩先に痛みを覚えた。悲鳴のような声を上げて梨香子は真一を突き飛ばし、フローリングの廊下を駆け出していった。

「女だからって、そんなことでなんでいちいち言われなきゃいけないのよ」

奥にあるトイレに入ると、乱暴にドアを閉め甲高い声でそう怒鳴った。一瞬後に、怒鳴り声は悲鳴のような泣き声に変わった。

「泣くことないじゃないか、君の方が……」

真一は閉められたドアに手をかけ、ただうろたえていた。

ふと、玄関を入るなり、妻が不機嫌だったことを思い出した。会社で何かあったのかもしれない。

そのとき絶叫に似た泣き声とともに、何かが割れる音がした。次の瞬間、ドアと床の隙間から水が流れ出してきた。

「なんだ、おい、どうした。怪我はないか？」

怪我はないか、という言葉を合図に、ドアが開いた。

大粒の涙をこぼしながら、梨香子はいきなり真一に抱きついてきた。

「うっ」と真一は喉の奥で悲鳴を上げた。腰に鋭い痛みが走った。長身の体に抱きつかれ、さば折りの状態になったのだ。ようやく壁で体を支え、足を踏ん張る。

梨香子に怪我はないようだ。しかしその背後にある洋式便器に目をやって、真一は息を呑んだ。手前の部分が、長さ十五センチほどにわたって大破している。そばにはブロンズの一輪挿しが転がっていた。それで力任せに殴ったのだ。

「君は、なんという……」

それきり言葉が続かない。

「なんでなのよ、約束が違うじゃないの」

梨香子は泣きながら、真一の胸をげんこつで殴った。

「僕はちゃんと約束は守ってる」

真一はかろうじてそれだけ答えた。

「あなたじゃなくて、向こうがよ。ちゃんと事前に決めてたことじゃないの。アメリカの弁護士なんて、結局、白人で、プロテスタントで、男以外は人間だと思ってないんだわ、いったい何のために、私があんなところまで行ったのよ」

出張先で、何かあったのだ。

「ちょっと待って。ガスの火、止めてくる」

慌てて台所に入り、戻ってくると、梨香子は再び泣いて抱きついてきた。

真一は無言で梨香子の体重に耐えていた。

しばらく泣きわめくと、梨香子は落ち着いたらしい。真一を解放し、のろのろとダイニングに入り、椅子に座った。

すっかり伸びきった素麵に温かい汁をかけ、真一は食卓に運ぶ。梨香子は放心したように、にゅうめんを食べ始めた。料亭で何を食べてきたものか、あるいは何も食べなかったのか、物も言わずにどんぶりいっぱいのにゅうめんを平らげた。

「もう、寝なよ」

真一は梨香子の腕を取って立ち上がらせる。ベッドに連れていって寝かせ、台所に戻ろうとすると「行かないで」と梨香子が言った。

「ここにいて」

ひどく心細げな声だった。

「わかった……」

真一は引き返して、その枕元に腰掛ける。梨香子はゆるゆると手を伸ばしてきて、真一の手首を摑《つか》んだ。五分もそうしていると力が抜けて、寝息が聞こえてきた。

真一はそっと梨香子の手を外し、財布を持って外に出る。

深夜のコンビニに行き、接着剤を買ってきて、一人トイレに入る。Ｐタイルにこぼれた水を雑巾で拭き取る。便器のかけらを集め、立体ジグソーパズルのように組み立てて、本体に接着していく。

いったいこの結婚は何なのだろう、と思った。いったい自分はどういう女と結婚したのだろう。

有能で美人で、そのうえ人柄の良い、最高の女に惚れられた男が自分のはずだった。どんな女だって「やっちまえば、こっちのもの」のはずだった。

ひょっとすると自分は「やられた」のではあるまいか。

便器の接着作業が終わったとき、時計は午前三時を回っていた。

九月半ばを過ぎても、暑さはいっこうに和《やわ》らがなかった。それでも澄み切った大気にはやはり秋の気配が感じられるようになっている。

結婚と引っ越しを知らせる挨拶状も各方面に出し終え、お祝い物のお返しも済んだ。戸惑いの多い新婚生活は、いくぶんか落ち着き、真一の仕事も順調に進み始めた。

為替がからむ仕事のために、梨香子はニューヨーク市場が閉まる時間には出社していなければならない。家を出るのは朝の七時だ。妻を叩き起こし、紅茶以外いらないと言うのを、体に悪いから、と無理やりトーストと目玉焼きを食べさせて送り出す。残業や接待で、梨香子は週の半分は帰りが深夜になるから、結婚したとはいえ真一には一人でいる時間が山ほどある。それでも昼近くに起き出して仕事を始め、疲れるとゲームをし、必要以外の外出はせず明け方に寝るという、独身時代の生活は一変した。

初めの頃こそ辛かったが、慣れてしまえば午前中に辞書を引きながら原書に目を通すという生活は能率的ではある。参考書を探して読み、午後から夜にかけてはもっぱらライターとしての仕事が入っている。取材に出掛け、テープを起こし、原稿を書く。

順調な仕事は、しかし順調に収入を生むとは限らない。翻訳したものが出版される可能性は限りなく低く、一枚六千円足らずのライターのギャラは、正確な科学記事を書くための資料費やインターネットのプロバイダ料金に大半が消える。

梨香子は、真一が買い込んでくる膨大な資料にも、電話代にも一切文句は言わない。生活費の通帳に、真一と梨香子は一定額を入れ、真一が買い物をする。

野菜や肉の何倍もの額の本をそこから買うとき、真一は抵抗を覚える。そして汚れた面を平然とさらして洗濯籠に突っ込んである妻のパンティーを洗濯機に入れるとき、真一は何かが違うのではないか、と首を傾げる。

ライターの仕事に追われるようになってからは、すっかり遠ざかってしまったが、真一が高校から大学時代にかけて頻繁に出入りしていたSF同人誌の女性たちは、男にこんなことはさせなかった。合宿ではお茶をいれるのも、配膳するのも女だ。そう決めているわけではない。しかしごく自然に女の子はお茶をいれて配り、食事時には周りの男の茶わんが空になっていると、さり気なく右手を伸ばし、「おかわりは？」と尋ねてくれる。

それが女の心得だ、などと言うつもりは毛頭ない。しかしそれが女としての自然なふるまいではないか、と真一は思う。

この日めずらしく早く帰ってきた梨香子は、真一が茶わんを洗っている間に新聞を読んでいる。

おい、せめて自分の下着くらい自分で洗うか、食事を作ってもらったのであればせめて皿洗いくらいはしろ。意を決してそう言おうとしたが、梨香子が眉間《みけん》に皺を刻んで読んでいるのが日経新聞の経済面であることを知ると、その言葉ものみこまざるをえない。もしそれが彼女の仕事について重大な影響を与える記事であったりしたら、何より虫の居所が悪かったりしたら、また泣きわめき、怒って、手がつけられなくなるだろう。

そのとき電話が鳴った。受話器を取ったのは、それまで険しい顔で紙面を睨みつけていた梨香子だった。

「はい、岸田でございます。はい、いつも主人がお世話になっております。お祝いにいただいた炊飯器、使っております。ええ、とてもおいしく炊けるんですよ。炊きおこわもできるって書いてあったんで、こんど作ってみようかと思っているんです。……ええ、ほんとうにありがとうございます」

結婚祝いに炊飯器をくれた者、と言えば、担当編集者の秋山泉子だ。

なにがおいしく炊けるだ、と真一は舌打ちする。米を保温にしたまま炊いて以来、梨香子は炊飯器には指一本触れていない。

先程までとは別人のような顔で受け答えをした後、梨香子は真一に受話器を渡した。

秋山は開口いちばん言った。

「ごめんなさいね、お二人のところにお電話なんかしちゃって」

「いえ、別に」

「実は、新婚早々、酷な仕事なんだけど、出張してもらえないかしら」

「は？」

「場所はアメリカ。遺伝子組み換え作物、あるでしょ。それについてコメントを取ってきてほしいの」と秋山は説明した。

「場所はコーネル大学の研究室とか、穀物メジャーの本社とか、そうそう、モンサントの研究所が目玉なのよ。そっちの学者とか、経営者に話を聞いた上で、とにかく素人《しろうと》にわかりやすく、遺伝子組み換え作物とは、どういうものなのか、みたいなところを科学的に解説してほしいわけ。ちょっとコーディネーターをつける予算はないんで、カメラマンの峰村さんと二人で行ってくれない」

梨香子を取材したときのカメラマンだ。

「二人とも英語は不自由ないから、別にいいわよね」

「あ、はあ」

話すことは苦手だが、ヒアリングの方なら真一は何とかなる。

「いつから？」

「それが悪いんだけど、一週間後。行程は一週間」

「はあ？」

「急な話でごめんなさいね」

「いいですよ」と真一は無意識に弾む声で答えた。

初めての海外出張だ。それまで海外のＳＦ大会で作家のコメントを取ってきて雑誌に掲載したことはあるが、旅費や取材費は出してもらっていない。あくまでプライベートで行き、そこでの記事を持ち込んだだけだ。ギャラをもらってアメリカへ行くということで、梨香子に張り合えるような、どこか誇らしい気分にもなっていた。

同時に女房とは名ばかりで、手間ばかりかかる女の世話には、いささかうんざりしてもいた。新婚早々に酷どころか、一週間別れていることが、いい気分転換になりそうでもあった。

「それじゃ資料が揃い次第送るから、飛行機の中ででも読んでくれる」と言い残し、電話は切れた。

受話器を置き、梨香子に出張のことを告げると、彼女は小さく口を尖らせた。

「家帰っても、一人……」

胸をつかれた。まだ新婚一カ月目だというのに、妻をうとましく感じた自分を少し責めた。

ストレスの多い仕事なのだ、と梨香子の下瞼に浮いた隈《くま》をあらためて見やる。「戦略２０００」編集部を見ても、サラリーマン社会の理不尽さ陰険さに、唖然《あぜん》とさせられることがある。組織の中に生きるということは、フリーランスとはまた違った厳しさがあり、自分にはとうてい耐えられないと思う。それでもマスコミはまだましな方だが、梨香子の勤め先は銀行だ。さぞ息苦しいだろうと思う。自分のそばだけが、梨香子がくつろげる場所なのかもしれない。

「ごめん、たったの一週間だからがまんして」と言って、背伸びするようにして梨香子の頭を撫でた後、なぜ自分が謝らなければならないのかと、やや腹立たしい気分にもなった。

翌週の水曜日、雑誌記事などの細かな仕事を片づけた真一は日本を発《た》った。秋山から宅配便で送られてきた本やパンフレットの類《たぐい》はすべて英文で、重ねてみると厚さ五センチはある。飛行機の中だけで読み切れる分量ではなく、出発前日は徹夜して読んだ。

狭いエコノミー席で十二時間かけて、午前中ケネディ空港につき、そのまま約四百キロ離れたコーネル大学に向かう。種子のサンプルやら世界最速の遺伝子解析装置やらが所狭しと並んだ研究室を案内された後、教授に遺伝子組み換え技術についての話を聞く。

昼食を食べそこなったまま、午後七時過ぎにコーネル大学を後にし、ウェンディーズのハンバーガーを峰村カメラマンの運転するレンタカーの中で食べながら、オンタリオ湖の南を通り、オハイオを目指す。その日の深夜、バッファローの先にある国道沿いのホテルに辿《たど》りつき、ここで一泊する。

翌日早朝、ホテルを出てコロンバスにある有機農法に回帰した中規模農家と、そこから二百キロ離れたタバコ農家を取材する。その翌日、さらにハイウェイを西に向かい、インディアナポリス近くの穀物メジャーの本社に行く。あらかじめアポをとっておいたそこの広報担当から、遺伝子組み換え作物の安全性と必要性について、二時間にわたり一方的にしゃべりまくられて外に出ると、すでに日は暮れかけていた。

それでも真一にとって、外国人へのインタビューは楽だった。彼らには社交辞令も世間話もいらない。自己紹介の後に、相手がどのくらい時間が取れるか確認した後、すぐに項目別の質問に入ることができるからだ。

国道沿いのモーテルで一泊した後、ミズーリ州に入り、バイオ種子メーカーの研究所を訪ねる。最近、環境保護団体によって数億ドルの損害賠償請求訴訟を起こされたり、株価が急落したりと、とかく行く末の懸念されている会社ではあるが、広大な温室をびっしり埋め尽くしたコーンの勢いは良く、技術担当者の話も、まったく屈託がなく、いささか攻撃的だ。

その翌日はコーンベルトの真《ま》っ只中《ただなか》にある大規模農家を回って、農場主に話を聞く予定だ。最終日は飛行機でワシントンに取って返して、農務省の担当者のコメントを取ることになっていた。

連日、移動しながらハンバーガーを食べ、夕食さえ取れず夜食にずれ込むようなハードスケジュールが続いている。しかも「戦略2000」の編集部が用意したホテルにはルームサービスさえない。

疲れきった体で夜の町に出ていき、酒場やカフェでサンドイッチやポテトチップスでもつまむしかない。

「でもさぁ、岸田さんよ」

その夜、セントルイス郊外にある、ファミリーレストランのようなだだっ広い酒場のカウンターで、峰村はバドワイザーを手酌で飲みながら、舌打ちした。

「俺たちに対するこの扱いって、なんだと思う？　ニューヨークに入った後、州を七つも跨《また》いでだよ、研究所と大学と企業と農場と役所を合計八カ所も取材させて、一週間って行程は何これ？　正味四日間で回れって、だいたいふざけてると思わない？」

「あ……そう」

ばさばさのパンに脂気のないチキンハムを分厚く挟んである、冷えたサンドイッチをかじりながら、真一は生返事をする。

「あっ、そう、じゃなくてさ。あんた、秋山のおばちゃんから、いつ電話もらった？」

「一週間前」

「締め切りは？」

「今週末」

「そら、見ろ」と峰村は唇の端を歪《ゆが》めて笑った。

「思いつきの企画だったってこと？」

「そうじゃねえ」と峰村は声を荒らげた。

「企画はとっくに決まってるんだ。ところが決まっていたライターがドタキャンしたんだよ。それでおたくに話が回ったんだ。めちゃくちゃな条件だってのむ、どんな扱いされたって文句は言わねえ、使い回しのきくライターだと、甘く見られてるんだよ」

「でも……」

どこかのライターが直前にキャンセルしてくれたから、この仕事が回ってきた。真一にとっては、感謝こそすれ不満はない。

「資料は飛行機の中ででも読んでくれ、とでも言われてきたんだろ」

図星だ。

「だいたい普通なら編集担当がついてくるもんだぜ。しかも安く上げるのに国内線を使わずにレンタカーを借りて自分で運転して移動しろって、俺はカメラマンであってアッシー君じゃないっての。それも一日、百キロ、二百キロの移動じゃないんだ。一千キロだぜ、一千キロ」

「すいません。僕さえ国際免許証を持ってれば……」

「そういう問題じゃねえ」

峰村のこぶしが、カウンターを殴った。

「しかもホテルじゃなくてモーテル利用ときたもんだ。ヒルトンを取れ、とは俺は言わん。しかしホリデイ・インクラスは最低ラインだと思わないか。秋山のおばちゃんも、おばちゃんだ。デスクがしぶくってと、けろっとしてやがった」

仕事で海外に来たのは初めてなので、真一はそのあたりの事情はわからない。

「そのうえエアチケットが、格安航空券ときたもんだ」

「へえ」

「へえじゃないんだよ」と峰村は声を荒らげ、真一の飲み干したコーヒーのマグカップに、バドワイザーを注いだ。

「飲めよ、ちょっとくらい」

「いえ……僕は」

これから部屋に戻って原稿をまとめなければならない。

「つまりだよ、『戦略２０００』は、もう危ないってことだよ。最近、売れ行きが落ちてるらしい。最初の皺寄せはどこに来るかっていうと、俺たち外部のカメラマンやライターだ。逆に言うと、タイタニックの最初の浸水に気づくのが俺たちってわけだ。ドタキャンしたライターもそれで逃げ出したんだよ。そこで、俺も決断したんだ。これを最後に『戦略２０００』のレギュラーから、降りるわ」

「え……」と真一は、峰村の顔を見た。

「本気だ」

「でも……」

「俺はね、四日前に、おばちゃんから電話もらって、あしたアメリカ行けって言われたときから、ムカついていた。不愉快なことはいろいろあるけどさ、ぶっ通し十六時間運転して、今夜のお宿についたときに、キレたんだ。国道沿いにピンクだのブルーだののネオンサインが、いらっしゃいませしている安宿に、海外出張で泊まらされるって、経営状態うんぬんの問題じゃないだろ。プライドだよ」

「はあ」

プライドの問題……。平屋建ての屋根部分には確かにピンクとブルーのネオンサインで、アラモアナモーテルと派手に表示してあった。どうみても田舎の国道沿いにある日本のラブホテルだ。しかし長屋のようなつくりのアラモアナモーテルの室内は広く掃除も行き届いていて真一はさほど不満ではなかった。

プライドの問題か、と思う。彼が「戦略２０００」の仕事から降りるのは、決してタイタニックの船体が真っ二つに折れて沈む前に逃げ出そうという判断ではなく、宿泊施設の格が、峰村のプライドをいたく傷つけたからだ。

確かにプライドの高そうな男だ。大柄な体に革ジャン。ビンテージ物のジーンズとアンクルブーツ。世界的な科学者や企業のトップの写真を撮るときも、この格好で通した。美大出のアーティストとしての自負と、ポートレートを中心に撮って一流雑誌や広告会社に次々にヘッドハンティングされてきたという過去。そして男のプライド……。

今回、二千キロをゆうに超えるドライブの間、このフリーのカメラマンは、自分の身の上についていろいろ語った。妻が、松本にある著名な造り酒屋の娘であること。最近、彼の一家は小田急線沿線のマンションから、少し離れたところにある庭つき一戸建て住宅に引っ越したこと。

「何しろ、前のマンションは、住人のガラが悪くてね。娘を育てるにはよくないんだ。まだ三歳だからいいが、まもなく幼稚園に通い出すとなるとちょっと考えるだろ。そのあたりの幼稚園も学校も、子供の言葉遣いはひどいし、母親の挨拶もなっちゃいない。四年前、俺がフリーになったのをきっかけに買ったマンションだったから、それなりに愛着はある。しかし一時は億ションと言われたマンションが、最近は、元は埼玉あたりに住んでたタレントや、直木賞で一発当てた小説家なんかが入ってきたものだから、だいぶ雰囲気が変わった。彼らに金はあっても品性はない。それでこちらもなけなしの金をはたいて、一戸建てを買って引っ越したってわけだ」

「子供の教育のためだけに、そこまでやるんですか？」と真一は尋ねた。

結婚はしても、まだ子供がいないのでそのあたりはわからない。何よりまだ真一は子供に興味はない。欲しいと思わないのはもちろん、子供のために引っ越しまでする父親の行動というのは、不可解の一言につきる。

「いや、俺だってね。息子ならそこまでしないよ。でも娘なんだよ。娘っていうのは、育ちがいいってことが、大切なんだ。いいかい、岸田さん、女なんていうのはね、頭が悪くてもいいんだ。何もできなくていいんだ。おっとりと優しく育ってくれればいいと、俺は思ってる。下品で可愛げなく育ってしまったら、どうしようもない。育ちの悪い女はだめだね、いくら頭が良くても、顔が良くても。遊ぶだけならともかくとして、結婚するならやはり育ちの良い娘につきる」

早い話が、自分の妻である造り酒屋の娘、松本市内に四百坪の豪壮な屋敷を構え、万里の長城のようにどこまでも続く石塀をめぐらせた屋敷の中で育った女性を自慢したいだけだ、と真一は思った。育ちの良さという点から言えば、外務官僚の娘である梨香子だって同じようなものではあるが。

「僕は……話のできないバカ女はいやだ」

真一は、峰村の体温で蒸れた革ジャンパーのにおいと大きな体に気圧され、つぶやくように言った。

「女と話して、あんたどうする気だ」

醒《さ》めた口調で、峰村は尋ねた。

「え？」

「女と話をしてどうする気だと聞いてるんだ。口うるさい女房ほど、嫌なものはないよ。うちなんか、一切、俺の言うことに口出しはさせない。だいいち、俺もそれなりの暮らしはさせてやってるし」

最後の一言に、真一は反論の余地を失った。

それにしても、フリーとはいえ、ほぼ「戦略２０００」の専属カメラマンとして仕事をしている峰村が、そちらの仕事を断るとは、どこまで本気なのだろうか、と真一は首を傾げていた。

「このあたりに十二時を過ぎてもやってる、女性のいる店はないか？」

峰村はカウンターにいるバーテンに尋ねた。黒髪で小柄な、ラテン系の容貌のバーテンは苦笑した。

「あることはあるが、観光客だけで行くのは危険だ」と答え、顔を近づけてきて、囁いた。

「ただし、僕がついていけば安全だ。店が引けたら案内してやろうか？」

「いや」と峰村は首を振った。

「考えてみれば、もう十分に飲んでいる。せっかく君が案内するというなら、マッサージパーラーに連れていってくれ」

バーテンは峰村に何事か耳打ちした。

峰村は、真一の方を振り返った。

「岸田さん、金髪娘だってよ、金髪娘」

「いや……ぼ、ぼ、ぼ、僕はそういうのは……」

真一は慌てて首を振った。夜食を終え次第、ホテルに戻りノートパソコンで、データ原稿を作成しておかなくてはならない。この日のインタビュー録音は許可されなかったので、記憶が新しいうちに、メモを参考にしてできるだけ忠実にその内容を書き起こすつもりだった。

「せっかくのセントルイスの夜だよ、金の心配ならいらん。俺がもつ。それともそんなに女房が恐いのか？　最近、結婚したって話だけど」

その相手が、以前取材した大林梨香子だとは、彼はまだ知らない。

「いいか、女房の教育は最初が肝心だ」

「そういうことでは……」

「じゃ、なんなんだよ」

「僕、病気もらうのは、いやだ」

吐き捨てるようにそれだけ言い、二十ドル札をその場に置き、逃げるように席を立った。

「おまえが払うな、ばかやろう。伝票は秋山のおばちゃんに回すに決まってるだろ」

峰村は、追ってきて真一のジャケットのポケットに札を乱暴に突っ込んだ。そして背を向けた真一に向かって怒鳴った。

「今から尻に敷かれていると後悔するぞ」

部屋に戻った真一は、テレビをつけた。何気なくアダルトビデオのチャンネルを選択すると、相撲やプロレスとさして変わらぬ、何やらわめきながらくんずほぐれつしている、格闘技のようなセックスシーンがいきなり現れた。五分ほど見てうんざりして消した。

出張が終わったとき真一は原稿用紙にして、八十枚を超えるデータ原稿を作成していた。これを特集記事の趣旨に従い、三日以内に規定の枚数にまとめ上げなければならない。

午後、成田空港に到着し、峰村の車で新宿まで送ってもらって家に着いたときには夕方になっていた。

梨香子はまだ戻ってきていない。

玄関は埃っぽかった。それでも鍵を開けて家に入ると、ほっとして体中の力が抜けた。風呂や食事よりも、畳の上でごろりと横になりたい気分だった。

仕事で海外に行くのは、やはり気疲れするものだ。泣いて便器を叩き割った梨香子の気持ちも少しばかり理解できる。

ダイニングルームの扉を開けると、妙なにおいが鼻をついた。

テーブルの上に汚れたままのコーヒーカップが三つ載っている。客でも来たのかと思い、その一つを手に取ると縁に口紅がついている。ブラウンの混じった淡いオレンジ。梨香子の仕事用の口紅の色だ。残り二つのカップについた口紅の色もまったく同じだ。三つとも梨香子が飲んだものだった。洗うのが面倒なので、毎朝、新しいものをカップボードから出して使っていたのだ。

舌打ちして、流しに下げようとして気づいた。

彼女が飲むのは紅茶のはずだ。しかし底にこびりついた茶色のものはコーヒーのようだし、テーブルの上にはインスタントコーヒーの瓶と、空になったクリームの容器が転がっている。

何気なくテーブルの端にあるティーポットを持ち上げてみた。ずしりと重い。首をひねりながら蓋を取って、ぎょっとした。さまざまな色の毛糸くずのようなものが入っている。

その正体に気づいて、愕然《がくぜん》とした。黴《かび》だ。真一が出張する朝、紅茶をいれて二人で飲んだ。それがそのまま、丸一週間、テーブルに載っていた。ティーポットのお茶の葉を捨てるのが億劫《おっくう》なので、梨香子はインスタントコーヒーを飲んでいたのだ。

体中の力が抜けた。そのまま床に座り込んだ次の瞬間、怒りがこみあげてきた。黴びたお茶の葉の入ったポットを床に叩きつけようとして、思いとどまった。

マイセンのティーポットだった。

ロイヤルコペンハーゲンのカップ、笠間《かさま》焼の皿、バカラのグラス、萩《はぎ》焼の小鉢。

梨香子は食器に凝る。凝った挙げ句がこのざまだ。

泣きたい気分で、ティーポットに指を突っ込み、毛糸玉のように固まった茶葉をかき出して捨て、カップとポットを洗うために流しに運ぶと、案の定、ステンレスのシンクには皿が二枚、放り込んである。汚れた食器が意外に少ないのは、家でほとんど料理らしい料理をしなかったせいだろう。不燃物入れには、空になったレトルトパックが中を濯《すす》ぐこともなく無造作に突っ込まれ、異臭を放っている。

そして覚悟をしていたことではあるが、全自動洗濯機の中では、脱水された洗濯物が、干されることもなくそのままになっていた。

しかしそれに黴が生えていることまでは、覚悟のうちに入っていなかった。

もはや怒る気力もなくなり、真一は黴の生えた洗濯物に洗剤を振り入れ、再び洗濯機を回し始めた。

ぼんやりと洗濯機の回るのを見ているとめまいがしてきた。

バカ女、とつぶやいた。

大きな営業開発プロジェクトを成功させたって、話ができたってバカはバカだ。女なんて頭が悪くても、何もできなくてもいいという、峰村の言葉を思い出した。

しかし峰村の言う何もできない、というのは、こういう意味ではない。

彼は今頃、育ちの良い女房の「お帰りなさい」の声に迎えられ、風呂に入っているだろう。脱衣所には、清潔な下着と着替えが畳んで置かれているに違いない。そしてテーブルの上に並んで、彼を待っているのは、久しぶりの和食だろう。

三低、という女たちのあざけりの言葉がよみがえる。その通りだ。三底の男を梨香子が選んだ理由が、今、理解できたような気がする。自分より背丈も収入も偏差値も低い男を選んだのは、そんな男ならいかに愚弄《ぐろう》しようと、どんな扱いをしようとかまわないからだ。

疲れと怒りで、何をする気も失せて、洗濯機の前にのろのろと座り込むと、電話が鳴った。どうせ梨香子からだろうと思い放っておく。

しかしいつまでも切れない。しかたなく受話器を取ると、つい一時間ほど前に新宿駅で別れたばかりの峰村だった。

「ちょっと悪いが君の紙袋にグレンフィディック、入ってないか?」

慌てて免税売店の袋の中を確認すると、果たして買った覚えのないウイスキーの箱がある。

「俺のところには、ミッキーマウスのトレーナーとペーパーバックが来てるんだよ」

どうやら手荷物検査のところで、お互い、土産物を間違えて持ってきてしまったらしい。

「すいません」と必ずしも自分の過失でもないのに、真一は謝った。

「すぐに宅配便で送りますから、峰村さんもお願いします」

「それが悪いんだけど、今日、交換できないかな」

「今日、これからですか?」と真一は、時計を見た。

「明日の朝、ちょっと持っていきたいところがあるんだよ」と、峰村は間違えた荷物を調布市内にあるファミリーレストランまで持ってきてくれという。

祖師谷《そしがや》にある峰村の自宅から調布までは、環八通りから国道二十号を抜ければ、多少混んでいても、一時間はかからない。

言われたとおり真一は、自宅から車で五分ほどのところにある国道二十号沿いの店まで行った。

コーヒーをすすりながら待っていると、二十分ほど遅れてやってきた峰村が、真一の顔を見て、「あれ」と眉を寄せた。

「どうしたの。げっそりして。家に戻って急に気がぬけたの？」

「いや……別に」

「何があった？　一週間留守にしてる間に、新婚の女房が逃げたの？」

「そんなのなら、いいですよ」

真一が力なく首を振った。

「男でも上がり込んでいたか？」

笑いながら峰村は言う。

「その方がよほどましだ」

「どうした？」

峰村は、ふと真顔になった。

「黴が生えてた」

「何が」

「何もかも……ポットも、洗濯物も、心も」

真一はぼそりと言った。

「何、言ってんだよ。俺には話が見えない」

真一がマイセンのポットの話をすると、峰村は噴き出した。

次に洗濯機の話をすると、真顔になった。

だれにも言えなかった新婚生活の実情を真一は初めて話した。いったん話し始めると止まらなくなった。

とめどなく愚痴が流れ出した。今まで自分は耐えたのだ、と思うと、惨めで悲しく、ため息とともに涙まで出そうになった。

「ちょっと、おまえね」

峰村はさえぎった。

「それだけじゃなかったんです。妻は……」

「ちょっと、ちょっと、やめろよ」

「そもそもの間違いは」

「ばかやろう、黙れ」と峰村は手のひらでテーブルを叩いた。

「おまえね」とテーブルに片肘《かたひじ》をついて、真一の顔を眺めた。

「おまえ、何、やってるわけ？　何、悩んでるんだよ」

「だから……」

「そんな女房、叩き出せ」

峰村は大声で言った。

「叩き出したら家賃が払えないですよ」

けっ、と峰村は吐き捨てるように言った。

「たかが家賃じゃないか。別れろ」

「え……」

それだけは考えたことはなかった。

「おまえ、自分の顔、鏡に映してみろよ」

峰村は人差し指で、真っすぐに真一の鼻を指差した。

「男の顔じゃないぜ」

ぎくりとした。

梨香子と別れるとしたら……。多くのことが頭をかけめぐる。しかし実際のところ、極めて単純だ。家賃が払えなければ、元いたようなアパートに戻ればいい。元の生活に戻るだけの話で、失うものは何もない。

「いいか」と峰村は諭《さと》すような口調で続けた。

「ちょっと見回してみな、女なんていくらでもいるんだ。第一、そんな女と一緒にいたら、おまえ自身がだめにされちまう」

自分がだめにされる、その言葉は、胸にこたえた。妻の下着を洗っている惨めさ、妻に朝食を作って送り出す自分の姿の間抜けぶり。そして午後の五時になると、仕事していても落ち着かなくなりいそいそと夕食の買い物にでかける自分の習性。そうしたことに今まで、なぜ危機感を覚えなかったのだろう。

「だいたい、その愚痴がもう男としてだめになっている証拠だ」

「そう……」

「いいか。愚痴は言うな。ぐずぐず言う前に一発殴れ。それでも直らんようなら追い出せ」

自分より体の大きい、しかも感情の抑制のきかない梨香子を殴ることなど思いもよらない。ブロンズの一輪挿しで殴り返され、便器同様、自分の頭も割られて終わりだ。

しかし別れることはできる。今ならやりなおしがきく。

「プライドと自信をなくしちゃだめだよ」

峰村は、真一の目を見て、微笑した。

「女なんていくらだっているんだ。金がなくたって、チビだって、そんなのは関係ない。男の迫力があれば、女は寄ってくる」

「はあ……」と習慣的に覇気のない返事をして、真一はうなずいた。

「じゃあ、行け。ここの払いは俺がもつ」

「すいません」と真一が言って席を立つと、峰村は思い出したように尋ねた。

「いったいどこの女、拾ったんだ？」

「秋山さんからは、何も聞いてないんですよね」

「出張続きだったんで、おばちゃんとはファックスで用件をやりとりしただけなんだ。噂じゃ、銀行の女の子だって話だけど」

「東邦信銀の……」

真一は口ごもった。

「峰村さんと取材に行った、あの女性」

「あの女性って、あれ？」

峰村は怪訝《けげん》な顔をした。

「あれかぁ？　あれと結婚したぁ？」

そう言ったきり、峰村はあんぐり口を開け絶句した。

峰村と別れてファミリーレストランを出た真一は、取り換えた紙袋を持って家に向かう。中に入っているミッキーマウスのトレーナーとルーディ・ラッカーの原書は、梨香子への土産だ。

これを渡して、すべては終わる……。

決断した。

家に戻ると、玄関に取り付けられた魚眼レンズから明かりが漏れていた。梨香子が帰ってきている。

インターホンを鳴らすのと同時にドアが開いて、「おかえりなさい。どこ行ってたの」と梨香子が両手でしがみついてきた。

「スーツケースはあるのに、真一さん、いないんだもの。せっかく残業もしないで帰ってきたのに」

その半泣きの顔を真一は鼻白む思いで眺めていた。

「連れのカメラマンと土産物を間違えて持ち帰ってしまって、交換してきたんだ」と紙袋を差し出す。

「えっ、なに、私にお土産？　うれしい」

梨香子は歓声を上げて紙袋をかき回す。まるで幼児だ、と真一は、さきほど決意した肝心の一言を言い出せないまま、その様子をみつめていた。

「まあ、ミッキーマウスのトレーナー。すごくうれしい、ありがとう」ともう一度、飛び付いてきた。そしてその下から出てきた原書を手に取ると、ぱらぱらと中を読み、

「わあ、週末が楽しみ」とまた歓声を上げる。

君に話さなければならないことがある、梨香子。そう切り出すタイミングを探しながら、真一は無言で廊下に突っ立っていた。くっきりした二重の刻まれた大きな目が、真

一をじっとみつめている。

「あのね、真一さん……」

梨香子は優しく微笑んだ。

「話さなければいけないことがあるの」

先に言われてしまった。

「なに？」

「いい知らせ」

「まさか、ナイロビ支店に転勤とか……」

「ばかね、そんなところに支店はないわよ」

「東邦信銀が三菱に吸収合併されるとか……」

「違うったら」

「それじゃ……」

「赤ちゃんが、できたのよ」

真一はぽかんとしたまま、梨香子をみつめていた。

なんと反応したらいいのかわからない。

よかった、と祝福すべきか、冗談じゃないと頭を抱えるべきか。

確かなのは、「遅かった」ということだけだ。別れを決意したのが遅すぎた。

「四カ月に入ってるのよ」

今、新婚二カ月目にようやく突入したところだ。つまり結婚前には、すでにできていたということだ。

「やっちまえば、こっちのもの」の結果だった。

「自分でまいた種……」

真一は小さく口の中でつぶやいた。文字通りの自分のまいた種。

「もう、そんなになってたのか……」

「うん」と梨香子はうなずく。

「就職してからは、生理なんてちゃんと来たことなかったから、今度も疲れがたまって遅れてるんだとばっかり思ってたの。でもあまり体がだるいんでお医者さんへ行ったら、即、妊娠だってわかった」

自分が父親になる。そんな実感はない。子供ができたとわかっても、子供などどんなものかわからない。

「ああ、うん、よかった」

一応、お定まりの言葉を言う。

「真ちゃん、あまりうれしそうじゃない……」

「いや、実感がないだけだよ」

この薄汚れた部屋に、体が縛り付けられていくような感じがする。身動きができない。もう逃げられない。峰村のアドバイスは遅すぎた。

しかしそれが妊娠の結果と考えれば、梨香子の行動や激しい感情の起伏も説明がつく。激務の上に妊娠が重なり、身辺のことを管理する体力も残っていなかったのかもしれないし、精神的にも不安定になっていたのだろう。そういうことにしておこう、と思った。

真一が、「戦略２０００」編集部にある会議室に出向いたのは、週明けの月曜日のことだった。「独立のドラマ」という特集で、真一たちはいくつかの業種を取り上げ、起業とフリーランスとして仕事を始めるにあたっての投資額や年収、成功例と失敗例などを取材することになっていた。

特集のために集められたライターは、秋山の担当しているメンバーだ。

企画自体を持ち込んだのは経済・金融問題一般に強い山崎慎一で、主に起業についての記事は、真一の先輩である松井が書き、成功した企業のトップへのインタビューは、財界に人脈を持つ絹田徹子が担当する。一方同じ独立といっても、会社員から通訳、税理士、イラストレーターなどといったフリーランスへの転向については、平岡菜穂子のインタビュー記事によって構成される。真一は松井と組んでコンピュータ関係のベンチャービジネスを取り上げ、経済から切り込む松井に対し、真一は技術的な側面から２０００年問題を絡《から》ませて書くことになった。

いつもとほとんど変わらない顔触れということもあり、記事の分担や構成を手際よく決め、打ち合わせは一時間足らずで終わった。

「でもさぁ、タクシンの担当する分量って、いつも少ないよね」

菜穂子が言う。

「う……ん」

インタビューで構成される菜穂子たちの担当部分と違い、真一が書くのは科学、技術に関する解説記事が中心となるので、正確な知識が要求され、手間がかかるわりには枚数は少ない。自然科学の用語や話題に不慣れなビジネスマンが飽きない分量で手際よくまとめなければならないからだ。労力に関わりなく、原稿枚数でギャラが支払われる「戦略２０００」の場合には、真一の取り分はいつも他のメンバーより少なかった。

「でもさ、タクシンの場合、そのへんはいいんだよな」と松井がテーブルの向かいで笑った。

「あまり忙しくなると、家事に手が回らなくなるしね」と絹田がうなずく。

出張や残業の多い妻に代わって、真一が家事の大半をしているということは、仲間うちで知れ渡っていた。

「でも、お子さんでも生まれたりすると、しばらくの間、たいへんだわね」と自らも働きながら三人の子供を育てた秋山泉子が言った。

「はあ……実はできまして」

小声で答えたつもりだった。しかし大きな会議用テーブルを挟んで松井が「なんだぁ？」と身を乗り出してきた。

「え、なに、奥さま、妊娠されたの？　何カ月？」

真一のことはタクシンと呼ぶくせに、梨香子には奥さま、とさま付けして、菜穂子が尋ねた。

「うん、四カ月……」

「月が合わないぞ」

松井が叫んだ。

「いよいよ、岸田さんもオヤジか」

独身の山崎慎一が感心したように言った。

「岸田さん」と呼ばれたのは初めてだった。打ち合わせの席でさえ、秋山以外には「タクシン」と呼ばれていた。考えてみれば梨香子と結婚してから、周りの見る目が少しずつ変わってきていたような気もする。

「おめでとう」

いつもの皮肉っぽい調子など微塵もなく絹田徹子が言った。

「ほんと、岸田さん、おめでとうございます」

今度は菜穂子までが、岸田さん、と呼んだ。

「やったじゃないですか」と山崎は丁寧語になっている。

「でも、ハネムーンベビーにしたって早くない？」と菜穂子は同意を求めるように絹田徹子の顔を見た。それから「梨香子さんに似たら、すごい優秀になりますね」と媚《こび》を含んだ調子で付け加える。

「頭だけじゃないよ、女の子ならものすごい美人だよね」と山崎がため息をつく。

「岸田さん、快挙、快挙」

松井が席を立ってきて、真一の肩をもむ。

結婚式にも増して、賛辞が降ってくる。

めでたいことなのだ、と真一は自分に言い聞かせた。自分の子供ができるというのは、これほどめでたく、称賛に値するものなのだ。喜ばなければならない。もっと、もっと、単純に。

「よかったわぁ、ホントに。ねえ、たまたま松井さんがおたふく風邪にかかってくれたおかげで、あのインタビューで知り合えたんですものね」と秋山が言うと、「おかげで、こっちは子種を失ったぞ」と松井がズボンの前を指差した。

「あなたはいいのよ、もう二人いるんだから」と秋山はそちらを振り向いて言い、真一の手を握りしめた。

「なんだか、ほっとしたわ」

その口調に聞き覚えがあった。

三日前の夜、真一は実家に電話をした。

梨香子の妊娠を告げると母は言った。「ほっとしたよ」と。

「もう大丈夫なんだね。母さん、安心していいんだね。たいしたものだよ。ほんと、たいしたものだよ。そっちの孫の顔を見られたら、もういつ死んでもいいよ」

その言葉は心にしみた。母が定収のない自分を心配していたのは知っていた。

しかし兄が跡をとってもう十年になる。内孫が三人いるから、てっきりそれで満足しているものと思っていたのだが、母にしてみると次男の方にも孫ができてようやく安心したのだ。結婚に漕《こ》ぎ着けたものの、いつ嫁に逃げられるかしれないと心配もしていたのかもしれない。

「梨香子さん、大事にしないと。まだ仕事してるの……そうだねえ、辞められないもんね」と小さくため息をついた。真一の収入の少なさを母は知っている。

それから梨香子と代わってくれるようにと母は言ったが、あいにく、梨香子は取引先の接待で、帰ってきていなかった。そのことを告げると母は「まあ」と、もう一つため息をついて電話を切った。

そして今朝、出がけに宅配便で段ボール箱が届いた。母からで、中には煮干しと梅干しが入っていた。

「ばんざーい」

ぼんやりしていると、不意に松井の大声が聞こえた。

「ばんざーい」と全員が唱和した。

「ちょっと……」

真一はとまどい、秋山や松井や絹田の顔を見た。どこにもからかいや揶揄《やゆ》の表情はない。純然たる祝福の笑顔だけがあった。

真一はどのように受け答え、ふるまったらいいのかわからなかった。ばんざい三唱のただ中で真一は、言葉はみつからないまま、愛想笑いを浮かべていた。にやにやしているうちに、喜びに実感が伴ってきた。何はともあれ、自分に子供ができる。紛れもない自分の遺伝子を受け継ぐ子供が生まれてくる。

その日、仲間と別れて家に戻ってみると、ドアの鍵が開いていた。玄関のたたきに梨香子のパンプスがある。何かひりついたような、緊張した空気を感じて真一は立ちすくんだ。

玄関のフローリングの床の上に、プラスティックのかけらのようなものが落ちている。上がって居間に行き、ぎょっとした。コードレス電話が床に叩きつけられ、壊れて転がっている。

胃がねじれるような感じがした。こめかみのあたりが痛み出す。

「リカちゃん」と小さな声で呼んでみる。

返事はない。戸が閉まったままの部屋から、かすかに回転椅子のきしむ音が聞こえる。

「梨香子ちゃん」

戸を開けた。妻はパソコンの前に座り、十四インチの画面を凝視してゲームをしていた。腐った肉のような顔をした怪物が現れ、妻は画面のそれを撃つ。夥《おびただ》しい血で壁を汚し、それは潰れた。

「梨香子ちゃん、夕飯、何にする?」

返事はない。

「リカ……夕飯」

「うるさいわね」という金切り声とともに、いきなり攻略本が飛んできて、その角がこめかみを直撃した。驚きのあまり痛みは感じなかった。

「ご飯の話なんか、しないでよ。昼間からずっと気持ち悪いんだから。こっちは、やっと戻ってきて、ゲームしてるのに」

飯よりはるかに吐き気をもよおすようなゲームを続けながら、妻は甲高い声で怒鳴った。

我慢を重ねてきた感情の糸がぷつりと切れるのを真一は感じた。

足元に落ちた攻略本を拾うと、つかつかと梨香子のパソコンに近寄り、それをキーボードの上に叩きつけた。

梨香子は悲鳴を上げた。かまわず無停電装置の脇に屈《かが》み込んでいきなりプラグを引き抜く。画面は一瞬にして真っ黒になった。

背後に梨香子のわめき声を聞きながら、家を出た。

我慢も限界だった。

「子供さえ、できなかったら」と再びつぶやいていた。

いや、本来なら結婚する前に、もう少し相手を見るべきだったのだ。女を見る目がなかった。それは事実だ。女の子と付き合ったこともない、風俗にも行ったことさえない。何も知らず親は喜び、仲間は以前とは打って変わって自分を人間扱いし始めた。だれにも本当のことは言えない。

また前のように嘲笑《ちようしよう》の的になりたくはない。

一見おとなしそうに見える犯罪者が現れる度に、そしてそれが性犯罪であればなおさら、クラスメートやライター仲間の女たちは真一のことをその容疑者名で呼んでからかってきた。「サガワクン」だの「ミヤザキ」だのと呼ばれるのは、もうごめんだった。

足は駅の方向に向かっていた。目の前にショッピングセンターがある。店頭で海藻サラダの試食販売をしている。無意識に体がそちらに向いた。

あれなら梨香子にも食べられるのではないか、と思った。妊娠四カ月まで、まったく気付かずにいた梨香子は、妊娠を告げられたとたんに、食欲が落ちた。一般に言われるような空腹時の吐き気ではなく、一日中軽い吐き気が続いているらしい。

買い物のときに、何か食べやすいものを、と探すのは、ここ二、三日のうちに習慣になっていた。ふらふらと試食の盆に近づいてから、自分は、あの女に三行半《みくだりはん》をつきつけるのだと思い、そこから離れる。

時刻は午後の七時を回り、短い秋の日はとうに暮れていた。本屋に入り、パソコン関係の雑誌を立ち読みし、ＳＦの文庫を手に取る。物理学書の前で資料をあさり外に出る。時間はあまり経っていない。

家を飛び出してみたものの、真一には時間をつぶせる場所がなかった。酒が飲めないから、行きつけの飲み屋もスナックもない。普段なら、友達のアパートに行くところだ。しかし彼らは真一が、才長《た》けて見目麗しく情けある妻と結婚し、なおかつ今、妻が身ごもり幸福の絶頂にいる、と素朴に信じている。いまさら凄惨《せいさん》な結婚生活の実態を披露する度胸は真一にはなかった。

あたりを一回りして再びショッピングセンターに戻り、海藻サラダを買った。しかし家には戻らず、同じビル内にあるファミリーレストランに入った。

家族連れで賑わっている中央部を避け、奥の壁ぎわのテーブルに座る。そこが真一の指定席だった。結婚後、家の掃除を終えた午前中、真一はノートパソコンと本を抱えて、そこに座るのが習慣になっていた。

そこでコーヒーと、ときには軽食を取りながら、二時間ほど仕事をする。以前なら外でコーヒーは飲んでも、軽食まで取ることはしなかったが、結婚後、梨香子のおかげで、少しばかり経済的余裕ができたことは認めなければならない。

先程買ったパソコン関係の雑誌を読みながらコーヒーを飲んだ。味もそっけもないコーヒーがカップからなくなると、ウェイトレスが注ぎにくる。三杯目のコーヒーが回ってきたとき、ふと家に戻らなくては、と思った。本の角が当たったこめかみに触れてみると、ずきりと痛んだ。あざになっているかもしれない。

「あの鬼嫁」とつぶやいた。

確かに鬼嫁だ。しかし鬼嫁が鬼母になったらどうしたらいいのだろう。生まれる子供が、あの電話機のように床に叩きつけられたら。

真一は小さく身震いした。

ヒステリックで、自分の身の回りのこともできない女が、子供を持ったらどういうことになるのだろう……。どうしたらいいのかわからない。両手で顔を覆っていた。指のすき間から、知るもんか、とつぶやいた。そこまでこっちが考えてやる必要なんかないじゃないか。産むのはあっちだ。

哺乳類《ほにゆうるい》の雄は子育てなどしない。あちらこちらの雌に子供をつくるだけだ。産めば女は母になる。母になって子育てする。男が手出しするから女は甘え、何もしなくなるだけだ……。そうではないのか？

気がつくと、片手にジャグを持った女が「コーヒーのおかわり、いかがですか」の言葉も出せずに、気味悪そうな顔で真一を見下ろしている。

「あ……」と顎を突き出し、頭をこくりと下げる。くださいという意味だ。コーヒーがカップに注がれるのをみて、また一つ小さく頭を下げる。

「お願いします」「ありがとう」という、ごくあたり前の言葉が、真一は出ない。何度も注意されたような気もするが、意識すればするほど言えない。タイミングがわからない。どんな口調で言ったらいいのかわからない。言おうとすると吃る。

そのときドアが勢いよく開いた。長身の女が背筋を伸ばして店内に入ってきた。梨香子だった。きょろきょろと見回し、真一をみつけるとさっそうと近づいてきた。そして真一の正面の座席にどさりと腰をおろした。

「どうして出ていっちゃうのよ」

目が潤んでいる。たちまち涙がこぼれ始める。周りの客が驚いたようにこちらをみている。

「あ……」と言ったきり、真一は言葉を失っていた。

「もう帰ってこないかと思った。ひどいじゃない」

君は自分が僕に対して何を言い、どんなことをしたのか、覚えていないのか？　妊娠しているからといって、どんなわがままでも許されると思うのは間違いだ。

言いたいことは山ほどある。しかしとっさのときに、それを言葉にするすべを真一は知らない。言葉を失ったまま、無言で海藻サラダの袋を見せた。

梨香子は、こくりとうなずいて「おなかすいた」と言った。

「帰る？」

「うん」と子供のように梨香子は真一をみつめた。

真一はゆっくり立ち上がる。

帰り道に電器屋があった。そのショーウィンドーにある電話機に、真一は思わず目を留めた。電話の子機を梨香子が壊してしまったので買い直さなければならない。

梨香子も足をとめて、飾られた電話機の方を見た。

「何があったの？」

真一は尋ねた。

「不愉快な電話がかかってきたの」

梨香子は、ぽつりと言った。いたずら電話や無言電話、墓石やエステのしつこい営業電話は、真一が一人で仕事をしているときにもかかってくる。女が出たので、さらに不愉快な言葉を浴びせられたのかもしれない。

「母が、かけてきて……」

真一は驚いて梨香子の顔を見た。

「あの……うちのおふくろ……じゃないよね」

「違うわ」

いらついたように、梨香子は首を横に振った。

実の母親の言葉に激高して、受話器を床に叩きつけたのか……。

「母と言ったら母よ、うちの」

真一は啞然として梨香子の顔を見た。

「残業は慎み、上司に頼んで、楽なところに回してもらいなさい。女のいちばんの仕事は子供を産み育てることなのよ。あなたが会社でしていることなんか、男の人でいつでも取り換えがきくことじゃないの。けれどお腹の子の母はあなたしかいないのよ。わかっているの？　出張なんて、とんでもないわ。子供の命と仕事とどっちが大切だと思っているの」

梨香子の母は、そう娘に言ったという。

正論だと、真一は思う。悲しいことには、正論をそのまま現実に当てはめる経済力が彼にはない。

「母は私と違う世界に生きている人なのよ。私が独立しようとしたときにも、猛反対したわ。女の子の一人住まいなんてとんでもないって。二十歳を過ぎた娘が、親に依存して生活していることの異常さを彼女はわかってないのよ。いつまでも子供をそばに置いておかないと、母としての彼女のアイデンティティーが保てないから。わかる？　それが専業主婦のなれの果ての姿なの」

一人住まいはしていたとしても、君の場合は独立も自立もしていなかった。あのとき気づいているべきだったのだ、と真一は、婚約時代に、彼女の家の前まで行って中に入れてもらえず、ドアの外で待たされたときのことを思い出していた。きっと室内は、汚れた衣服と茶しぶのついたカップとカップラーメンの食べがらと書籍とアクセサリーが散乱し、足の踏み場もない状態だったのだろう。しかし今そのことを口にして、無用に刺激するわけにはいかない。

真一は黙りこくって歩いていた。

「挙げ句の果てが、私の家に家事をしに来るっていうのよ」

「僕は、いいよ……。ぜんぜん」

「あたしは嫌なのよ」

低い声で、梨香子は言った。

「一人前の女が母親と一緒に買い物に行ったり、実家からおかずをもらってきたり、子供の面倒を見させたりとか、そういうのはやりたくないの」

別にいいじゃないか、それで向こうも喜んで親孝行になるんだから、一石二鳥じゃないかと、真一は思う。それを目障りだというほど、自分は度量の小さい男ではない。

妻の母親との同居。それをうるさがる男も確かにいるだろう。しかし真一はむしろ歓迎する。母親がいれば、少しは梨香子の感情の爆発が抑えられるかもしれない。今、真一が入ることを許されない梨香子の部屋も、母親なら入って片付けてくれるだろう。

そして梨香子のおよそ女とは思えない横暴さとだらしなさを叱《しか》ってくれるかもしれない。

やわらかなブラウスの上に、エプロンをかけて真一を食事に招いてくれたときの、あの母親の優しそうな顔と、上品な口調を真一は思い出していた。少なくとも梨香子にきちんと物を言い、叱ってくれるのは、今は、梨香子の実の母親しかいない。

「僕のことは、気にしないでいいよ」

「何度も言わせないで。そういうライフスタイルは、私が許せないのよ」

僕が許せないのは、君の無神経さと割れた便器だ、という言葉を真一は呑み込む。

「とにかく帰ろう」

真一は、ため息をついて梨香子の腰に手を回し、先を急がせる。

梨香子が寝ついた深夜、真一はふと思い出してパソコンの前に座り、メールをチェックした。すでに松井や菜穂子から情報が伝わったらしく、知り合いから数本、おめでとうメールが入っている。

おめでとうなのか、本当におめでたいのか？　何がおめでたいのか？

四本目のメールは松井からだ。しかしそれは「おめでとう」ではなかった。原稿の依頼だった。つい最近、「戦略２０００」では、本誌の宣伝を兼ねたメールマガジンを立ち上げた。もし反応がよければ将来的には、コンテンツを増やしていくという試みの段階であり、予算もほとんどつかない中で編集はライターの松井に、ほぼまかされた形になっている。そこで少し前に、真一は核燃料サイクルについて、簡単な科学解説記事を書いた。今回の依頼は、そのメールマガジンに編集後記のような形で、ライターたちの簡単な一言を入れたいので、それを送ってくれ、というものだった。

一言だの編集後記だのというものは、書いたことがない。当惑して電話をした。十二時を回っていたが、松井はすぐに出た。

「ちょっとした、身辺雑記のようなもので行きたいんだ。つまりどんな人たちが、このメールマガジンを作ってるかみたいな、作り手の顔が見えるようなコーナーを設けたいと思ってね」

「身辺雑記……」

真一のいちばん苦手とするものだった。自分の身辺や、ましてや自分の心情を書くなど、想像しただけで気色《きしょく》悪い。

「頼むよ、時間がないんだから」

「だって、何を書いたらいいか……」

「書くことあるだろうよ。君の場合は、人生最大の事件があったじゃないか」

「事件？」

「子供、できたんだろ」

「そんな個人的なこと……」

「だから個人的なことでいいんだよ」

電話を切ってパソコンに向かった。子供ができたと言われたって、自分の子供が存在するなんて、想像もできない。正直な話、赤ん坊なんて、可愛いと思ったことはない。

『どうも子供は好きになれない』

キーボードの上を指が走った。

『生まれたての赤ん坊など、ぎゃあぎゃあ泣き叫ぶし、ものの道理も、言葉もわからない。猿と大差ない。電車の中で騒いでいる子供など見ると、席を立ってでも車両を換える。けれど、結婚すると子供をどうするかという問題が生じてくる。

結婚当初は当惑していた。子供はいたほうが望ましいだろうが、他人の子供ですら憎らしく感じるのだ。自分の子供など想像すらできなかった。かといって子供をつくるのだとしたらできるだけ早いほうが望ましい。いかに医学が進歩したとて人は加齢からは逃れられない。健康上の理由ばかりでなく、もし、子供を三十八歳でつくったとしたらその子が順当に大学を卒業する頃に、こちらは六十歳になっているのだ。

結婚した当初は両親親族から「子供はどうするのか」とぽつりぽつりと聞かれもしたが、すぐに訊《たず》ねられなくなった。いささかデリケートな問題であるので周囲が気づかってくれたのかもしれない。

結婚してすぐの間は「できたらできたで、どうにかしよう」と、つくるもつくらないもいずれにせよ消極的だった。そもそも、妻が出産するなどとは想像できなかった。妻は信託銀行の総合職であり、男性と張り合って仕事をしている。生活も不規則で不健康。接待や会社の付き合いで日常的に酒を飲んで帰り、冷房で冷やされただけで体調を崩し、大量の風邪薬を服用して症状を抑えて出勤、過労でぶっ倒れるまで仕事を続ける。このような人間が自分の胎内で臨月まで子供を支え、産み、育てられるとは信じられなかった。

そんなおり、妻が妊娠した。駅前の産婦人科に足を運び、尿検査、超音波診断で妊娠が確定した。すでに四カ月に入っている』

今にもみぞれに変わりそうな冷たい雨が一週間近く降り続いた後、季節は急速に冬に向かっていった。

葉を落としたプラタナスの枝の間からぬけるような青さの空が望めるようになった頃、梨香子の腹はわずかずつ目立ち始めていた。

つわりは終わって、今は何でも食べられる。あと三、四カ月で、子供が生まれる。自分が父親になるという事実を実感がともなわないまま、真一は少しずつ受け入れ始めている。喜びともあきらめともつかない気持ちだった。

育児書や病院で渡された手引書、梨香子が母親学級から持ち帰ってきたテキストに目を通し、出産までのタイムスケジュールをパソコンに入れ、彼は管理している。

取材に行き、必要な本を読み、翻訳をし、記事を書くという自分の仕事の合間に、真一は子供のいるスペースを作るために、自分の本を整理する。しかし梨香子の方にどれほど母親の自覚があるのかは疑わしい。

梨香子の使っている南側の八畳間は、服と書籍とコンピュータが積み重なり、相変わらず足の踏み場もない。

「ねえ、読んだ？」

朝食のテーブルで、真一は、病院から梨香子がもらってきた手引書を差し出す。

妊娠から出産までに、母親がしておくべきことがそこに書かれていた。

部屋の片付けなどは、妊娠四カ月から五カ月の間に済ませておくこと、とある。

六カ月を過ぎてしまうと、体が重くなって、家具を動かしたり屈んだりといった作業がしにくくなる。また二、三カ月では安定していないので、流産を避けるために、そうした作業はひかえた方がよい。

梨香子はすでに六カ月を過ぎている。まもなく七カ月に突入するが、身辺はほとんど何も手がつけられていない。

梨香子は見ていたCNNニュースの画面から、ちらりと手引書に視線を移した。

「わかってるわよ」という答えが返ってくると思った。しかし梨香子は「まだ読んでない」と答えたまま、再び、MCIワールドコムによるスプリント買収を伝えるニュースに視線を戻し、トーストをかじっている。

「一応、目だけでも通しておいて」

いらついた様子の梨香子を刺激しないように、真一は慎重に言う。

「産休に入ってからね」

それからじゃ遅いという言葉を真一が発する前に、梨香子はティーカップをソーサーに置くと、バッグをひっつかみ、ばたばたと玄関に向かう。

まるで逃げていくようだ、と真一はマンションの廊下を早足で歩いていくその後ろ姿を、扉を開けたまま見守る。

妊娠そのものから逃げていくようでもあった。男がパートナーの妊娠から逃げるならわかる。しかし自分の腹に実体として子供を宿してしまう女が逃げられるものなのか、と真一は、ただただ不思議な思いがする。

バーバリーのトレンチコートを着ている梨香子の後ろ姿は、いくぶん膝が開き気味だ。一見したところでは、妊娠していることはわからないが、微妙な動作や仕草にそのことがうかがい知れる。しかし梨香子は周囲の人間には、極力、妊娠を悟られないようにしている。

梨香子が勤務している東邦信託銀行では、お腹の目立つようになった女性行員のために、ジャンパースカート型のマタニティーウェアを用意している。ひところ梨香子がスカートのホックを外しているのを見たとき、真一はそれを借りたらどうか、と言ったことがある。

「嫌よ」と梨香子は言ったきり、理由は言わなかった。

一つには制服自体が一般職の女性行員のもので、梨香子のような総合職は私服で仕事をするのが普通だからでもあるのだろう。ライトブルーのポリエステルの制服など、みっともなくて着られるものか、というステイタスへのこだわりもあろう。しかしそれ以上に、マタニティーウェア自体に梨香子は抵抗を覚えているようだ。

少し前から、梨香子はウエストの一部分にゴムが入った、ワンサイズ大きなスカートをはいている。メーカーによっては、上下が違うサイズの物が買える。Ｌサイズのスカートの上に、しっかりした仕立ての丈の長い上着を着てしまえば、お腹の膨らみはほとんどわからない。

そうしたスーツに中ヒールのパンプスを履いて梨香子は出勤する。

真一が、医学書から仕入れた知識で、いくらローヒールとソックスを履くように勧めても無駄だった。

「そんな格好で会議に出たり、取引先と交渉しろと言うの？」と梨香子は嚙みつきそうな顔で言う。

もしや梨香子は、自分の子供が生まれることを望んでいないのではなかろうか、と真一は不安になる。

妊娠の事実を真一に知らせたときは、確かに喜んでいるように見えた。しかし今となっては、わずらわしく仕事の邪魔になるものができてしまったと心の中で舌打ちしているのではなかろうか。いや、そこまでも考えてはいないのかもしれない。

妊娠の事実から目をそらし、生まれてしまった後は、赤ん坊を「三低」の亭主に押しつけ、軽くなった体で自分だけが今までどおりの暮らしをするつもりではなかろうか。

真一は、梨香子の使っている八畳間の戸を開け放つ。さんさんと射し込む朝日に、本棚の縁に真っ白に積もっている埃が見える。深夜に戻ってきて、早朝に出勤する梨香子に、この埃は見えない。見えても見えないふりをしているだけかもしれない。だから真一が掃除をしようとして、不用意に部屋の物に手をつけると怒る。いない間に部屋に入ったことがわかっただけで不機嫌になる。しかしこんな家に赤ん坊がきたら、たちまち病気になってしまう。

真一は部屋の入り口に立ちつくしたまま、その埃だらけの部屋を眺める。

もともと多かった梨香子の残業は、妊娠が判明してからさらに増えた。産休で自分の抜ける間の仕事の段取りをあらかじめ整えておかなければならないのだ、と梨香子は説明する。しかし母性保護の観点から言っても、そんな理屈は通らない。企業の方だって、そんな無理をさせるはずはない。労災だ労基法違反だなどと訴えられ、騒ぎを起こされたくないからだ。おそらく梨香子が勝手にやっていることだろう。

「理想論はいくらでも言えるわよ。でも現実に不良債権を抱えて、しかもビッグバンの後は、本格的な競争の時代に突入するわけなのよ。無能な社員は整理されて終わりよ。それどころか大型合併が続いて、役員クラスだってもうのんびりしていられないんだから」

梨香子は不機嫌に言う。

「それじゃ働く女の人が安心して子供を産み育てられる社会なんて、どこにもないじゃないか」と真一が言うと、「女子供の理屈を並べて、これ以上、私をいらいらさせないで」と怒鳴って終わりだ。

真一は、埃だらけの部屋の戸を閉める。見たくない空間だった。腹に子供を抱え、取引先や客には妊娠を知られないように気を張って残業をこなす梨香子が、くたびれていないはずはない。だから休日は、ほとんど畳の上で寝そべって過ごすのもしかたないし、出産の準備に手が回らないのも無理もない。

しかしそれだけではない。真一には、梨香子の残業もまた、「女子供の理想論で仕事はできない」というよりは、梨香子が母親になるという事実の重さを恐れ、仕事に逃げるための理屈のような気がしてならない。

だからといって自分に梨香子のかわりができるわけではない。母になれるのは女だけだ。どんなに努力しても、男に子供は産めないし、乳を出すこともできない。自分はあくまで父親であって、赤ん坊の細かな身の回りの世話をするのは梨香子しかいない。真一はそう考えている。その梨香子があの調子では……。いったいこの先どうなるのか、子供が生まれた後のことを思うと、ひどく気がふさいでくる。

自分の部屋に入り、雑誌に連載している書評のコラムを書く。原書にあたり、翻訳のミスを正しながら書いていく真一のコラムに対する評価は、一部では高い。それは身を削るような集中力を要する作業だ。

こんなときに赤ん坊に泣かれたらどうしようか、と思う。ゼロ歳児保育に入れるとしても、母親はフルタイムで働いているから入所基準を満たすとして、自分の年収は二百万程度だ。出版社から電話がかかってこなくなったら、無収入という事態もありうる。つまり失業だ。

とすれば、自分は専業主夫になるのか。

真一は身震いした。才色兼備の有能な妻をもらうことになったとき、その有能な妻を支えて、自分がエプロンをかけ妻のパンツを洗い、子供を育て、家事全般をする、そんな不様なことは考えてもみなかった。

書評コラムを書き終えた真一は、それをメールで出版社に送る。今年の十二月で、コラムは終了する。書きためた分量は、ほぼ単行本一冊分になる。

「全面的に手を入れていただいて、本にして出せるようにしましょうね」とその雑誌担当者は言った。二十代だが、小説を心から愛し、その仕事に情熱を傾けている男だった。彼のおかげで、生まれて初めて自分の本が出せる。そう思うと憂鬱《ゆううつ》な現実に少し光が射してくるような気がした。

もし岸田真一の名前のついた単行本が本屋に並べば、梨香子も少しは自分を夫として男として認めてくれるだろう。今までのように家事を押しつけ、さらに子供まで押しつけようとは思わなくなるだろう。

無名のライターから、評論家に昇格だ。評論集が話題になれば、以前に翻訳したまま本にならずに凍結されているいくつもの作品が世に出るかもしれない。父親になり、同時に物書きとして世に認められる。来年は、案外、最高の年になるかもしれない。すべての問題が、一冊の評論集によって解決されるような気がしてきた。真一は北向きの窓からぼんやりと外を眺める。

空が青い。隣のビルの間から、建設中のマンションのクレーンがゆっくり鉄骨を引き上げていくのが見える。

そのとき忙しなくインターホンが鳴るのが聞こえた。二度、三度……。この鳴らし方は梨香子だ。しかも苛立《いらだ》っているときの。

しかし時刻はまだ午後の二時だ。帰ってくるには早すぎる。嫌な予感がした。首を傾げながら立っていって玄関のドアを開けようとすると、鍵の差し込まれる音とともに、ドアは外から開いた。

息を弾ませ、トレンチコートの肩章を上下させながら、梨香子が夜叉《やしゃ》のような顔で立っている。

「どうしたの？」

梨香子は答えない。片手で真一を押し退けて上がると自分の履いていたパンプスをつかみ、玄関のドアに力まかせに叩きつけた。踵《かかと》が鉄のドアに当たり、隣近所に響くような音を立てた。

「こうすりゃ、いいんでしょ」

真一の心臓が飛び跳ねた。

「そんなこと……言ってないじゃないか。ただ僕は……」

胃が絞られるように痛み出し、背筋に汗が流れる。

妊娠中だ、と真一は自分に言い聞かせる。だから感情が不安定になっているだけだ。子供が生まれれば直る。

本当か、ともう一人の自分が意地悪く笑う。妊娠なんかしていなくたって、だらしなく、不潔な、ただのヒステリー女じゃないのか?

足を踏みならして部屋に入った梨香子の後を追っていくと、彼女はかっと目を見開いて、居間のソファに座っている。

まだなんとかなる、と真一は判断した。本当に手がつけられないときは、自分の部屋にこもり、いきなりコンピュータゲームを立ち上げ、ゾンビを殺し始めるからだ。

「昼ごはんは食べた?」

「いらない」

梨香子は短く答えた。

真一は、台所に行き、湯を沸かす。梨香子がちらりとこちらをうかがう。妻が自分に腹を立てているのではなく、外であった何かに怒っているというのが、その視線と動作から理解できた。

「僕も、昼、まだだから……」

もらい物の稲庭うどんを湯に放す。インスタントの濃縮つゆを薄めて温める。つゆに卵を溶き入れてふんわりと仕上げ、葱《ねぎ》を刻む。

どんぶりに入れたうどんに、汁をかけ、昨夜の残り物の茹でたほうれん草と葱をのせる。どんぶりの底の水気を拭《ぬぐ》い、テーブルに置く。梨香子はソファから立ってきた。

「いい匂い」

その表情が和らいだ。

真一は黙って箸を渡す。梨香子は両手でどんぶりを抱えて、一口汁を飲む。

どんぶりを抱えていてさえ、梨香子の動作は美しい。伸ばした背筋、自然に力の抜けた肩、神経の行き届いた指先。

お茶は裏千家、お花は嵯峨《さが》御流《ごりゅう》、煎茶道《せんちゃどう》も一通りはできる。それでいてなぜ、自分の脱いだパンツをそっと畳んでから洗濯籠に入れることができないのだろうか。一週間前の茶がらを捨てることさえできないのだろうか。真一は怒りよりもあきらめの気持ちで、目の前の妻をみつめる。

「おいしい？」

「うん」と梨香子は子供のような笑顔を見せた。

「どうして、こんな早く帰ってきたの？　会社で何があったの？」

梨香子の顔が険しくなった。

「今日、社内で集団健診があって、産業医が、肥満だから生活習慣を見なおすように所見に書いてきたのよ」

「妊婦の肥満は、難産になるっていうからね」と真一は医学書に書いてあったことを思い出して言った。

「そんなんじゃないわ」

梨香子は怒鳴った。

「体重が去年より四キロも増えてるからよ。妊娠中っていう項目を見落としていたのよ」

「人間、間違いはあるからね」

「とんでもない。医者が妊娠してるって項目を見落としたら、もし病気なら命にかかわるのよ。変な薬を処方したり、レントゲン検査なんかしてごらんなさいよ」

うん、と真一はうなずいて、自分のうどんをすする。

「だから私、診療室に怒鳴りこんだの。そうしたら、その医者がなんて言ったと思う。妊婦なら妊婦らしい格好しろ、って言ったのよ。妊娠は私的なことで、銀行ウーマンなら銀行ウーマンにふさわしい格好をしなければならないって、私は言ってやったのよ。そうしたら私の足元を指差して、怒鳴ったの。その靴はなんだって。そんなものを履いているやつに母親になる資格はない。いくら仕事ができたって、母親として失格なら、女としても、人間としても失格だって」

「そうか……」

悔しさに目をきらきらとさせている梨香子をみつめながら、真一は産業医の言葉に同意し、共感していた。母親失格の女が子供を産んでも、子供がかわいそうなだけだ。

しかし梨香子の激高ぶりを見ていると、梨香子もまた「女として」「母として」という言葉に異常なほど神経を尖らせているのがわかる。仕事はできても、今のままでは女として母として失格なのだということは、梨香子は十分に自覚しているのかもしれない。梨香子なりにそれに対して焦りと劣等感を抱いている。弱みを突かれるから爆発的に怒るのだろう。

「銀座、出てみる？」

真一は言った。梨香子はどんぶりから顔を上げた。

「靴、買おう。ローヒールで履きやすいので、職場に履いていけそうなの、あるだろう。あのなんとかいう、最近はやりの、イタリアの……」

「フェラガモ？　嫌よ。仕事する靴じゃないわ。シャネルで確か、踵が低くてきれいなラインがあったかもしれない」

そう言いながら、梨香子は機嫌を直していた。

地下鉄で銀座に出た梨香子は、シャネルではなくグッチのブティックに入った。ローヒールの靴ということで、フィッターにあれこれ持って来させて履いてみて、ローファーと三センチヒールのパンプスを買った。

商品の箱を真一に持たせて店を出た後はデパートに行き、あれほど嫌がっていたマタニティーウェアの売り場を見た。しかし最近のマタニティーウェアは、真一の想像していたようなギャザーの寄ったジャンパースカートやフリルや花柄のワンピースなどはほとんどない。一見したところ、普通の服と区別がつかないようなスーツや、お腹がもとに戻った後にラインを変えて着られるワンピースなどが多い。

いかにもベテランという感じの女店員が近付いてきて、梨香子を一目見て、「昨日、入ったばかりのものなんですが」と奥の方から、まだビニールのかかったままの商品を持ってきた。

ウエストのたっぷりしたパンツに、丈の長い上着を組み合わせたマニッシュな感じのテーラードスーツだった。

「これ、本当に、女物ですか?」と真一は間の抜けた口調で店員に尋ねた。

しっかりしたウール地はネービーブルーのピンストライプで、どう見ても男物の背広だ。

「ええ、もちろん。今どきの女の方は妊娠されても、いかにもマタニティーって雰囲気のものは、お求めになりませんよ」と、店員は同意を求めるように梨香子を見る。

店員に言われるままに、梨香子はそれを抱えて試着室に入る。少したってから、試着室のカーテンを開けて、梨香子は出てきた。

「ま、すてき。イメージにぴったりですよ」

女店員は、ぽんと手を叩いた。

長身で隙のない化粧をした梨香子がそれを着ると、ほとんど腹は目立たず、かえってタイトスカートのスーツを着ていたときよりも有能なイメージが際立つ。

それにしても妊娠しているという事実は、そこまでして隠さなければならないネガティブなものなのだろうか、と真一は、昔よく見かけたパステルカラーのジャンパースカート姿の妊婦をなつかしく思い浮かべていた。

買い物を終えると七時近くになっていた。デパートを出た梨香子は、隣のビルの六階にあるイタリア料理店に真一を案内した。

大理石の内装の豪華な構えに、真一は気後れした。

「大丈夫よ、カード、あるから」と梨香子は笑いながら、ボーイに「窓側の席ね」と指示する。接待その他で普段から使い慣れている様子だ。テーブルについてメニューをあらためて見ると、クリスマス料理のコースが並んでいる。

「十二月なんだ……」

ようやくこのときになって、真一は気づいた。

「早いね」と梨香子が微笑する。

確かに早すぎた。新婚生活も何もなく、企業戦士の妻を送り出し、迎える生活から、息つく暇もなく、父親になろうとしている。

「クリスマス、どこか行く？」

梨香子は尋ねた。一日だけ有休をとれば天皇誕生日から土、日を含めて四連休になると言う。

「どこかって、君は旅行はあまり好きじゃなかったし……」

「今は、すごく行きたい」

銀座通りを見下ろして、梨香子は言った。

「車に乗ったり、とか、やめた方がいいよ」

梨香子は首を振った。

「今行かないと、もう行けないもの。自由がきくのは、お腹に入っているうちだけなのよ」

「でも、万一のことがあると」

「グアムなんて、どう？」

「とんでもない」

真一は、慌ててメニューを置いた。

「向こうで何かあったらどうする気だ」

「平気よ。予定は三月終わりなんだから。まだ四カ月近くあるわ」

「急に産気づいたらどうするんだ」

「航空会社は四週間前までノーチェックで乗せてくれるのよ」

「だめだよ、だめ。もし早産なんかになったら」

「七カ月になってれば、生まれたって大丈夫」

「だめだよ、とにかくだめだ」

「じゃ、私、一人で行く」

「やめてくれよ」

真一は、思わず腰を浮かせた。ボーイが怪訝な顔でこちらを見た。

「そ、そ、そうだ」

急に思いついた。

「クリスマスパーティーやろう、うちで。ほら、君の友達にも言われていたし……」

新居に遊びに行かせてください、と梨香子の学生時代の仲間に言われたことを真一は忘れてはいなかった。

弁護士の岡本や大蔵官僚の堂島は真一の翻訳に興味を持ち、今度読ませてほしいと言っていたが、梨香子の仕事が忙しく、家に呼ぶ暇がなかった。そうこうするうちに妊娠したことがわかり、それどころではなくなってしまっていたのだ。

「僕がなんとかするよ。駅前で焼き鳥を買ってきて、あとは野菜のスティックやチーズで、いいだろう」

梨香子はちょっと瞬《まばた》きしたが、すぐに「いいわ」と笑って答えた。真一はほっと胸を撫で下ろした。

「あなたのお友達にも声をかけたら？　ほら、結婚式の二次会に来てくださったライターの方たち」

「あいつら？」

「ええ、絹田さんとか平岡さんたち。お祝いにすてきなぬいぐるみをもらっちゃって」

何がすてきなものか、と彼女たちの送ってよこしたものを真一は思い出した。白衣を着て試験管を手にした、ことさらマッドサイエンティスト風にデフォルメした真一のぬいぐるみだった。

それでもとりあえずは梨香子に旅行をあきらめさせることができて、真一はほっとした。

さらにパーティーにはもう一つの効用があった。人が来る、という口実の下、梨香子の部屋を少し片付けてもらうことができるのだ。

その週末、梨香子はぶつぶつ言いながら、部屋に散らばっていた服をクロゼットにしまい、汚れたものを取り分けてクリーニングに出した。床や机の上に無造作に置かれた本を一カ所に重ね、食べかけたまま干涸《ひから》びていた菓子や、パソコンのまわりのジュースの空き缶とジャンクフードの袋などを捨てた。

真一は玄関や居間を掃除し、放置された梨香子の部屋着や、定規や、読みかけの雑誌をまとめて、梨香子の部屋に放り込んだ。

多少は整理のついた家に、クリスマスイブの夕方、真一から発信されたEメールの招待状を見て、双方の友人たちが集まってきた。

買ってきた焼き鳥や野菜を盛り付けている真一をよそに、梨香子は客を迎えるのに忙しい。いつものパンツスーツ姿とは打って変わり、ハイウエストの柔らかなラインのワンピースを身につけ、パールのマニキュアをした梨香子は、自分の友達も真一の友達も、まったく分け隔てなく、一人一人に声をかけ、挨拶をしていく。

「メリークリスマス。ほら、結婚祝いにいただいた時計、そこにあるでしょ。文字盤の色がシックで気に入っているのよ。本当にありがとう」

もちろん前日に、埃だらけのガラスを真一が薬品で拭いたことなどおくびにも出さない。

「この前は、ありがとう。髪、切ったのね。今日のドレスに、ぴったり。すごくすてきよ」

「ぬいぐるみ、どうもありがとう。真一さんが出張の間、淋しいからあれを抱いていたんですよ。この前の『戦略2000』のコラム、拝見しました。本当におっしゃる通りですよね」

「まあ、元気だった？　ベネチアに行ってたんですって？　ゴンドラは乗った？」

普段、家にいるときとは打って変わった大人の笑顔と、意味もない話題をみつけだして一人一人に語りかける才能に、真一はただただ敬服していた。

キッチンで盛り付けをしていると、菜穂子とその同僚の若い女性ライター、高野奈々実が中を覗き込んだ。

「へえ、きれいにしてるんだ」と奈々実が感心している。

「どう、新婚生活は？」

菜穂子が尋ねる。

「どうって言うと？」

「だから、うれしいとか、甘いとか楽しいとかあるでしょうに」

「うん……まあ」

「まもなくパパになるんですよね。おめでとうございます。おくれちゃったけど」と奈々実は言った。

「まあ、おめでたい、というか……」

そのとき梨香子が現れて、割り込むように女たちの前に皿の一つを差し出した。

「奈々実さんと菜穂子さん、これ、真一さんが作ったディップ。お野菜に付けて召し上がってみて」

「あっ、はい」と二人は、梨香子の微笑にからめとられるように、直立不動で向き直った。

「どう？」

「はい、おいしいです」

「でしょ。真一さんのディップって最高なのよ」

梨香子が去ったとたんに、奈々実と菜穂子は顔を見合わせて二人でうなずいた。

「すてきな人だよね」

「すっごい、かっこいい人だよね」

それから真一を一瞥《いちべつ》して言った。

「なんでこんなのと……」

無視して、真一はキッチンから出て、岡本たちのところに行った。

「あ、きょうはお招きいただいてありがとう」

岡本は近付いてくる真一に気づくと、仲間うちのおしゃべりをやめて挨拶した。他のメンバーも口々に礼を言う。

「どうも」とだけ言って、真一はぺこりと頭を下げた。

ちょうどそこに梨香子が来た。

「どう？ リカちゃん、しっかり奥さんしてる？」

堂島が尋ねた。

梨香子が笑って首を振った。

「妻らしいことなんて、ぜんぜんしてあげられないのよ。でも真一さん、包容力があるから。……ええ、今はもう、何でも食べられるから。でもつわりのときは、真一さんの作ってくれるおうどんのおかげで私、生きてたの」

「いやあ、優しいだんなでよかった。それでほっとしたよ、僕も。僕なんかと結婚したらたいへんだったよ」

堂島が笑う。

「でも、本当にいい人と巡りあってよかったね」と言ったのは、川崎千恵という梨香子の中学校時代からの友人だった。大学は梨香子とは別で、お茶の水女子大で、卒業と同時に公認会計士の夫と結婚した。梨香子の数少ない女友達の一人だ。

「私なんか、今、専業主婦ですもの。やっぱりお仕事を続けるためには、優しくて理解あるダンナ様がいないとだめなのね」

「ええ。ほんと、もう真一さんに甘えっぱなしで、彼がいなかったらとても仕事なんかしていられないと思うのよ」と梨香子は真一に腕を絡ませる。

「しかし仕事と家庭の両方は、本当のところ、きついだろ」

岡本がぼそりと梨香子に囁いた。

その口調に、どこか馴染んだ者同士の遠慮のなさが感じられ、真一ははっとして岡本の顔を見た。

「ええ。でも、慣れてしまったから」

「まだ国際部にいるの？」

「ええ」

「ソシエテ・ジェネラルとパリバの合併のときはたいへんだったんじゃない？」

「まあね。毎晩、午前二時まで、ボードに張りついていたわ」

さり気なく岡本が壁ぎわにあった椅子を引き寄せ梨香子の脇に置く。礼を言うでもなく、ごく自然な仕草で梨香子は座った。

「体の方は大丈夫だったのか？」

「ええ大丈夫、寝られるときは寝てたから」

「気をつけた方がいいよ。君は無自覚にがんばりすぎるところがある」

「でも、結果的に、うちの事業には何の影響もなかったからよかった」

「何しろ、総資産七千五百億ドルだ。たったの二、三年で流れが変わったとしか思えないね」

「ええ」

真一にとっては、まったく意味不明の会話だった。梨香子が家では決してしない話でもあった。そこに見えるのは、真一の胸に体ごとぶつかって甘えてくる妻の顔ではない。菜穂子や奈々実に語りかけていたときの、大人の社交術そのままのいささか出来すぎた笑顔もない。落ち着いていて、物静かで、自然に力が抜けた表情。それでいて嚙み合った話をしている。

単なる男女関係でもなければ、ビジネスライクな間がらでもない。だれも入り込めない親密な空気が、二人の間に流れていた。

つい先程まで、優秀で謙虚な男に見えた岡本が、物腰が丁寧なだけの油断のならない人物に見えてきた。そう思ってみると、岡本に限らず堂島も、その高ぶらない率直さが鼻持ちならない自信に裏打ちされているようにも感じられる。

人々の間をまんべんなく渡り歩いて会話するという、見事なホステスぶりを発揮していた梨香子が、岡本相手のときだけは、臆面《おくめん》もなくその場にとどまったまま話し込んでいる。

真一の脳裏に、新婚旅行から帰ってきた直後、妻の部屋でみつけた写真の光景がよみがえる。集合写真もあったのだから、グループ旅行に間違いはない。岡本と梨香子のツーショットにしても、手前には複数のグラスやペットボトルが写っていたし、シャッターを切った人間は別にいる。

しかしわざわざ二人で、しかも二人掛けのソファに腰掛けて写真に収まったということは、グループ内では公認の仲だったということを意味する。

岡本は六年も前に、結婚している。しかるべきところから妻をもらって。

彼が梨香子と結婚しなかった理由は、真一にはわかる。世の中には、自分とは違う価値観を持った男がいるのだ。

真一はカメラマンの峰村の言葉を思い出していた。

「いいかい、岸田さん、女なんていうのはね、頭が悪くてもいいんだ。何もできなくていいんだ。おっとりと優しく育ってくれればいいと、俺は思ってる。下品で可愛げなく育ってしまったら、どうしようもない。育ちの悪い女はだめだね、いくら頭が良くても、顔が良くても。遊ぶだけならともかくとして、結婚するならやはり育ちの良い娘につきる」

確かに岡本なら学歴や背丈や収入は、梨香子に釣り合う。しかしもし岡本が峰村のような価値観を持った男であれば、女としての偏差値が高いのは、梨香子のような女ではない。少なくとも梨香子のキャリアや学歴は無意味だ。育ちが良く、親類縁者とうまくやっていけて、気配りの行き届いた娘こそ、彼の理想だろう。

もっと気分が滅入ってくるのは、梨香子と深い付き合いがあった岡本は、自分が結婚して初めて知った梨香子のだらしなさや手がつけられない身勝手さ、爆発する感情といったものを知りぬいていたのではないか、ということだ。

はじめからわかっていれば、自分だって、梨香子との結婚には二の足を踏んだかもしれない。二の足を踏みつつ、おそらく結婚しただろうが。

ブロンズの一輪挿しで便器を割り、パンツと書類を一緒に段ボール箱に突っ込むような女であろうと、梨香子は、三十を過ぎて真一が初めて知った女だった。しばらくの間は梨香子のすべてに惚れていた。溺《おぼ》れていたと言っていい。どんな事実を突き付けられたとしても、あの段階では別れられなかったと思う。

しかし岡本は違う。梨香子と付き合ううちに、彼女は結婚に適さない女だと判断し、妻にふさわしい別の女を選んだのだろう。

それでも梨香子の顔と姿の美しさ、華々しいキャリアや有能さを考えると、捨てるには惜しい。妻にさえしなければ、家の中にさえ入れなければ、梨香子は最上級の女だ。それなら家の外に置いておけばいい……。別に結婚しなくても梨香子には仕事があるし、梨香子の立場からしても、岡本と結婚したら今までのような身勝手な生活ができないことはわかりきっている。その場合、戦略的にいちばん有利なのは……。

そこまで考え、まさかと首を振った。

「なんかエグゼクティブな雰囲気だよね」

そのとき背後で声がした。菜穂子が岡本を指差して、奈々実や絹田と話している。

「あの人、結婚してるよ」

真一が答える。

「なんだ」

あからさまに落胆した顔で、菜穂子が肩をすくめた。

「でもなんかこうして見ると、すごい合ってるよね、奥さんと」

奈々実が笑いながら言った。無邪気さを装いながら、どこか毒を含んだ口調だ。

「えっ、何か？」と岡本が陽気な笑顔を奈々実たちに向けた。

「彼女がね、おたくと梨香子さんが、すごくすてきな雰囲気で、ベストカップルに見えるって言ったのよ」と絹田徹子が奈々実を指して言った。

「それは光栄です」と岡本は頭を下げた。

「梨香子は、僕の永遠の女性ですから。何しろ、十八で知り合ったときから、あこがれていたんですよ」

梨香子は笑ったまま肩をすくめた。その落ち着いた仕草と、岡本の口から自然に出た梨香子という呼び捨てに、真一は腹立たしさを覚えた。それでも顔だけはなんとか笑いをつくろい、「それじゃ僕と菜穂子の関係と同じだ」と慣れない冗談を言ってみた。

とたんに「願い下げ」という言葉が菜穂子から返ってきた。奈々実の方は並んで立っている、梨香子と岡本の二人に媚びるように言った。

「でも、もし岡本さんが父親だったら、すっごくかっこよくて、優秀な子が生まれますよね」

いつもの彼女たちのいじめだ。もっとも菜穂子や奈々実には、いじめの意図はない。他愛のない冗談のつもりなのだ。しかし真一には、その冗談が冗談に聞こえなかった。

「いいえ。真一さんの子だから、かっこよくて優秀なのよ」

そのとき梨香子が腹を撫でながら、毅然《きぜん》とした口調で言った。きっぱりした言葉が、よけいにわざとらしく聞こえた。うそをつけ、と真一は口の中でつぶやいていた。

いつのまにか背後に来ていた絹田徹子が囁く。

「奥さんって、本当に頭のいい人なのね」

ばかな亭主を人前で立ててその気にさせる頭の良さ、という意味であることくらい真一にもわかる。

客たちは、梨香子のホステスぶりに魅了されたように、その夜、十一時過ぎまで騒いで帰っていった。

玄関に立って、「子供が生まれたら、ぜひ見にきてくださいね」と微笑と挨拶で客たちを送り出すのは梨香子で、隣にいる真一は、ごそごそと口の中で何か言いながら、ぺこりと頭を下げるだけだ。

客たちの「遅くまですみません」「ありがとうございました」といった言葉は、すべて梨香子に対して発せられた。

「じゃ、安定期に入っているとはいっても、これからは早産のおそれもあるから、大事にしろよ」

すでに二児の父親である岡本は、そう言いながらさり気なく梨香子の腹に触れた。

真一は、ぎくりとしてその手をみつめた。

「それじゃ、本当に遅いから、帰り気をつけて」と最後の客を送り出した梨香子は、ドアを閉めた。そしてこちらを振り向いた。

形相が変わっていた……。

また始まるのか、と真一は後退《あとずさ》る。反射的にその近くにあった高価なワイングラスを二脚摑み、別のテーブルに避難させた。胃が痛み出す。

「どうしてなのよ」

梨香子が足を踏みならした。

「ちょっと、下に響く」

真一は慌ててとめた。しかし梨香子はあたりにある汚れた器を床に叩きつけはしなかった。乱暴に重ね、まとめて台所に運ぶ。勢いよく水を出すと、飛沫《しぶき》が床に飛ぶのもかまわず、苛立ったように洗い始めた。真一は後を追って台所に入り、ふきんで洗い終えた食器を拭く。自分で食器を洗うなどといつもと違う行動は、食器を割られるより恐い。

「どうしたの？」

恐る恐る尋ねてみる。

「言いたくない」

梨香子は洗剤のボトルを力任せに押して、中身を流しの外まで撒《ま》き散らした。

「でも……」

「あなたに関係ない」

「平岡菜穂子か？　絹田のおばさんか？　高野奈々実か？　あいつらの言うことなんか、真に受けることないんだ」

「関係ないわよ。あたし、愚痴を言うの、好きじゃないんだから」

梨香子はいきなり怒鳴った。汚れた皿を洗っていた水が勢い余って、あたりを濡らす。こんなふうにわけもわからず怒り出すくらいなら、愚痴を言われる方がよほどましだと、真一は思う。

「あの……もしかして、奈々実の言った冗談のことか？　岡本さんの子供の方が優秀だとかいう……」

「関係ないわ」

吐き捨てるように梨香子は言った。

「何が何だかわからないよ」

皿にあたって跳ねた水が真一のセーターに飛んでくる。頼むから皿のかけらだけは、飛ばさないでくれ、と念じながら真一は皿を拭く。

梨香子は目を吊り上げて皿を洗い続ける。

「もう、いいよ」

真一は言った。梨香子はやめない。

「いいから、寝なよ」

真一は梨香子の手からスポンジをむしり取った。梨香子はくるりと体の向きを変えて、台所を出ていった。

皿を洗い終え、台所の床と背後の冷蔵庫に飛び散った水を拭き終えたとき、真一は再び、離婚を考えていた。子供ができたからといって、別れられないと考えるのは愚かしい。自分の子供なら確かに別れるわけにはいかないだろう。責任もある。しかし梨香子の子供が自分の子とは限らない。

結婚の経緯をあらためて思い出してみると、真一は心臓を圧迫されるような苦しさを覚えた。何もかもが、おかしかった。奇妙で不自然な点が多すぎた。

あまりにも簡単に結婚を承諾した梨香子。激務のさなかで、異常なほど入籍と結婚式を急いだ梨香子。少なくとも外見上は不釣り合いな婚約者に何の異議も唱えなかった梨香子の両親。そして知り合って四カ月という早すぎる入籍と式を待っていたかのような妊娠。

梨香子の妊娠が判明したとき、子供は四カ月目に入っていた。結婚前から梨香子とやることはやっていたのだから不思議はない。しかし梨香子の言う「忙しくて生理が不順だから、このときまで妊娠に気づいていなかった」というのは、あやしい。

女になったことがないから、女の気持ちはもちろん、身体感覚はわからない。それでも普通の女が、自分が妊娠しているのに気づかない、などということがあるだろうか。

十数年来の付き合いのある男はすでに別の女と結婚している。その彼の子供を宿してしまった梨香子が一計を案じた、としたらどうだろう。

いや、もしかするとこれは岡本の子供をどうしても産みたいと考えた梨香子の罠《わな》ではないだろうか。

真一は足元の砂が崩れて、深い穴に引きずり込まれていくような気がした。

梨香子と初めて結ばれた自分の部屋の畳の上を思い出す。普通の女が、あんな形であっさりと体を許すものだろうか。ムードも何もない。あっけらかんとして結ばれてしまった。

彼の想像していた女というものは、少なくとも初めは抵抗し、恥じらい、拒否するものだった。しかし受け入れた後に、拒否の悲鳴が、ためらいがちな歓喜の声に変わっていく。

それが真一がこれまでさまざまなメディアで接してきた女というものだった。それに対して、あの梨香子の、待ってました、と言わんばかりの応じ方は何だったのだろう。そして体の関係ができた後の梨香子の、あの人生自体に緊張感を失ったかのような態度は何なのだろう。

カッコウだ、と真一はつぶやいた。自分はモズにされつつある？

震えが上がってくる。卵を身ごもった、自分より体の大きな雌鳥がいきなりやってきた。大きなくちばしで、自分をこづき回し、卵をかえす手伝いをさせ、雛《ひな》がかえった後は餌《えさ》運びをさせる気だ。

笑いものだ、と思った。それこそ笑いものだ。

しかし今、梨香子と別れたとしたら、いったいどれほど嘲笑にさらされるだろうか。あんな不釣り合いなカップルが長続きするわけないじゃないの、という絹田徹子のしたり顔が目に浮かぶ。

ばかなことを考えてはいけない、とかぶりを振った。生まれてくるのが自分の子供でない、などというのは、突飛《とっぴ》な空想だ。そんな証拠はどこにもない。たとえ昔、梨香子と岡本の間で何かがあったにせよ、今、梨香子が身ごもっているのは、自分の子に違いない。

だいいち単なる憶測で「別れたい」などと言ったら、梨香子はどんなに荒れるだろうか。

それ以上に茨城の母にはなんと説明したらいいのだろうか。あれほど喜んでいたのに、落胆のあまり倒れてしまうかもしれない。そして菜穂子と奈々実はどんな顔をするだろうか。松井や山崎は、再び、自分を「岸田さん」ではなく「シンチャン」あるいは「タクシン」と呼び始めるだろう。

真一は受話器を取り、峰村の電話番号を押した。時刻は午前一時間近だ。しかし彼は夜の遅い生活をしていると言っていたから、まだ起きているだろう。

別に身の振り方について相談しようというわけではない。どうということもない世間話をしたかった。話題は自然に梨香子のことに傾くだろう。

峰村は言うに違いない。

「なにやってんだ。別れればいいじゃないか。そんなの嫁でもなんでもない。おまえ男だろ。ぐだぐだ言ってないで追い出せ」

そう背中を押してほしかった。

「女なんて、いくらでもみつかるさ。背の高さや収入の問題じゃない。つまり男を張って生きられるかどうかということなんだ」

そう励まされたかったのかもしれない。

電話に出たのは、しかし峰村ではなかった。眠たげな女の声だ。しまったと思ったがもう遅い。

「すいません」と消え入るような声で謝った真一に、相手は「いつも主人がお世話様になっております」と挨拶し、「あいにく、まだ仕事から戻っておりませんので、こちらから後ほどお電話するように申し伝えます」と答えた。

言葉遣いに不釣り合いな、いくぶん舌足らずな甘い発音に、なんともいえない若妻らしい情緒を感じる。

「いいえ、けっこうです。こちらから電話しますので」と恐縮しながら、真一は電話を切った。そしてこの時間にまだ仕事をしているとは、やはり売れっ子だからなのだ、と感心しながら、自分の腑甲斐《ふがい》なさをあらためて思う。

梨香子の不機嫌の原因がわかったのは、翌朝のことだった。

客の一人が、「昔なら丸高だから、大事にしないと」と言ったらしい。愚弄する意図や、皮肉のつもりがあったはずはもちろんない。素直に梨香子の体を心配したからこそ出た言葉なのだろうが、それが梨香子の神経に障ったらしい。

「相手だって悪気はなかったんだから」という言葉に梨香子は耳を貸さない。それでいてその言葉をだれが言ったかということについては口を閉ざす。

「人の悪口って私、嫌いなの」と怒る。悪口も愚痴も嫌いなのはいいが、それによってはけ口を失った感情をぶつけられる方はかなわない。


『母親学級に参加した。

ラマーズ法の出産講習会であるとか、市の保健センターが主催する母親学級には父親も出なければならない。特にラマーズ法の講習会は父親が受講しないと分娩室に入れて貰えないので、妻の希望する同伴出産が不可能になる。市の学級は義務、ではないが、後々のことを考えておくと、参加しておいた方が無難である。

場所は自宅から五分ほどのところにある市の保健センターである。

集合させられたのは視聴覚室のような部屋だった。

三人掛けすれば一杯になる細長いテーブルが並べられ、資料が並べられている。立派なカラー印刷のパンフレットから、がり版刷りに等しい粗末な手書きのビラが数枚。前方には二台のテレビモニター、ＯＨＰ用のスクリーンも準備されていた。

市主催ということで、開催日は平日であったのだが、指定された部屋は男女ペアで満杯だった。女性陣は女性同士で声を掛け合ったりしている。妻も顔見知りらしい奥さんと話をしている。母親学級は何度も開催されており、みな似たような境遇ということもあり意気投合しているらしい。

一方、こちらは困ってしまった。妻にこれから何が起こるのか問いかけるのも不自然であるし、かといって初対面の亭主では話題もない。もっとも、まわりを見回すと、他の亭主族もどうしていいのかわからずに困惑の表情を浮かべており、安堵《あんど》した。

この母親学級は、父親の出席も要求されてはいるが、強制ではない。男性の出席はもっと少ないだろうと踏んでいたのだが、驚いたことにはほとんどの出席者が亭主同伴である。皆さん暇をもてあましているわけはないだろうから、会社を休んでやって来たに違いない。

大半が男女での参加であるが、そうではないものもいる。

若いお腹の大きいお嬢さんと彼女の母親とおぼしき年配の女性であるとか、ひとりでやって来ている女性。

また、夫婦といっても千差万別である。四十代の夫婦もあれば、男女共に二十歳に達していないのではないかと思われるペアもいる。もしかしたら夫婦ではないのかもしれない。

いずれにせよ、若いカップルはどこか憮然《ぶぜん》としており、年配のペアはにこやかである。背後には様々な事情があるようだ』

そこまで書いて、真一はほっとため息をついた。こんな身辺雑記を書きたいわけはない。しかしメールマガジンの第二号から、「ぼくはパパになった」というエッセイが連載されることになってしまったのだ。

つい四日前、真一は松井宛てにロケットに関する科学エッセイを送ったのだが、それを突っ返された結果だ。そのとき松井は言った。

「なんかさぁ、同じ科学記事でも遺伝子治療とか放射能漏れ事故みたいな話ならともかく、ロケット技術の話じゃはっきり言って、普通の人間は読まないよ」

普通の人間っていうのは、だれのことだ、と反論したかったが、とっさに口が回らなかった。

それより書いてほしいものがある、と松井は切り出した。

「キャリア女房の妊娠、出産がらみの記事を、男の目から書いてみない?」

前回の「一言」にしては長すぎる真一の編集後記に対して、多くの反響があったという話は、真一もすでに聞かされていた。既婚の若い男性はもちろん、「戦略2000」の陰の読者である働く女性たちからも、続けてほしいという希望が殺到したらしい。

真一としてみれば、まともな科学記事がボツにされて、どうでもいいようなものを書かされるのは心外ではある。しかし何かと世話になっている松井の頼みにはあらがえず、「ぼくはパパになった」という松井がつけたノーテンキなタイトルのエッセイの執筆を引き受けたのだった。

気をとり直して真一は続きを書き始める。

『保健婦さんらしい人が前に出て話し始めた。子供の五、六人も育てたような年嵩《としかさ》の人だ。内容は他愛ないものだった。案ずるより産むがやすしではないが、出産は自然な現象でありそれほど心配する必要はない、しかしながら父親のサポートがあるとないとでは大違いである……。

こういった講話は常識以前で、ただ聞くだけであり、あたりまえすぎて、眠くなるばかりであった。

続いて二階へ移って実習が始まった。こちらは興味深かった。

指定されたのはプレイルームとよばれ、普段は子供を遊ばせるようなスペースであるらしい。かなり広い場所である。

実習でぼくに課せられた作業は二つあった。

一つは妊婦体験である。妊婦がどういう情況に置かれるのか、父親に体験させるためのジャケットを着用させられた。

臨月ともなると授乳のために乳房は膨れあがり、お腹も中身の子供の重さに加え、子宮内の羊水、脂肪層の発達により著《いちじる》しく突出する。さらには迫《せ》り出した腹が邪魔になって自分の足元を見るのもままならないという。

乳房の模造品、そう聞いて最初はどぎまぎしたが、ジャケットの現物を見て何とも言葉を失った。色気などかけらもない。重量は再現されているのだろうが、乳房も腹も、上品なものではない。分厚い灰色のキャンバスの塊。感触もただざらざらしているだけのものだ。学校の体育の授業で使ったマットを丸めて固めたような代物《しろもの》である。なぜこんな所に身の詰まったリュックサックが置いてあるのだろうといぶかった。

砂でも詰めたように重い。重量は十四キロある。これだけ重いとジャケットの形を維持するのにも薄っぺらな布では簡単に破れてしまうに違いない。

かような代物であるから、ただ着るわけにはいかない。前から腹を抱くようにしてジャケットを持ち上げる。こちらの手は腹を抱いているので背は留められない。補助の保健婦さんが背中を紐《ひも》でしめる。重量があるため背中だけでは保持できない。首と、肩を頑丈な革のベルトで固定する。拷問器具のようである。

その場でジャンプすると、もの凄《すご》い音がしてプレイルーム中の視線がぼくに集まった。もっと試したかったが、着地の衝撃で足の裏が痛くなったのでやめた。

次に赤ん坊を風呂に入れる実習があった。新生児と同じ重さ、サイズの人形を使って、ベビーバスに入れ、沐浴《もくよく》させるのである。重くはなかったが、表皮はなめらかで手を滑らせそうだった。首もすわっておらず、雑に扱えば壊れてしまいそうだった。

これとベビーバスを使って、二組の夫婦で沐浴の実習をするのである。すでに生まれてくる子供の性別がわかっていれば、男女、それぞれの人形を使う。

人形を妻から受け取る。赤ん坊を安心させるため胸にガーゼをかけ、肩のところに手をあて、首がそっくり返らないように湯に浸《つ》ける。顔に湯がかぶらないよう、左手で首の部分を押さえて湯に浮かせる。右手で石鹼《せっけん》を持って手につけながら腕、脚、腹、背、肩を洗う。それぞれ一撫ですれば終わりである。かけ湯をして、床に敷いたバスタオルに人形を置き、ガーゼで顔を拭き、綿棒で鼻と耳を掃除、オシメを当てて服を着せて終わりである。おままごとのような作業である。

ぼくは機械的に作業を済ませたが、一緒の人形を使ったもう一組の夫婦の様子が忘れられない。ぼくらと同い年ぐらいの、ちょっと太ったおっとりとした夫婦だった。

「動かない人形だから上手くできたけれど、本物の子供だったらどうなるか、自信ないですね」

そういうご主人は人形を見るだけだというのに目を細めた。息子だか娘に逢えるのが待ち遠しくてたまらないらしかった。

ぼく自身、自分が父親になる自覚は持っているつもりであった。医者に超音波診断の映像も見せてもらった。妻の腹に手をあてると腹の中で子供が動いているのに触れられる。

それでも、まだぼくは期待も、また、父親になる実感も、どちらも持てずにいた』

それにしても不気味な人形だった……。真一は無意識に舌打ちした。ベージュ色の肌と青々とした頭、表情のない顔などが奇妙に生々しく、それ以上に不気味なのは、人形らしからぬその重さだ。あんなものを見て目を細めていたあの父親は、変態ではなかろうか、と正直なところ思う。

あのとき、うっすらと目を開けた人形のつるりとした顔に、岡本の女形顔が重なった。似ていたのだ。本当に。少なくとも、そのときはそっくりに見えた。

冗談じゃない、もう嫌だ、そう叫び出しそうになった。とたんに人形の頭を支えていた手が無意識に外れた。がたん、と音を立てて人形の頭がバスタブの縁にぶつかった。「気をつけてください。本物の赤ちゃんだったらたいへんよ」という、保健婦の叱責《しっせき》の言葉を真一は、ぼんやりと聞いたのだった。

「父親としての期待も実感もわかない」どころではない。今の真一の心を覆っているのは、結婚生活への疑念と疑問だ。それを封じこめたまま、予定表に従い、母親学級にのこのことでかけていく。しかもそのことをメールマガジンという公の場で披露する。

結局のところ、別れるなどという決断は、こうして先送りされていき、自分の子という確証もないまま、梨香子の腹の中で子供だけは確実に大きくなっていく。

時計は五時を回っていた。真一はシステムを落として机の前を離れる。買い物に行く時刻だ。

そのとき電話の呼び出し音が鳴った。受話器を取ると、梨香子からだった。

この日、半日休暇を取った梨香子は、母親学級が終わると、脱兎《だつと》のごとく会場を飛び出し、オフィスに向かったのだった。

「ごめん、すごくごめん」

甘えた口調で、梨香子は言う。

「トラブルなの」

「トラブルって？」

「ちょっと契約条項に齟齬《そご》があって」

説明してもわかりはしない、というニュアンスが感じられる。実際、そのとおりではあるが……。

「とにかく遅くまでかかるから、ご飯はいらないわ」

「わかった。食べないで仕事しちゃだめだよ。店屋物でもいいから、ちゃんと夕飯、食べるんだよ」

それだけ言って真一は受話器を置く。

階下に下り、集合ポストを覗く。夕刊と一緒に数枚のビラが入っていた。無造作に取り出して、生唾《なまつば》を飲み込んだ。

セーラー服の裾をまくり上げた女の写真だ。

「胸いっぱいのアレ」「体操着を脱いだ後に挿《い》れて」「ピンクの小象」などといった文字が躍っている。

痛みに似た渇きを感じた。自分は男なのだ、と実感した。

思えば、梨香子の妊娠が判明してから、ずっとその体から遠ざかっている。前回、「戦略２０００」の打ち合わせの後、ライターや編集者など、男ばかりでスナックに行った。そのとき何かの拍子で、妊娠した妻とどのようにしてセックスを楽しむかといった話題になった。二人の子持ちの松井が、待ってました、とばかりにさまざまな体位を披露した。するとその場にいた「戦略２０００」のデスクがさえぎった。

「松井ちゃんよ、よくそんな痛々しいことができるな。ちゃんと金払って風呂屋で抜いてこいよ」

そんな話を聞きながら、真一は言葉もなく、にやにやと笑っていた。

真一は、自分の欲望のために、大きな腹を抱えた妻を抱く気にはなれない。だからといって、どこのだれとも知れない女を金で買うのにも抵抗がある。

坂村カオル、阿部みゆき、小柳美里……。紙質の悪いビラの不鮮明な写真の中で女たちが微笑んでいる。その姿は天使のようにも、救いの女神のようにも見える。

ビラを手にエレベーターホールに戻りかけたとき、集合ポストの脇に貼られたはり紙に気づいた。

「ゴミは決められた日に出してください」というのは、マンションの住人向けのはり紙だ。その脇にあるのは、外部の人間に対する警告だった。

「いやらしいビラを郵便受けに入れないこと　子供が見ます」

さらにその脇に一枚。

「いやらしいビラを入れているのをみつけたら、警察に突き出します。管理人」

集合ポストの脇にはこれ見よがしに、プラスティック製のごみ箱が置いてある。

真一は、すごすごとそこに戻り、手にしたビラをごみ箱に放り込む。

ふと、この日の母親学級の情景を思い出した。

「さあ、妊婦さんになってみましょう。妊娠後期、奥さんはどんな感じで毎日を過ごしているんでしょう？」などと保健婦に言われ、大の男が妊婦体形そのもののウェイトジャケットを身につけさせられる理不尽さ。それでよたよた歩いて、飛び跳ねて、「確かに重いね。足元も見えないし」などと感心しながら、女房の機嫌をとっている不様さ。

次第に自分は飼い馴らされていくのだ、という気がした。いや、男全体が去勢されていくのかもしれない。

「いやらしいビラ」云々《うんぬん》は、このマンションに住む、ヒステリックで教育熱心な若い母親たちが書いたものだろう。そして隣の「警察に突き出します」の警告は、警備会社から派遣されてくる管理人の手によるものだ。自衛隊上がりの管理人は、六十を過ぎてはいるが白髪交じりの五分刈りの似合う、寡黙で精悍《せいかん》な男だった。

一月も終わりに近づくと、梨香子の腹はいよいよ目立ってきた。しかし残業はいっこうに減らない。いや、以前よりもむしろ増えたような気がする。産休を取るために、仕事の段取りをつけなければならない、という理由は、今度は育休を取るためにというものに変わった。

正月明けの仕事始めの日に、梨香子は上司に育休の期間を尋ねられたという。東邦信託銀行では、育児休業は、子供が生まれてから一年プラス翌年ないしはその年の四月まで取れるということになっている。四月までというのは、保育所の入所が容易になるからという理由で、保守的と言われる金融業界では、画期的な制度であるらしい。

もっともその進んだ制度を梨香子が利用する気があったのかどうか、真一は知らなかったし、これまで話し合ったこともなかった。はなから取る気がなかった、というよりは、他の出産準備と同様、面倒なので結論を先送りしたのではないか、と真一は思う。

制度上、育休の取得については、出産予定日の二週間前に申請すればいいことになっている。しかし実際には、代替要員の確保のために、半年前には申請するようにと言われていたらしい。すでに妊娠七カ月に入っており、上司の方も業を煮やしたのかもしれない。

結局、梨香子は出産から丸一年間、育休を取ることになった。一般職の女性ならともかくとして、総合職の社員がこうした制度を活用するというのはめずらしいし、しかもこれだけの長期間となれば前例がない。

意外なのは、この長期の育休取得が上司から勧められたということだ。

東邦信託銀行では、均等法一期生で未だに社に残っている総合職はだれもいない。夫の転勤や出産、といった理由で次々に退職していき、梨香子の同期の女性たちもほとんど辞めた。一般職の女性たちも、育休を取ろうとすれば有形無形の圧力をかけられる。仮に取ったにしても職場復帰してみれば自宅から二時間もかかる支店に飛ばされたりするのが実情だった。

しかし少子高齢化の問題がマスコミで大きく取り上げられるようになってから、東邦信託銀行もその進んだ制度と遅れている運用との落差が指摘され、マスコミでも何度か名指しで批判されている。そこにもってきて、最近不良債権をめぐる幹部の不祥事が明るみに出て、都市銀行などと同様に、企業イメージを大きく低下させていた。

そんな折、その内実はともかくとして雇用機会均等法施行当時から、女性の起用に積極的な姿勢をアピールしていた東邦信託銀行としては、社の広告塔としてマスコミに頻繁に登場させている梨香子に、あえて進んだ制度を活用させることによって、イメージアップを図りたいらしかった。梨香子の妊娠と出産は、本人の意思にはかかわりなく公的なものになっていたのだった。

「それに産むという選択をした以上は、いい加減なことはしたくないのよね。一年間は子育てに専念するわ。でも生まれるまでは、きちんと仕事しなくては」と、梨香子は毅然とした口調で言った。

「仕事はきっちりするけど、遊ぶときは仕事のことを完全に忘れて遊びに集中するようにしているの」

以前、梨香子は真一にそう言ったことがあるが、それと同じ口調だった。

「会ってるときは、その女がすべてさ。でも家に戻ったら思い出すことはないな」と語る男の口調にも似ている。そんなにきっちりとけじめをつけられるものだろうか、と真一は首を傾げる。本当にそんなことができるとすれば、よほど無理しているか、そうでなければ人格が解離しているかのどちらかだと思う。

一人で簡単な夕食を済ませ、深夜に戻ってくる梨香子に夜食を用意して机に向かっていると、決まって梨香子の母親から電話がかかってくる。

梨香子がまだ帰っていないことを告げると、「お腹に赤ちゃんがいるっていうのに」という言葉の次には、夜遅くまで妊娠している女を働かせている会社への非難、言うことを聞かない娘に対する愚痴、そして子供を持っても女が働き続ける最近の風潮への批判と続く。

　世間話のできない真一は、手際よく相づちが打てない。うまく話題を変えることも、義母の機嫌をそこねず電話を切るすべも知らない。

「えー、まあ……はい」と口の中でもぞもぞ言うだけだ。その受け答えにいらついたように、母親の声が甲高くなってくる。

「それは、仕事をしたい気持ちもわかりますのよ。でもね、会社の、それこそお金をいくら融資するなんて仕事は、殿方が立派にやってくれているじゃありませんか、それをなんで女が子供をお腹に入れてまでする必要があるんでしょうか。それが、本当にあたくしには、わかりませんのよ。部長さんだか、支店長さんだか、なんだか知りませんけど、そんな仕事させる方もさせる方だと思いますでしょう、ねえ」

　口ごもったまま、一方的に話を聞かされている真一は、すべての非難が自分に向けられているような気がしてくる。

「甲斐性なし、だいたいあなたがしっかりしていれば、娘だってあんなお腹して働かなくてすむんですからね」

　そう言われているような気分だ。

　ようやく電話を切って机の前に戻ってみても、仕事への意欲は失せている。

　同時に、日銭稼ぎのライター業は最近では目に見えて減ってきている。いくら科学記事が得意とはいえ、本格的なものは名のあるサイエンスライターが担当する。どうでもいい記事はというと、編集者にとって使い勝手のいい、菜穂子や奈々実のような若い娘にばかり回る。辛うじて秋山が解説記事の仕事をくれるから、「戦略2000」とも縁があるようなものだ。

目先の利益にとらわれてはならない、と真一は自分に言い聞かせる。こんなときこそ、余った時間を使って、翻訳や評論といった本来の仕事を進めなければと、自らを戒めつつ、細かな文字の英文に目を凝らし、辞書を引く。

そのとき電話が鳴った。受話器を取ると、SF仲間でもある小説家だ。

「おい、天竜出版の原稿料、払い込まれたか？」

天竜出版とは、真一がブックレビューを連載している翻訳系小説誌の版元だ。

「確認してないけど、何かあったの？」

「どうも文芸部門から撤退するんじゃないかって噂を聞いたんで」

とっさに頭に浮かんだのは、担当編集者の顔だった。あのSFを心から愛している、仕事熱心な青年は、いったいどこの部署に異動し、何の仕事をさせられるのだろう。自分の本が出なくなる、ということに思い当たったのは、その後だった。

「まあ、ただの噂だから」と相手は言葉を濁して電話を切った。

まさかと真一は思った。天竜出版は翻訳書では伝統のある出版社だ。そこが文芸部門から手を引くなどということは考えられない。

四日後、真一はその月の分のコラムをEメールで天竜出版に送ったが、いつもくるはずの「受け取りました」という返事はない。

不安になって編集部に電話をかけると、ちゃんとつながった。電話に出た男は、真一の担当者は出張中で、東京に戻るのは翌日になる旨を告げた。

しかしその翌日、担当者からではなく、再び小説家から電話があった。天竜出版は文芸部門から手を引いてはいなかった。倒産していた。

「倒産って……」

真一は信じられないまま、問い返した。

「社員も知らなかったんだってよ。出勤したところがシャッターにはり紙がしてあって、『管財人の許可なく立ち入り禁止』って書いてあったと。もちろん社内には原稿やイラスト原画がそのまま放置されてるそうだ」

「ぼ、ぼ、僕のコラム、本にまとまるはずだったのが……」

「もう出版されたのか？」

「まだ……」

「それなら、いいじゃないか」

小説家は嚙みつくように言った。

「俺の書き下ろしは、どうしてくれる。全四巻分が出版されてるのに、印税が払われてないんだよ。総額八百万だ、八百万」

自分の言葉に激高したように小説家は電話を叩き切った。

真一は唖然としていた。

初めての単行本出版の夢は、一瞬にして潰《つい》えた。それどころか、昨日のコラムは活字になる見込みはなく、前月分の原稿料の支払いもない。もちろん八百万に比べれば微々たるものではあるが。

帰宅した梨香子に天竜出版が倒産した話をすると、「えー、うそー、ひどーい」と半泣き顔で言った。

「それじゃシマックのシリーズが読めなくなるじゃない」

梨香子は、天竜出版が出しているお気に入りの翻訳小説が読めなくなったことについては嘆いている。しかし夫の仕事が減ることに関しては危機感を抱いていないどころか、考えも及ばないようだ。実際に、梨香子の収入がある限り、天竜出版から支払われる雀の涙ほどのギャラなど、なくなったところで生活には、何の支障もない。

そうした中で、梨香子の腹は迫り出してくる。胎児は待ってくれない。真一は梨香子を会社に送り出したのち、掃除機をかけ、フローリングの床にワックスを塗る。しかし梨香子の部屋には手をつけられない。最近では掃除どころか部屋に入ったことがわかっただけで、梨香子は激高する。汚れたパンツが云々などと言われるのは二度と嫌なのだ、と言う。

かといって週末になると梨香子は一日中寝ているか、ゲームをしているかで部屋から出ないのだから、掃除機もかけられない。

ダニなどここから出てこられたらかなわないと、その日、真一は意を決して掃除機を持って梨香子の部屋に入ってみた。

床に横積みになった本や、椅子からずり落ちかけた衣服を動かすこともなく、空いている空間に取り敢えず掃除機をかける。床には丸めたティッシュや紙くずが無造作に放り投げてあり、それを拾いあつめてくず籠に入れていく。

丸めた紙の一枚を開いてみたのには、さしたる意図はなかった。好奇心さえ抱いていなかった。ただそれが丸めてあっても領収書だということだけはわかり、さほど自分に収入はなくても、領収書とみると拾いたくなるという自由業の性《さが》で開いただけだ。

しかしそのとたん、目に入ってきたのは「岡本様」という宛名だった。そして領収書は赤坂にあるシティホテルのものだ。驚くよりも、やはりという気持ちの方が大きかった。

少し落ち着いて、それがルームチャージではなく、ホテルのグリルのものであることが判明した後も、「やはり」という思いは消えなかった。

日付は、と見ると、あの母親学級のあった日だ。

「トラブル」などというのは嘘だった。「契約条項に齟齬が」も何もない。梨香子は、あの夜、「トラブルが起きた」と偽って、お腹の子の本当の父親に会っていたのだ。そして弁護士である岡本が、愛人との食事代を経費で落とすために、領収書を切らせたのだが、それをうっかり梨香子が持ち帰ってしまったというわけだ。

すべてつじつまが合う。それ以外にどう考えろというのだろう。

あの日、AVのビラをごみ箱に突っ込み、部屋に戻ってきた後、深夜に戻る梨香子のために、夜食の準備などしていた自分は、なんという間抜けなのだろう。

しかし領収書をつきつけ、問い詰めたときの梨香子の反応は察しがつく。

「岡本？　別にめずらしい名字じゃあるまいし、彼じゃないわよ。顧客の岡本さんって人からあずかった書類に、領収書が紛れ込んでいただけよ」

そんな白々しい嘘をつくか、それともいきなり怒り出すか。

そのときこそ、問答無用で別れるときだ。

菜穂子と奈々実の甲高い声が聞こえるような気がする。

「はじめから、ぜーったい、変だと思ってたのよね。普通なら、あんなやつと一緒になる女なんているわけないじゃん」

絹田徹子が鼻先で笑うだろう。

「ま、気の毒だけど、所詮そんなものよ。昔から釣り合わぬは不縁のもと、と言ってね」

しかしそのことはライター仲間以上に、SF同人誌の友人たちには知られたくない。ばつの悪そうな、何を言ったらいいのか迷ったような表情で自分を見るだろう。あざけりよりも同情の方が辛い。

たまったごみを袋に入れ、表のダストボックスに持っていくために、真一は部屋を出た。エレベーターのドアが一階で開いたとたん、野太い男の声が聞こえてきた。

「だめだ、だめだ、おまえ、何度やった？　この前、わしは言ったはずだな。今度やったら、警察に突き出す、と」

元陸上自衛官である管理人の、鍛え上げた腹式呼吸の怒鳴り声だ。

「すいません、それだけは」と言う声に聞き覚えがある。真一は玄関に飛び出した。

カメラマンの峰村だった。バイク用のヘルメットをかぶった峰村が、管理人に腕をひねり上げられ、苦痛に顔を歪めている。

肩から重たそうなバッグを下げているが、中身がこぼれ、玄関ホール一面にばらまかれていた。あの「いやらしいビラ」だ。

「あの……あの……あの」

真一は管理人の腕に手をかけた。言葉はとっさに出てこなかった。管理人は、峰村の腕をひねり上げたまま、「ああ、十二階の方、どうも」と真一に向かって会釈する。

「それ……」と真一は峰村を指差した。

「いやぁ、何度言っても、エロビデオのビラを入れやがるんですよ。子供が見るからやめろと言ったのに、また性懲《しょうこ》りもなく」

「あの、それ……僕の知り合い」

「はあ?」と、管理人は峰村の腕を放した。

荒い息遣いで腕をさすっている峰村に向かって、管理人は言った。

「あんた、仕事だってことはわかるけどね。とにかくうちのマンションには、入れちゃいかん。こっちはそれを取り締まるのが仕事なんだから、見逃すわけにはいかんのだ。今度だけは、まあ、しかたない。この人に免じて許してやる」と、真一を一瞥した。

「ただし本当にこれが最後だ。それ、ちゃんと拾って処分するんだ。わかったな」

ばらまかれたビラをあごで指すと、管理人はくるりと二人に背をむけて見回りのために非常階段を上っていった。

峰村はビラを拾う。尻を丸出しにし、後ろ手に縛られた看護婦の写真の載っているビラを真一も一緒になって拾い、峰村に渡した。

「捨てちまっていいよ」と峰村は、視線を合わせずに言った。

「なぜ……こんな」と真一は口ごもった。

「しょうがねえだろ。仕事、干されちまったんだから」

「干されたって、どうして」

「知らねえよ。俺が自分の作品に責任持とうとすれば、出版のやつらは煙たがる。俺たちのことをいくらでも取り換えのきく消耗品だと思ってやがる。どうせカメラマンなんか、はじめから金になる仕事じゃねえ。女房のやろう、エアコンが壊れたら修理屋を呼びもしないで、いきなり三十万もするのを買ってくるし」

真一は尋ねた。

「峰村さん、仕事を干されてるって、奥さん、知ってるの？」

「仕事のことをいちいち女房なんかに報告するか」

「だけど……」

「何も知らずに、俺のカードで、買いまくってるよ。一昨日は買ったばっかりのアウディをブロック塀にぶつけやがった」

真一は言葉を失ったまま、峰村の憔悴《しょうすい》した顔を見る。つい一、二カ月前、深夜の電話で聞いた彼の妻の甘く舌足らずな声を思い出す。

まだ仕事から帰ってこない、と彼女は答えたが、夫がこんな仕事をしているとは夢にも思っていなかったのだろう。自分の夫は売れっ子カメラマンで、美人のモデルや海外の学者や実業家の顔を撮っていると、今でも信じているのかもしれない。

真一は視線を看護婦の尻に落とし、やり切れない気分で首を振った。

「何もこんな仕事でなくたって……」

「しょうがねえだろ」

押し殺したような声で、峰村は言った。

「女房の稼ぎで気楽に暮らしてる身分とは違うんだよ」

真一は言葉を失った。峰村は真一の顔を一瞬、凝視すると、その場に唾を吐き、エントランスの階段を逃げるように下りていった。

何もできない妻、育ちのいい理想の妻と娘の生活が今、男、峰村の背に容赦なくのしかかっている。生活のために彼は管理人に手をひねり上げられながら「いやらしいビラ」を配るしかない。

真一は拾ったビラをごみ箱に突っ込み、非常階段をゆっくり部屋に向かって上り始める。

梨香子の部屋に入り込み、パソコンデスクのまわりを見た。丸めてあるカシミアのマフラーを取ると、下から自分の顔が出てきた。

昨年のクリスマスパーティーの写真だ。サラダを取り分けている真一と、その脇でにっこり笑っている梨香子。菜穂子と奈々実に腹を触らせている梨香子、そして集合写真。

送り主は、あのときカメラを持ってきた岡本だ。封筒は写真と一緒にあった。しかし送り先は、この家ではない。梨香子の会社だ。封筒には、岡本と数人の弁護士の名前がローマ字で印刷してある。合同事務所のものだ。写真の大きさに比べ、封筒が大きいことからすると梨香子宛ての手紙が入っていたに違いない。

写真に手紙を添えて女の家庭にではなく、職場に送りつけてくる。しかもその写真には、女の亭主までが写っている。

ホテルの領収書と、梨香子宛ての手紙の入っていたとおぼしき封筒。二つの証拠物件を真一は手にした。それをつきつけて梨香子に事のしだいを確かめるべきだろうが、梨香子の爆発ぶりが恐い。夫が自分の部屋に入って、手紙や領収書のたぐいを探っていた、などと知ったら梨香子との関係は二度と修復できない。しかし事実は、もはや修復不可能なところまできているし、だいいち修復などできなくていいのだ、と真一は思った。修復不可能な事態になった原因は、梨香子が作ったのだから。

それともすべてが自分の邪推なのか、とあらためて迷う。確証はない。

自分の子供、仲間うちでようやく得た信用と人並みの扱い、そして考えたくはないが生活費と文筆業という仕事。

すべてが、自分の誤解と邪推であったなら、梨香子と別れることによって失うものはあまりにも大きい。

再び一人になったら、翻訳どころか、今ではライター業で食いつなぐのさえ難しい。

管理人に腕をひねり上げられていた峰村の姿は、あすの真一自身の姿でもある。

せめて本が一冊、出てくれたら、と真一は現実から逃れようとするかのように考える。天竜出版がつぶれたりせず、あの評論集が一冊にまとまってくれていたら……。発行部数は少なく、印税など微々たるものだが、それが出ることによって、岸田真一の名前は海外SF評論家として、翻訳家として認知される。仕事も回ってくるだろう。何より自分の名前の本が出ることによって、この状況を打ち破り、人生をやり直す勇気が与えられる。この憂鬱な、惨めな思いをふっきることができる。

岡本の名前の記された領収書と写真を元に戻し、真一は受話器を取った。「戦略2000」編集部の番号をプッシュする。

秋山泉子はすぐに出た。

「天竜出版で連載していたコラムのことなんです」

例によって挨拶も世間話もなく、真一はいきなり本題に入った。秋山も慣れたもので、

「あ、そうそう、もうなくなっちゃうのよね、あの会社も」と答えた。

「ええ。それで」と真一は小さく息を吸い込んだ。

「あの……それで連載してたコラムをまとめて本になるはずだったんです」

「あら、そうだったの。残念ね」

秋山は感情のこもらぬ声で言った。

「それでだめになったんで、出せませんか？」

「会社がつぶれたら、無理でしょうね」

「だから天竜出版ではなく、そちらで……」

「はぁ」と秋山は問い返した。もう一度真一が言うと、「むずかしいわね」と即座に答えた。

「むずかしいというと、三〇パーセントくらいの可能性ですか」

「ばかね、むずかしいっていう日本語はね、無理だってことなのよ。つまりゼロパーセント」

苛立ったように、秋山は言った。

それなら「できません」と答えればいいじゃないか、と真一は思った。

「うちは、もともとビジネス書で売ってる出版社だし、文芸書は強くないわ。ましてや翻訳ＳＦでしょ。しかも評論じゃだれが読むの？」

「でも……」

「他のところを探した方がいいと思うわ。ただしそれなりに名の知れた著者でないとむずかしいと思うけどね」

「むずかしいとは、つまり可能性ゼロパーセントですか」

「なんだって、おたくは一足す一は二なのよ」と秋山は呆れたように言った。

一足す一は二に決まっているじゃないか、と真一は秋山の言葉に首を傾げる。かといって今、「戦略２０００」でしている仕事は、一冊の本としてまとめられるような内容のものではない。

「どうも」と言って、受話器を置いた。

次に松井に電話をかけて、メールマガジンでブックレビューのページを持たせてもらえないか、と尋ねた。

「いいよ、ただしビジネス書ならね」

松井は冷ややかな声で答えた後に、付け加えた。

「ＳＦ文芸評論なら、俺の方がやりたいよ。しかしあれは『戦略２０００』の宣伝用メールマガジンなんだ。わかってるよな」

真一はうなだれて電話を切った。

夢は潰え、出口もない。

その日、梨香子が帰ってきたのは、深夜だった。めずらしく上機嫌だ。

今度こそ、はっきりさせなければならないと、真一の心は決まっていた。

荒れようが、修羅場になろうが、これ以上、ごまかしの結婚生活を続けることはできない。

真一は慎重にタイミングを見計らう。梨香子がテーブルで真一のいれたハーブティーをゆっくりすすっているとき、その正面に座って尋ねた。

「あの一月の母親学級の日……」

「え」と梨香子は小さく眉をひそめて、「ああ」とうなずいた。

「会社から帰ってくるの、遅かったね」

「うん」

「夕飯、うちで食べなかったね」

「ああ、赤坂で食べたの、岡本さんと。なんで？」

息が止まりそうになった。あまりにあっさりと自白されてしまって、次の言葉が続かない。

「岡本さんと、って……君は、ホテル……」

ようやく絞り出すように言った。

「うん、赤プリのグリル」

領収書の通りだ。

「仕事でトラブって。だから遅くなったんだけど」

「契約がどうこうって、あれ？」

「フランスの航空会社とリース会社の双方と結ぶ手筈《てはず》になっている契約書があったのよ。その条項で、内容を違えてしまった箇所があったの。それで真っ青になって、岡本さんに相談したわけ」

「そんな重大なことを、君は社外の、しかもプライベートな知り合いに相談するの」

奇妙に冷静になって、真一は尋ねていた。尋問の口調だった。

「だから岡本さんじゃなくちゃだめなんじゃないの。信用のおけない人に相談して、外部に漏らされたりしたら困るもの」

「普通、上司とかに相談するんじゃない？」

梨香子は目をむいた。

「上司に相談したところで、何が解決するっていうの？　かといって会社で飼ってる弁護士なんかに相談してごらんなさい。大ごとになって、すぐにこちらの責任を追及されるわよ。そんなのまっぴら。それで岡本さんに相談したの。ほら、彼、よく言ってるでしょ。事が起こる前に電話をくれって。疑問の点が出てきたら、何か行動を起こす前に相談してくれ、行動を起こしてからじゃ遅いって。それで相談したら、即、答えが出たわ。彼のアドバイスに従って、すぐに双方の会社の担当者に連絡を取って必要な処理をして、おかげで無事、契約締結に漕ぎ着けたってわけ」

「で、相談に乗ってもらったお礼に食事をおごったの？」

「そう、友達同士だからね、お金を取ってくれるはずもないし。普通なら電話相談一件でも一万円とか、するらしいけど。でも結局、彼って、男の面子《メンツ》にこだわる人なのよ。

女の子にご飯なんかおごられるわけにはいかないって言って、結局自分で払ってしまったわ」

つまり岡本名義の領収書は、そういうことらしい。

「それから少しして、参考までに、と資料を送ってきてくれたの……」

そこまで言うと、梨香子はばたばたと自分の部屋に入っていく。

昼間、真一はそこに入り、梨香子の机の上や椅子のまわりを探った。そのことがばれはしないか、と思うと身がすくんだ。

「あ、これこれ」

機嫌を損ねた風もなく、梨香子は戻ってきて、一枚の写真を見せた。真一が発見し、元に戻しておいた写真だった。

「ね、ね、よく写ってるでしょ」

「つまり、これを仕事の資料と一緒に送ってきたってこと」

「うん」と梨香子は写真の中の真一に見入っている。

信じるべきかどうか、わからなくなった。

梨香子は頭のいい女だ。絹田徹子の指摘をまつまでのこともない。この上機嫌と笑顔こそ、頭がすさまじいばかりの速さで回転していることの証《あかし》かもしれない。

よくない頭で、必要以上のことを考えるのを真一はあきらめた。何も考えず、生まれた子が神の子だとでも信じた方がよほど幸せそうだ。

いや、生まれてしまえばいくらでも自分の子でないことは証明できる。最終的にはDNA鑑定という手段もある。離婚はその後でいい。

はりつめたような冷たい空気が緩《ゆる》み、梅の香を含んだ空気が甘く漂う頃、梨香子は産休に入った。予定日まであと六週間、子供は順調だ。

しかし部屋は何一つ片付いていない。

ベビーベッドを置けるのは一部屋だけだ。三部屋あるとはいえ、ベッドルームとして使っている一部屋は窓のない納戸だ。真一の仕事部屋は、北側の廊下に面しているために、一日中陽が射さない。ダイニングを兼ねたリビングルームは、大きな食堂用テーブルとソファがあるので、それだけでいっぱいだ。

とすれば、一日中陽の射す、畳敷きの梨香子の部屋にベビーベッドを入れるしかない。

しかしそこは今、埃とすえたようなにおいが漂った、ソドムと化している。

そのソドムのような部屋で、産休に入ってから二日間、梨香子は夜も昼もなく眠り続けた。その前の一週間は、ほぼ連日、深夜までの残業をこなしていたのだ。終電もなくなり、午前一時を過ぎてタクシーで帰ってくるような生活をしていたのだから、当然のことだった。

そして産休に入って三日目の朝、真一に起こされた梨香子は、顔を洗い、朝食を食べはしたものの、着替えもせずに部屋の中を所在なくうろついている。

考えてみれば、梨香子のマタニティーウェアは、すべてが紺やグレーの肩パッド入りのビジネススーツだった。それも体の線を極力出さないために、鎧《よろい》のようにしっかりした生地で作られている、見ただけで肩の凝りそうな代物だ。それ以外は、パーティードレスが一着あるきりだ。

家の中で着ることはおろか、近所の買い物にさえ着ていかれないようなものばかりだった。

今、梨香子が身につけているのは、真一のスウェットスーツだ。小太りの真一の衣服なら、腹の周りも、どうにかカバーできるようだ。

すっかり重くなった体を色あせた水色のスウェットに包み、梨香子は新聞を見ていた。しかしまたすぐに部屋に引っ込む。

そっと覗きに行くと、着替えや書類や辞書や雑誌、たべかけの蜜柑《みかん》などの散乱した部屋で、早春の光を浴びながら、砂浜のトドのごとく転がっている。

連日、引き継ぎのための残業に追われていた企業戦士は、今、疲れ果て、大きな腹を抱え、まるで入行以来九年分の眠りをむさぼるかのように、深い寝息を立てていた。

その姿を見ていると、この部屋の筆舌に尽くしがたい乱雑ぶりも、この家の内部でのみ爆発させる怒りも、無理もないことなのかという気がしてくる。

もともと彫りの深い梨香子の瞼《まぶた》は、いっそう落ち込み、頬は白く乾き、シニョンを解いた長い髪は、赤茶けて傷み、首筋にまつわりついていた。

「リカちゃん」

真一はその背をそっと撫でた。梨香子はかすかに身じろぎしたが、目覚めず小さく甘えるように鼻を鳴らした。

そうしていると、腹の子供が自分の子供ではないのではないかと疑ったことに罪悪感を覚える。

真一は、眠り続ける妻を、ただただ痛々しい思いで見下ろし、傍らの椅子の背に畳むでもなく、だらしなく引っ掛けてある膝掛けをその体にかけ、部屋を出た。

まだ予定日までは間がある。なんとかなるだろう。

ライターの仕事は、再びわずかずつ入り始めた。一日、二日で取材し、原稿をまとめることを要求されるという点では厳しい仕事であるが、振り込まれた稿料を見ると時給換算はコンビニの店員より安く、気落ちする。

丸三日間、眠り続けた梨香子は、四日目から活動を始めた。

しかし部屋を片付けたり、産着《うぶぎ》を用意したりし始めたわけではない。

産休に入ってから祝日と土、日を挟んだ三日間、会社は休みだったのだが、月曜日の九時ぴったりに、自宅の電話が鳴った。会社からだった。若い男の声だ。のろのろと起き上がった梨香子は、その声を聞いたとたんに、驚くほど大人びた挨拶をした。

傍《はた》で聞いていてもほれぼれするような落ち着いた調子で相手に何か指示し、電話を切る。二十分後には、数字とフランス語の並んだファックスが送られてきた。やや間《ま》を置いて、再び指示を仰ぐ電話がかかる。

その一時間後には、今度は中年の男の声で電話がかかってきた。課長だと言う。真一のスウェットを着て、解いた髪をバンダナで留めたまま、梨香子はコンピュータの前に座り、インターネットに接続する。

しばらくしてから、今度は梨香子の方から会社に電話を入れ、何やら指示している。

「うちは、サテライトオフィスじゃないのに」

真一は、埃だらけの部屋で、相変わらずごみや脱ぎ捨てた衣服に埋まって仕事をしている梨香子に向かってつぶやいた。

とたんに「あたしだって、好きでやってるわけじゃないわ」という怒鳴り声が返ってきた。

一言でも抗弁したら終わりだ、と判断し、真一は北側の部屋に逃げる。何しろ相手は妊婦だ。普通の精神状態ではない。そう考えるようにしていた。

それにしても、東邦信託銀行とはいったいどんな会社なのだろうか、と梨香子の母親でなくても首を傾げたくなる。産前休暇を取った社員のところに、こう頻繁に電話をしてくるとは、いったい女一人にどれだけの仕事をさせていたのだろうか。それとも梨香子は、情報を部下に開示しないで、一人で抱え込んでいたのだろうか。

それから四日間、梨香子はパソコンと電話とファックスに張りつき、深夜まで仕事をしていた。

結局、真一は梨香子の部屋の片付けをあきらめた。いずれ必要に迫られればやるだろうと考えることにした。

妊婦体操も不要と思われるくらいの激務を四日かかって終えた後、梨香子はほうけたように、再びごろごろし始めた。

「あまりごろごろしていると、お産が重くなるって書いてあるよ」

ある日、ついに真一はたまりかねて、病院からもらってきたパンフレットを開いて見せた。

「うん」と梨香子はそれを一読し、意外なくらい素直に、ビジネススーツ風のマタニティーウェアに着替えた。散歩用のスウェットスーツとシューズを買ってくると言う。

梨香子を送り出した後、真一は部屋の掃除にとりかかろうと思いながらも、何気なく病院からもらった手引書を読みなおした。はっとした。

そこには妊娠から出産までの間にしておかなくてはならないことが、月別に書いてある。入院用のネグリジェ、産褥《さんじょく》ショーツ、赤ちゃん用肌着やベビードレス、その他は妊娠七カ月までに用意することとある。

なんだって、と思わず叫んでいた。

入院前に揃えればいいと思っていたのだが、それらは妊娠七カ月、すなわち今から二カ月も前に準備しておかなくてはならなかった物なのだ。そのくらいになると早産で生まれてしまう可能性があるからだという。

しかし真一は何もしていない。真一はともかく、肝心の母親になる梨香子が準備していた様子はない。

今度は遠慮なく、梨香子の部屋をかき回した。やはり何もない。

「そうだよな、そりゃ、あいつのことだものな……」

そうつぶやきながら、真一は梨香子の横になっていた畳を見下ろす。なんだかその部分だけ大きな腹をした梨香子の体の形にくぼみ、ぬくもりと湿り気が残っているような気がする。

そのとき梨香子が帰ってきた。

気に入ったスウェットがあったのだろう。重たい体だというのに、足音が軽やかだ。

「真一さん」と梨香子が北側の部屋の扉を開ける音がする。真一は返事をしなかった。

こちらの部屋の戸が開く。

「ちょっと、何してるの」

低く、険しい声が背後で聞こえた。勝手に机の上やパソコンの周辺を触り、クロゼットやキャビネットを開き、家捜《やさが》しをしたあともそのままに座り込んでいる夫の姿を見つけて、一瞬のうちに頭に血が上ったようだ。

振り返ると梨香子の目は吊り上がり、頬が紅潮している。並はずれた美貌は、怒るとさらに際立つ。

「鬼嫁」と口の中でつぶやいてから、真一は病院からもらった手引書を差し出し、自分でも意外なほど冷静な調子で言った。

「準備はしてあるのか」

そこにある七カ月という部分を指差す。梨香子ははっとしたような顔をしたが、すぐに言った。

「それって家にいる人の話でしょ」

気のせいか、「家にいる人」という言葉に、軽蔑の意味が込められているように聞こえる。

「私たちが、生まれる三カ月も前から準備してなくたっていいじゃない」

「妊娠七カ月になったら、いつ生まれてしまっても文句言えないんだ」

梨香子はぽかんと口を開いた。

「でも予定日は……」

「出産は予定通りにはいかないって、産婦人科の先生だって言ってたじゃないか。君のやってる仕事とは違うんだ。破水や早産の可能性があるんだよ。もう君の状態では」

「そう」

梨香子は急に素直な口調になった。

ベビードレス、中着、肌着、オムツ、ネグリジェ、タオルと梨香子は生真面目な顔で、手引書に書かれた物を小さな声で読み上げる。

「何もやってないだろう」と真一は咎《とが》めるともなく言った。

梨香子は首を横に振った。

「これ用意してある」

「え、どれ？」

梨香子の指差したものを見て、真一は絶望的な思いにとらわれた。手引書の最後の企業広告にあるお宮参り用の母親の着物だった。

「ほら、ここ」と梨香子は、積み重なった資料をどけて、下にある箱を開けた。ナフタリンのにおいが立ち上り、そこには浅葱《あさぎ》色の綸子《りんず》に菖蒲《しょうぶ》を散らした留め袖が入っていた。

真一は両手で頭を抱え、蓋を閉める。

そのとき電話が鳴った。両手を床につき、ものうい表情でもっさりと立ち上がった梨香子を制して、真一は電話の方に行く。真一も敏捷《びんしょう》な方ではない。何をするにもワンテンポ遅れるために、幼い頃からいじめられ続けてきた。しかし今、膨れた腹を抱えた梨香子の中年女のような動作を見ていると、人が変わったように自分が機敏に動いているのに気づく。

「もしもし」という受話器から流れてきたのは、甲高い女の声だった。今度は仕事の電話ではない。

梨香子の母親だ。

「あ、真一さん、大林でございますけれども」

そう言ったきり、相手は沈黙している。こちらが「どうもすっかりごぶさたしてます。すっかり春めいてきましたね、どうですか、お元気ですか」などと挨拶する間を置いてくれているのだが、真一にはそうした芸当はできない。

「どうも……あの、何か？」

そう言ったとたん、相手は尖った声で一気に話し始めた。

「やはり初産《ういざん》ですからね。心細いってこともあるでしょうし、お産の辛さは殿方にはわからないものですからね」

「は……」

「さとに帰って産むのがいちばんなんですよ」

「え……はい」

「それをもう二カ月も三カ月も前から、娘に言ってるんですけどね。もう会社、お休みに入ったんでしょう、どうしてるの？」

「寝てますが」

「寝てるってあなた、そんな、子供が育ちすぎてお産が重くなるじゃないの。ねえ、真一さん」

　哀願する口調の裏に非難がましいものが感じられる。

「帰してやってくださいよ。それは、おたくにはおたくのやり方があると思いますけれど、私にとっては娘なんですのよ。私は姑《しゅうとめ》のそばで産まされましたんですけどね、あなた、それはそれは辛いものでしたわ。痛くても苦しくても、実の親と違って、甘えるわけにもいきませんでしょう。じっと耐えるしかなかったんですよ。同じ思いをさせたい親がいると思いまして？」

「あの……僕の母は来ないです」

「だったら戻してくださったって、いいじゃありませんか」

「あ……う……」

　大歓迎だ。さっさと娘を引き取ってもらえれば、僕はうれしい。永遠に引き取ってもらえれば、もっとうれしい。

　そんな本音を言えるわけはない。まともな受け答えをしようとすればするほど、言葉は、真一の口の中でいっぱいになってしまい、うまく出てこない。

　梨香子の両親はもともと苦手だ。彼らだけではない。人と話すのが苦手だ。年代が違い、業界も趣味も違う相手はよけいに苦手だ。苦手な人間に、身に覚えのないことで、いきなり叱責されたのだから、手際よく弁明できるはずはない。

「別に僕としては……反対はしないんで」

「行っていいよと言われたって、あなた、妻の立場としては、はいそうですかとは言えないでしょう」

「じゃ、どうすればいいんですか」

　真一は尋ねた。これは彼にとっては純然たる問いかけだ。「それでは私はどうすればいいのですか、指示してもらえれば、あなたのおっしゃる通りにいたします」というのが真一における日本語の意味だが、一般的にはこの言葉を聞いたら、別のニュアンスを持って受け止められる。

「どうすればいいって、あなた」と言ったきり、義母は怒りを押し殺したように黙った。そして一瞬、間を置いた後に機関銃のような口調でしゃべり始めた。

「今までは、娘の立場もありますから、私一人の胸に収めてまいりましたけどね、今度という今度は、言わせてもらいます。私は、はじめから反対だったんですよ。三十をとうに過ぎたとはいっても、いらない娘ではございません。犬猫の仔《こ》ではありませんのよ。

私のお腹を痛めた子です。だれでももらってくれればいいってものではないんですのよ。こんな不釣り合いな……いえ、あなたさまがどうこうと申し上げているんじゃありません。ちゃんと世間様から見てもすわりのいい結婚というのが、ほかにあったはずですのに」

「汚れたパンツと食べかけの菓子と読みかけの本を一緒くたに箱に放りこむ女となんか、釣り合いが取れる相手がいたら見てみたい」という悪態もまた、真一の口からは出てこない。

ただ「あ……それは、う……」と、もぐもぐと口を動かすだけだった。

憤慨や怒りや屈辱感は、ただでさえ滑りのわるい真一の舌をなおさら滑りにくいものにしていた。

そのとき背後から、いきなり受話器がもぎ取られた。

目をぎらつかせ、夜叉のような顔になった梨香子が、いきなり受話器に向かって怒鳴った。

「言いがかりつけるの、やめてよ。真一に何を言ったのよ。あたし帰りませんからね。出産なんて夫婦でするものでしょ。実家に帰って産むなんて、いちばん嫌いなのよ。辛かったら真一の手を握るわ。真一にさすってもらうわ。そのために夫がいるんじゃないの。夫婦の関係はね、お母さんの時代とは違うのよ。少なくとも私は、自分の母親に妻を預けて料亭で芸者を揚げて酒を飲みながら知らせを待っていたような、お父さんみたいな男と結婚した覚えはありませんからね。真一はだれより大切な私の夫なの。二度と、彼に変なこと言わないでよね」

　その語気の強さに、真一はへたへたとその場に座り込んだ。

　もしかすると梨香子は本気で自分に惚れているのかもしれない。都合のいい男だから手放したくないだけだと解釈するには、その言葉には真情があふれすぎている。

　それだけに娘に頭ごなしに怒鳴られている母親が少し気の毒になってきた。

「ねえ、帰らなくても、お母さんにしばらくこの家に来てもらったら」と真一は、梨香子の脇腹を突いて言う。

　梨香子のあの部屋を見せれば、母親もさきほどのような無礼な発言はしなくなるだろうという目論《もくろ》みもあった。

　受話器をふさいで、梨香子は答えた。

「やだ！」


　その日の午後、真一は一人で新宿に買い物に出掛けた。

　手にしたメモ用紙には、手引書にあった物が書いてある。

家の近所でも日用品を売っている店はある。しかし、入院に必要なドライシャンプーのたぐいから赤ん坊用の肌着まで一度に揃えるとすれば、やはり新宿あたりまで出ていった方がいい。

梨香子は置いてきた。臨月の妻を電車に乗せて連れ歩く気もしない上、買い物が一軒で済まなかった場合は、足手まといになると判断したからだ。

真一が買い物をしている間に、梨香子は印鑑や母子手帳、保証金といった、事務手続き上必要なものを揃えておくことになった。

新宿駅の西口を出た真一は、まず大きな薬屋に入った。一階の棚を探すとリンスとシャンプーの棚が奥まで続いている。歯ブラシ、ヘアムースやスプレー、洗剤……。薬屋とはいえ、雑貨屋のような有様だ。制服姿の高校生と若い女の体臭が店内に充満している。しかし紙オムツやガーゼハンカチのたぐいはない。店員は高校生たちの応対に追われ、何かを質問できる雰囲気ではない。

一通り一階を回り、目的のものが見つからないまま、二階に上がる。するとフロアにいた若い女たちの険しい視線が、一斉に真一に注がれた。

メモを店員に見せるまでもない。薬屋とは名ばかりで、そこにあるのは化粧品とピアスだけだったのだ。ほうほうの体《てい》で階段を下り、茶色の髪の間をすり抜け、入り口に向かおうとしたとき、通路に置いてあったカバンのひとつにつまずいた。ぐらりと体が傾き、紺の制服の肩に触れたとたん、頭の上から舌打ちひとつと声が降ってきた。

「ザけんじゃねえよ、ったく、ウザいんだよ、このオヤジ」

オヤジという言葉が一瞬理解できなかった。それまで自分に向けられた悪態というのは、「オタク」と「チビ」だ。それに「三低」というのもあった。しかし三十になったばかりでオヤジと呼ばれるとは思わなかった。

憮然として外に出ると、店頭で売っている新色の口紅のそばに鏡があった。何気なく見るとそこにいるのは、紛れもないオヤジだった。

昨年春までは真っ黒だった髪のこめかみ部分に白髪が交じっているのだ。年齢的には若白髪と呼ぶべきかもしれないが、心労のせいであることは間違いない。

いったい自分は何のために結婚したのだろうか。

薬屋を出て、駅ビルにある雑貨屋に行く。そこで生理用ナプキンやドライシャンプーなどは見つけたが、ガーゼハンカチやマミーパッドといったものはない。

二階の日常衣料品売り場に行ってみると、こちらには子供用の衣服はあるが、赤ん坊用のガーゼ肌着がない。

ひどい疲労を感じた。

時計を見ると、すでに雑踏を一時間半もさまよっていたことになる。

真一は階段の踊り場にあるベンチにぐったりと腰掛け、自動販売機のジュースを飲む。

片手にソフトクリームを持った、幼稚園くらいの男の子がいきなり駆け寄ってきた。

真一の座っているベンチに土足で乗り、飛び降りる。走り回って、またベンチに乗る。親は赤ん坊を抱いたまま、立ち話をしていて、注意する様子もない。

ベンチに乗ったまま、男の子は今度は跳ね始める。どすんどすんと振動が伝わってくる。とても座ってはいられない。

「ガキは嫌いだ」とつぶやいていた。

真一は敵意をこめて男の子を睨みつける。男の子も無遠慮に真一を見た。

「なんだ、このオヤジ、文句あるのか」とでも言いたげな、ふてぶてしい表情だった。

疲れも手伝い、その顔に真一は首をしめたいくらいの憎しみを感じた。

「『買い物で疲れていたから』幼児　絞め殺す　母親の目前　失業ライター白昼の狂気」

こんな新聞の見出しが目に浮かぶ。

こちらを無視して立ち話を続けている母親の方を見ると、抱かれている赤ん坊と視線が合った。赤ん坊はきょとんとした顔をしている。

可愛くはなかった。

「ガキは嫌いだ。やっぱり、本当に、嫌いだ」

男の子にしろ、赤ん坊にしろ、こんな生きものをどうして可愛いと感じられるのか、不思議だった。あと二、三週間後には、自分が同じようなものを抱える。そんな生活を想像したとたん、暗澹《あんたん》とした気持ちになった。

不意に母親がこちらに顔を向けた。そして次の瞬間、怒鳴った。

「マァくん！　こっち来なさい。おじちゃんに怒られるよ」

その注意のしかたはなかろう、と思う。

「おまえのような女が子供を産むな」

そう心の内でつぶやき、真一は立ち上がる。しかしまだ帰れない。まだ赤ん坊の肌着も産褥ショーツもネグリジェもない。

のろのろと階段を下りると、「あら」と声がした。

「岸田さんじゃない」

菜穂子だった。いつものようにタクシンとは呼ばずに、岸田さん、ときた。

「なに、うらぶれてんのよ」

大きなお世話だ、とつぶやき、「そう見える？」と尋ねてみる。

「うん。会社をクビになって、失業保険を全部馬券にしてスッちゃった後のおじさんみたい」

「疲れてるんだよ……」

ため息をついて通り過ぎようとした。

「どうして？」

すべてに、と言いたいが、言えるわけもない。

「買い物したいものがないから」と真一はありのままに答えた。

「何を探してるわけ？」

真一は黙ってメモ用紙を広げる。

そのとたん、自分が大失敗をしたことに気づいた。才色兼備の最高の妻を得たということは、その妻に惚れられ、尽くさせてこそ胸が張れる。

その妻が自分の出産準備もできない、妻として母として女としても失格の女であり、その女に代わって、自分が買い物をしているなどということが、菜穂子に知られたとしたら……。

「新宿でさぁ、タクシンに会ったわけ。それがさぁ、笑っちゃうのよね、赤ん坊の肌着とか奥さんのナプキンを探してさまよってるわけ。完全に女王妻と奴隷夫の関係じゃん」

そう言って仲間うちで高笑いしている姿が目に浮かぶ。

「なあんだ」

菜穂子は、笑った。しかし高笑いではなかった。嘲笑でもない。

「デパート行けばあるよ。子供用フロアの半分は赤ちゃんとマタニティーコーナーだから。服はもちろんだけど、ベビーベッドや、バスも、全部揃うよ」

「デパート……」

子供用品の階に足を踏み入れたことなどなかったから知らなかった。

「でもデパートの場合、ファミリアとかミキハウスとか、いろんなブランドが揃っているんだけど、すっごく高いんだ」

「まあ……それは」

「リーズナブルに揃えたければ、キンダーランドよ」

「何、それ？」

「会員制の店」

「あの、悪いけど……」

その場所教えてよ、と真一が最後まで言い終える前に、菜穂子は歩き出す。

「案内するわ。こっち」

「いや、場所だけ」

「あたし会員カード持ってるから」

「いいよ、そんな、わざわざ。忙しいんだろう」

なぜ未婚の菜穂子が赤ちゃん用品の店の会員カードを持っているのかわからないまま、真一は言った。

「いいって、いいって。気にしないで」

その親切さに真一は戸惑う。

「どう、梨香子さんは」

歩きながら、今までにないくらい打ち解けた口調で菜穂子は尋ねてきた。

「ちょっと、家でいろいろ……」

「つわりは？」

「あるわけないだろ。臨月だもの。ただ、胎児に突き上げられる感じで一度にたくさん食べられないから、いつでもつまめるようなものを作って、冷蔵庫に入れておくんだ。今日はじゃが芋とめんたいのサラダを作ってやったらおやつがわりに食べてた」

言った後に、情けないことを口にしてしまった、と後悔したが、菜穂子はふうーん、とうなずいただけだ。

「岸田さん、ちゃんと夫してるんだ。そんな気配りできる人だなんて、想像してなかった」

菜穂子は人混みをかき分けるように、ブティックや飲み屋の立ち並ぶ路地を歩いていく。

やがてデパートの裏通りに出ると、倉庫のような外装の建物についた。

「キンダーランド」とある。

今まで関心がなかったからということもあるが、この街にこんな店があることを真一は初めて知った。

「貸して」と真一の手から、メモを受け取ると、さっさと店内の所定の棚に行く。プラスティックの籠に入った商品が、高い棚の上まで無造作に積み上げられており、それを蛍光灯が照らしている様は、外見と同様、倉庫そのものだ。

平日だというのに、カップルの客がけっこう多い。しかし妊婦らしき女性はいない。

「お腹の大きい人がいないね」と真一が言うと、菜穂子は笑って答えた。

「あたり前じゃない。ここはデパートじゃないから、トイレなんかもきれいじゃないの。気分が悪くなったりしたときにケアできる施設も休憩所もないんだもの。赤ちゃん連れの女の人や、お腹が大きくなった人は、来られないわよ。そのかわり安いけど」

「じゃこの人たちは、妊婦じゃないんだ？」

真一は客を指して、小さな声で尋ねた。

「ばかね。お腹が目立ってないだけじゃないの。赤ちゃん用品なんて、そうなる前に揃えるものでしょ」

真一は黙りこくった。やはりそうなのだ、と思った。やはりそれが常識というものだ。

菜穂子は赤ん坊用のガーゼの肌着を手にして、「どっちがいい？」と真一に尋ねる。ひとつは真っ白で、もうひとつは、うさぎの模様がプリントされている。

「うさぎちゃんも可愛いよね」と眺めて微笑んでいる菜穂子の顔には、普段の意地悪さが微塵《みじん》も感じられない。口が悪いだけで性格はいい女だったのだ、と真一は思った。そうしてみると、菜穂子の低い鼻も、奥二重のきつい目も、それなりに魅力的なものに見えてくる。

「聞いていい？　平岡さんって独身なのに、何でこういう店を……」

きっと真一を睨みつけ、菜穂子は答えた。

「姉に生まれたのよ、去年。姉の代わりに買い物に来るから、会員カードを持ってるの」

真一は「すいません」と謝り、メモを見ながら手際よく必要なものを籠に放り込んでいく菜穂子の後ろをついてまわる。

こうしていると、傍からは自分たちもカップルに見えるのだろうかと、ふと、思った。背丈は、梨香子とより釣り合いが取れている。悪くないな、と思う。

「それからベビーベッドとバスは？」

「ないから買わないと……」

菜穂子は渡り廊下で繋《つな》がった別棟に真一を連れていく。

折り畳んだ状態のベビーベッドがいくつか置いてあり、さらに二回りほど大きなものもある。説明によれば、小学校入学くらいまで使えるサイズだという。

「なるほどこれならいいな」と真一が感心していると、「だめよ」と菜穂子は言った。

「幼稚園に上がると、もう寝相悪くなるから、身長ぎりぎりのベッドなんかで寝てられないわ。それにこんな大きなベビーベッド、置く場所ある？」

散らかり放題の梨香子の部屋の様が、ふと頭に浮かんだ。

「ベッドやバスは、リースって手もあるわ。どうせ一年足らずのことよ」

「そうか」とあらためて納得した。

結婚していなくても、普通の女の子なら、ちゃんと赤ん坊のことについては知っているのだと思う。

「それから入院用のネグリジェね」と菜穂子はメモを見る。

「あっち」と指差し、先に立って歩いていく。

「なんでネグリジェなんだろうな。リカちゃんは、男物のパジャマが好きなんだ。何せ男並みに大きい体してるから、婦人物はズボンも袖も短いんだ」

「ネグリジェだと、看護婦さんがケアしやすいからよ」

菜穂子は短く答えた。

「産後に傷口とかできるでしょ」

傷口という言葉に、ひどく生々しい感じを覚えて、真一は怖気《おじけ》づいた。会陰《えいん》切開というのは、本当にあそこを切るのだろうか……。しかも鋏《はさみ》で。そんなことをされて女という生きものは正気を保てるのだろうか。

「ほら、これ」と菜穂子はネグリジェのひとつを取り、胸の部分のフリルのようなものに指を入れてみせる。

「ね、ここがちゃんと開くようになってて、授乳できるのよ。胸元が丸見えにもならないし」

説明しながら、菜穂子はチェリーピンクの小花模様のネグリジェを、ひらりと自分の体に引きつけてみせた。

不意に甘い感傷が込み上げる。幼い頃、近所のおばさんが子供に乳を含ませているのを見た。おばさんとは言っても、若妻だったのだろう。真っ白な乳房と濡れた乳首が、何かひどくはずかしく、甘く痛切な憧れを感じた。そのおばさんと菜穂子が重なる。なぜか梨香子には重ならない。

「何、にやにやしてるの？」

菜穂子は少し怒ったように言ってから尋ねた。

「これ、本人が見ないで選んじゃ、まずくない？」

「なんで？」

「好みがあるでしょ。できればおしゃれっぽい方がいいし」

「たかが赤ん坊を産むときに着てるだけのものじゃないか。子供を産んでおしゃれも何もないし、好みより、機能で選べばいいんだろう」

「わかってないわね」

何をわかっていないのか、真一にはわからない。

「どっちにしたって、リカちゃんはもうお腹が重くって、こんなところには来られないよ。適当に選んでいいよ。ただし、体、大きいからLサイズだよ」

菜穂子は黙って、紺と白のストライプの、一見男物のような雰囲気のネグリジェを取り出した。

「たぶん、気に入ると思うわ。フリルピラピラは嫌がると思うから」

真一はさほど関心もなく、同意した。

メモしたものは十分足らずですべて揃った。

菜穂子のカードを見せてレジで金を払った後、真一はおずおずと切り出してみた。

「あの、おかげで買い物できたから、お礼ってわけじゃないけど、コーヒーくらい……」

断られるだろうか、と少しばかり緊張した。

「別にお礼はいらないけど、私もちょっと疲れた。軽く行こう」

菜穂子はそう言うと、再び先に立って歩き出す。すたすたと入っていったのは、喫茶店ではなく、ショットバーだった。カウンターで好きな飲み物を買うようになっている。

「生！」と菜穂子は五百円玉をカウンターに置いた。

「ちょっと、まだ、昼間だよ」

真一は仰天した。驚くと同時に、女の子がいきなり酒を注文するからには、やはり何か期待しているのではなかろうか、と感じた。

「いいよ、ここは僕が持つから」と言うと、菜穂子は五百円玉をひっ込め、「ごちそうさま」とぺこりと頭を下げる。意外に素直な反応が新鮮で可愛らしい。

真一自身は、酒は飲めないのでコーヒーを注文し、二階のボックス席に行く。

「見なおした。ちゃんと夫してるんだね」

菜穂子は、席につくと真一を見つめて言った。

「正直なところ、岸田さんがこんな風にちゃんと奥さんの代わりに買い物とかすると思わなかったから、すっごい見なおした、あたし」

真一の胸の中を春風が吹き抜けるような甘い爽快感が走る。

「いや、僕も菜穂子ちゃんにこんな女らしい一面があったなんて、思わなかった」

見なおしたと言われたせいか、すらすらと言葉が出てきた。

「女らしいって？」と菜穂子は怪訝《けげん》な顔をする。かまわず、真一は続けた。

「なんていうか、やっぱり子供が好きで」

「はぁ？」

「今度から、たまにここで会おうか」

とたんに菜穂子の低い鼻に横皺が寄った。

「嫌《や》だ」

驚くほど梨香子に似た口調で、菜穂子は間髪いれずに答えた。

何か自分がまずいことを言ったらしい、というのだけはわかった。

「いや、冗談だよ……あ……その」

「ったく、カン違いオヤジの域だよね」と口をひんまげ、菜穂子はジョッキをどすんとテーブルに置く。

「だから冗談……」

「あんたが言うと、ただのセクハラなんだよ」

なんでそこまで言われなきゃならないんだ、と憤慨しながら、ほんの一瞬前に、菜穂子に甘い情緒を感じた自分に腹を立てていた。それからはいつものように愚弄《ぐろう》されながら、真一はコーヒーを飲み終えた。

帰ったときには、夕方の六時を過ぎていた。「お帰りなさい」の次に、「お腹すいた」と言う妻のために、真一は一服する間もなく、切り身魚を焼き、味噌汁を作る。

その間に、買った物を開いて見ていた梨香子は歓声を上げた。菜穂子の選んだネグリジェを見つけだしたのだ。

「わ、すごくすてき」とうれしそうに抱き締めている。

「ね、ね、真ちゃんって、どうしてこんなに私の趣味がみんなわかっちゃうの？」

菜穂子に選んでもらった、とは、なぜか言えなかった。

翌朝、ライター仲間の一人から電話がかかってきた。すでに子供が大きくなって使わなくなったので、ベビーバスをくれるという。また絹田徹子からは、姉のところで使った古いベビーベッドをきれいにしたので取りに来いと連絡が入った。

さらにその翌日、松井はまとめ買いをして余らせた紙オムツが押し入れから出てきた、といきなり宅配便で送りつけてきた。菜穂子が、仲間にEメールで情報を流してくれたのだった。

梨香子は、「菜穂子さんって、気がきく」などと言って、無邪気に喜んでいる。

慌ててリースを申し込む必要はなかった。

その日真一は、梨香子の車を運転して仲間の家を回りベッドやベビーバス、さらにベビー服のお下がりなどをもらった。

梨香子はそうしたものを譲ってくれた人々に、すぐに丁寧な礼状を書いて送った。しかし集まったものを整理することはしない。

折り畳まれたベビーベッドや紙オムツの袋、さらしの布、ベビー服のたぐいが玄関に山積みになっている。真一にしても、書籍や日用雑貨ならともかく、そうしたものをどこにどうしまったらいいかわからない。

結婚して引っ越してきたばかりの頃の悪夢がよみがえってきた。

梨香子は、そうした品々は子供が生まれるとすぐに必要になるので、しまい込んではならないと言うが、そのままにしておくのも見苦しい。しかしそれを自分が片付けるということには、感情的な反発を覚える。

とりあえず必要な物は、自分が調達してきた。しかしそれを整理してしまい込むことまでしたら、梨香子は出産の準備も子育ての準備も何もしないまま母になる。いくら腹が重いとはいえ、梨香子は今、仕事はしていない。せめてそのくらいはするべきだ、と思う。

しかし梨香子は何もしない。それでいて、どこかに遊びに行こうとさかんに言う。

「行けるわけないじゃないか」と真一は答える。病院から離れたところで破水したり、産気づいたりしたら、たいへんなことになる。予定日まで、すでに三週間を切った。

しかし梨香子に言わせれば、今の仕事をしていれば、こんなに長期間休めるチャンスはめったにないし、遊びに行ったり自由に動けるのは、赤ん坊が生まれるまでのことらしい。

いくら真一でも、このわがままだけは聞き入れることはできない。本人と子供の健康や生命にかかわる。それに何かあったら、梨香子の親に恨まれるのは、真一だ。手に負えないわがまま娘でもわが子なら可愛い。どんな理由があろうと、婿のせいだということになる。

先週末、梨香子は真一のＳＦ仲間が主催したロケットの打ち上げ会に一緒に行きたいと言い出した。しかし場所は相模《さがみ》川の吹きさらしで、足場が悪く、しかも二、三日前から、春にしては冷え込みが厳しく、とうてい妊婦が一日立っていられる状態ではない。真一が拒むと梨香子は例によって激高した。泣き叫ぶ梨香子に手を焼き、結局、真一も行くのをやめ、近所の公園に二人で散歩にでかけた。

その四日後には、丹沢にある温泉までドライブに連れていけと言ってきかないのを、なんとかなだめた。

そしてこの日、梨香子は木場《きば》にある現代美術館にどうしても行きたいと言い出した。なんでも彼女の学生時代の仲間と交流のあった芸大の卒業生の作品が展示されているという。しかし木場までは、家から電車と地下鉄を乗り継ぎ、一時間以上かかる。しかもラッシュアワーに当たったり、車両故障にでも遭遇すれば、たいへんなことになる。

「生まれてからにしよう」と真一は言った。

美術展の会期は幸い長く、二カ月間やっている。少し落ち着いた頃、だれかに赤ん坊を預けて、でかけてもいいのではないかと言った。

「だれに預けるの？」と梨香子は言った。

「だから君のお母さんとか」

「やだ」

「じゃ僕が見てるから」

梨香子は悲壮な顔で首を振った。

「本当に生まれるまでなのよ。生まれたら、おしまいなのよ」

生まれたらおしまい……。その言葉に真一はうそざむいものを感じる。

「だれが見てたって、だれに預けたって、赤ん坊を置いて母親が自分のために外出したら非難されるのが日本の社会なのよ」

「いったい何を考えているんだ」

とうとう真一も怒鳴った。

「君は母親になろうというのに、この半年、母親としての自覚を感じさせる言葉は、一言も聞いてない。君には母性愛がないのか。そんなに勝手な事をしたいなら、なぜ子供なんかつくったんだ」

「私が勝手につくったとでも言いたいの」

金切り声とともに、コーヒーカップが、中に入っている液体ごと飛んできた。結婚祝いに松井から贈られたロイヤルコペンハーゲンだ。うわっと声を上げて、真一は両手で受けとめた。少年時代に野球をしていて、平凡なフライをとりそこね、ホームランにされたのが元でいじめにあっていた真一にしては、上出来だった。しかし中身の熱いハーブティーを手に浴びた。それでもカップは落とさなかった。

唇を嚙んで流しで手に水をかけている真一の背後で、扉を閉める音がする。畜生、畜生とつぶやきながら、蛇口の前を離れたときには、すでに家の中に梨香子の姿はなかった。

勝手にしやがれ、とだれもいない部屋の中で叫んでみた。早産だろうが、流産だろうがかまうものか。どうせだれの種だかわかったものじゃない。ついでにおまえも死んじまえ。

部屋の中は静まり返っていた。南側の梨香子の部屋を開ける。相変わらず埃だらけだ。いつも机の脇に放り出してあるバッグがない。クロゼットを開ける。スーツやワンピースに交じって、洗濯が済んでいるのかいないのかわからない薄汚れたTシャツが雪崩《なだれ》のように落ちてくる。

舌打ちをひとつして拾い上げ、再び放り込み、扉を閉める。それから気づいた。以前銀座で買ったパンツスーツがなかった。スーツとバッグで、公園に散歩に行く者はいない。実家に帰るなら、ボストンバッグくらいは持っていくはずだ。

どこにでかけたのか思い当たるふしはない。

妻の幼なじみ、川崎千恵の住所を調べ、電話をする。こんなときに家を飛び出して行くのは、友達の家かもしれない。そしてこの時間、家にいるのは、専業主婦である彼女しかいない。

二回ほど呼び出し音が鳴って、千恵本人が出た。

梨香子が姿をくらましたことを話し、妻がそちらへ行ったら、すぐに電話をくれるように、と、真一は、吃りながら懸命に話した。

「何があったんですか？」と千恵が心配そうに尋ねたので、真一はありのままを伝えた。

「まさか……」と千恵は言った。

「リカちゃんが、そんな風に怒るなんて、少なくとも私、中学校の頃からずっと一緒だったけど、見たこともないです。いえ、すごく怒ったことは、一度。高校のとき、遊びに行った先で、仲良しグループの一人がインドネシア人の男の子に差別的なことを言ってからかったんです。そしたら、リカちゃん、すごく怒って『あやまりなさいよ』って言ったことがあったけど、そのくらい。いつもにこにこしてて、もちろん優秀で美人だけど、それより性格が良くて、だからみんなに慕われていたんですよ……もしかすると妊娠中で、いろいろ不安定なのかな」

真一は「わからない」と首を振った。幼なじみの女友達、親友といっていいほどの間柄の者さえ、梨香子の正体を知らない。

相談できる相手はいないということを真一は知った。梨香子の行動と性格について語ろうとすれば、いつも孤独に陥る。彼女の夜叉の顔を知っているのは、自分と彼女の母親だけだ。しかし彼女の母親はこちらを理由もなく侮辱し、敵意を燃やす。

ふと梨香子の行き先に思い当たった。彼女はこの期《ご》に及んで家出などしない。梨香子の性格はわがままという一言で言いつくされる。つまり自分の行きたいところに行ったにすぎないのではないか？

彼女がつい数十分前に行きたかったところは、木場にある現代美術館だ。

行きたいと思ったら、止められても行く。見たいものを見て、気が済めば上機嫌で帰ってくる。その間に破水や陣痛のくる可能性や、事故や故障で電車が停まったりする恐れなど、梨香子の考えのうちにない。

陣痛は予定日にならないと来ないし、電車は必ずダイヤ通りに走ると信じている。一足す一は二の男と、秋山は以前、自分を非難したが、それはまさに梨香子に当てはまる。

勝手にしろ、と吐き捨てるようにつぶやきながらも、真一はでかける準備をしていた。

どこまで手を焼かす気だと舌打ちしながら、家を出る。

駅に着くと、ちょうど特急が来た。途中で地下鉄に乗り継ぎ、菊川まで行き、そこからバスに乗る。

美術館は平日のせいもあって空《す》いていた。壁にはおよそ絵とも思えない、意味不明の作品が並んでいる。いくつもに区切られた部屋を駆け抜け、腹の大きな女の姿を探す。

エスカレーターに乗り、三階に行く。こちらはビニール風船のようなものが床に置かれて、風にゆらゆら動いている。何がなんだかわからない、芸術と呼ぶのも気恥ずかしい作品だ。

この作家は、梨香子のゼミ仲間の個人的な知り合いらしい。在学中に国際美術展に入選し、卒業を待たずにイタリアに渡り、現在はニューヨークで活躍しているという。その経歴からかなり立派な作品を想像していたが、このガラクタはなんだろうと真一は首をひねった。しかし作品を云々している場合ではない。梨香子を捕まえて一緒に帰らなくてはならない。

展示室の隅から隅まで回ったが、それらしき人影はない。もしや別のところに行ったのかと舌打ちし、外に出る。

美術館の脇から木場駅に抜ける公園内の道があった。散歩しているのかもしれないと、真一は木々の間の道を早足で歩き始める。

広場を抜け、つり橋の近くまできたとき、ベンチに座っているカップルが目に入った。どこから見ても夫婦だった。妊娠した妻とその夫が、日なたで仲良く袋入りのスナック菓子をつまんでいる。

「ふざけるな」

反射的につぶやいた。真一の全身から血の気が引いている。

女は、紛れもない真一の妻。男は岡本だ。

梨香子のパンツスーツの腹を、岡本は微笑しながら撫でていた。

「もうじきだね。うまくいったね」とでも言いたげに。

すべてがこの瞬間に明らかになった。

短い足を思いきり広げ、真一は近付いていった。最初に気づいたのは、岡本の方だ。

「あれ……」

間の抜けた顔で真一を見た。しかしすぐに敏腕弁護士にふさわしい冷静さと頭の回転の速さを見せつけるかのように、岡本は言った。

「あ、どうも。学生時代の友人の作品が、そこの美術館に来てるんですよ。それで仕事をサボって、ちょっと来てみたんです。事務所が、この近くなもので。そうしたら梨香子さんがいて、びっくりしました。もっとも共通の友人の展覧会だし、だれかには会うだろうと期待してはいたんですがね」

真一は、怒りのあまり口が回らず、唇だけもぐもぐさせてその前に立っていた。

さすがの梨香子も青ざめている。

しかし岡本だけは、少しも慌てていない。スーツの上着の袖を軽く押さえ、ロレックスの文字盤を一瞥した。

「おっと、会議の時間だ。それでは申し訳ないけど、お先に。事務所は木場から地下鉄で一つ目ですから、お暇なときにはどうぞ寄ってください」

そう言って、悠然と立ち上がり、一礼して去っていく。

真一は何か言おうとしたが、とうとう言葉にはならず、かといって妊婦を殴るなどというおぞましいことはとうていできず、くるりと背を向けて菊川駅の方向に向かい、飛ぶように歩き出した。

「待って」

梨香子が甲高い声で叫んだ。無視して歩く。

「ねえ、待ってったら」と腕に取りすがったのを乱暴に振りほどいた。

梨香子は追ってきた。真一は走る。梨香子も走る。膝を開き体を揺すって追ってくる。

真一は逃げる。

もうごめんだ。今度こそ、いやだ。人をばかにするな。出ていってやる。そう口の中で唱えながら走る。

だいぶ引き離したと思って振り返る。しかし梨香子との距離は二メートルと開いていない。大きな腹をして、しかも体のバランスが悪いはずの梨香子が、空身の男の足にぴたりとつけてくる。

真一は、あの母親学級でつけさせられた十四キロの妊婦体験ジャケットのことを思い出した。重かった。その場でジャンプしただけで、ものすごい音がした。小さな段差さえ越えるのが苦痛で、足元もおぼつかなかった。

真一は走る。再び振り返ってみたが、梨香子との距離は遠ざかってはいない。

怒りは恐怖に変わった。あれは人間の女ではない。ひょっとすると岡本さえ父親ではないかもしれない。

あれは、あの女は、卵を持ったエイリアンだ。あと二週間もしたら、股の間から金属的な叫び声を上げて世にも奇怪な生きものが飛び出してきて、どこへともなく走り去っていくにちがいない。

そのとき背後で悲鳴が上がった。

振り返って、ぎょっとした。

梨香子が地面にしゃがみ込んでいる。スーツに泥がついて、片方のてのひらが擦り剝《む》けて血がしたたっている。

おおっ、と叫び声を上げて、真一は方向を変え、そちらに駆け寄った。

梨香子は真一が近付いたとたん、泣き出した。

「痛い」

「どこが、まさか……」

「痛い、痛い、お腹が痛い」

「出血は」

「わからない、でも濡れてる」

出血か、そうでなくても破水か……。

梨香子の顔は蒼白《そうはく》だ。

胎盤剝離《はくり》、子宮破裂……。それまで医学書で読んだあらゆる危険な状況が頭をかけめぐる。

とっさにあたりを見回す。植え込みに遮られた小道に救急車は入れない。タクシーを拾うにしても道路に出なければならない。

真一はうずくまっている梨香子の手を取って立たせた。

「痛い」と梨香子は悲鳴を上げた。

「とにかく道路まで」

「歩けない」

「どうすれば……」

「痛い」と叫んで、梨香子は体を海老《えび》のように曲げてしゃがみ込んだ。

「やっぱり救急車か」

真一が言うと、梨香子は「痛い、痛い」と顔を歪め、「ほっといて」と怒鳴る。

決心はついた。

真一は有無を言わさず、自分より背丈のある梨香子を抱いた。抱けた。背丈はもちろん、臨月に入った今、六十キロをはるかに超えている梨香子を無意識に抱き上げていた。

火事場のばか力とはよく言ったものだ。

植え込みを踏み越え、道路に向かう。

「下ろして、私にかまわないで」と梨香子はわめいた。

痛い、痛いと言っていたわりには、元気だ。

「うるさい。静かにしろ」

真一は一喝した。

こうなれば意地だ。生まれたら、赤ん坊ごと追い出してやるが、何がなんでも無事に産ませてやる。たとえ岡本似のエイリアンであっても。

自分は戸籍上の父親だ。エイリアンの。

最短距離で道路に出たが、公衆電話はあたりにはない。タクシーも通らない。

真一は車道に出て、めちゃくちゃに手を振る。

一台のバンが、歩道にうずくまっている梨香子を見て、停まった。

「どうしたの?」

中年の女が顔を出した。

「すいません、妊婦です。もうすぐ生まれるんですが、転んでしまって」

「まあ」

女はすぐに後部座席のロックを解除した。機敏な動作で運転席から飛び降り、うずくまっている梨香子に近付いた。

「あなた、立てる?」

「すみません、だいじょうぶです」と梨香子は答えた。

痛い痛いとわめいていた先程の修羅のような形相は影をひそめてしまった。いくらか青ざめた顔で、梨香子は女に「申し訳ありません」と頭を下げる。

このカメレオン女が、と心の内で舌打ちし、真一は女と一緒に梨香子を支え、後部座席に座らせる。

「奥さん、どこの病院にかかってるの?」

女は尋ねた。

「調布の武蔵野産婦人科クリニックです。遠いので、とにかくどこでも、この近くに」

真一は口ごもった。

「救急ね」と女はうなずき、車を発進させた。

数分後に車は、ひび割れたコンクリートの病棟がそびえたつ、古く大きな総合病院の玄関前で停まった。

梨香子は静かだった。

「おい、大丈夫か」

梨香子は青ざめた顔でうなずく。

真一は妻を抱き下ろした。乗せてくれた女に礼を言うのも忘れ、そのまま病院の外来受付に行き、「救急です」と叫んだ。

「妊婦です。転んだので」

「どんな状態ですか」

受付の女は思いのほか落ち着いた声で尋ねた。

「だから、走って転んで」

「お腹を打ちましたか？」

「はい」と梨香子が脇から答えた。答えながら、眉間に小さく皺を寄せて腹を押さえた。

「痛みと出血は」

「痛みはありますが、出血は確認してません」

「お腹が張った感じは」

「特には……」

すぐに診察室に入れられた。真一も一緒に入ろうとすると、年配の看護婦に止められた。五分ほどした頃、真一も診察室に呼ばれた。

「心配はないですよ」

白髪頭の女医が言った。その脇で梨香子が少しはずかしそうな顔をしている。

「交通事故なんかなら別だけどね、転んで尻餅《しりもち》ついたくらいで、そんなに大騒ぎするほどのこともないのよ」

きちんと診察したのだろうか、と真一は不安になった。

「でも、痛いって……」

「陣痛が始まってます」

女医は言った。

梨香子が上気した顔で微笑した。

「それじゃこのまま入院ですね」と真一が言うとそれには及ばないという。

「今かかっている病院に行ってください」

「だってもう、陣痛が始まってるんでしょう。それにさっき転んだから」

「初産なら生まれるまで十数時間かかりますからね。だいいちあなた、病院に行くのは陣痛の間隔が十分くらいになってからでいいんですよ」

「じゃあ、ここから救急車で搬送してくれるんですか」

女医が呆れたような顔をした。

梨香子が横からつついた。

「出産は急病じゃないのよ」

「でも……転んだから、それで陣痛がきたんでしょう」

「関係ありませんよ」

こともなげに女医は言う。

「そういえば、美術館にいるときから、生理痛みたいな、キューって痛みが来てました。あれがそうだったんですね」と梨香子も言う。

「ここからタクシーでも二時間あれば、おたくのかかっている病院まで行けるでしょう。このくらいの段階なら普通の奥さんたちは、家でご飯でも作ってますよ」

女医は追い払うように、「がんばって」と梨香子の肩をぽんと叩いた。

拍子ぬけして、真一は診察室を出た。

女医に「大丈夫」と言われたのが効いたのか、梨香子は落ち着いている。「痛い」とも言わない。先程のあれは、浮気現場を押さえられたための、逃げの演技だったのか、と思うとあらためて怒りがわいてくる。

病院の前からタクシーに乗り、道が空いていたこともあって、一時間後には武蔵野産婦人科クリニックに着いた。

梨香子を置いて真一だけが家に戻り、用意しておいた保険証や母子手帳、タオルや衣服のたぐいをボストンバッグに詰め込む。

ふと、何のためにこんなことをしているのか、と思った。生まれてくるのが、自分の子供であるという保証はない。いや、ほとんどそんな可能性はない。

意地だ。生まれてしまえば、追い出そうと、こちらが出ていこうと、どちらでもいいが、いずれにしろ縁を切る。しかし、とにかく産ませるだけは無事に産ませてやる。

そうでなければ、赤ん坊の肌着やオムツを買いあさり、母親学級に出席し、妊婦の身辺の世話をしてきた自分はどうなるのだ？　最後まで走るしかない。別れるのは、その後だ。

病院に行くと梨香子は陣痛室にいた。先程よりも陣痛の間隔が短くなってきているというが、それでもまだだいぶかかりそうだ。ベッドの上でうずくまってみたり、横になってみたり、陣痛が治まると熊のように歩き回ってみたりしている。

陣痛室にはもう一人、産婦がいる。母親らしい人がずっと付き添ってかいがいしく面倒をみている。

母親はときおり、真一に何か話しかけたりするが、真一は「はい……」とか「まあ……」と返事をしたきり言葉が続かない。

同じように付き添う立場でも、母親と夫は感覚が違う。年齢も違う。初対面でしかも自分と世界を共有していない人間とは、用事があるとき以外、話ができないことは、かわらなかった。

「喉、渇いた」と梨香子は訴えた。

「ジュース？」

「甘くない方がいい」

「烏龍茶《ウーロン》？」

「苦いのはやだ。麦茶」

　コインを握り締め、真一は自動販売機に走る。しかし病院の自動販売機に麦茶はない。病院を出て、商店街に行く。なぜかこの日に限って、麦茶が売り切れていたり、熱いのしか売っていなかったりする。

　十五分も歩いてようやくみつけた。

　三缶持って帰ると、梨香子は「もういらない」と言って顔を歪める。陣痛が来ている。麦茶は看護婦さんが持ってきてくれたという。しかたなく自分で飲もうと缶を開けると、腰をさすってくれと言う。

「ここか？」

「もう少し上」

「ここ？」

「もっと下」

　大きく肥大した胴体は、何か圧倒するような生々しい迫力を帯びている。

　ふうっとため息をついて、梨香子は枕を抱く。どうしたらいいかわからない。いったいどんな痛みかわからない。言われるままに、さするだけだ。ひどく神経が疲れる。

「もういい。ジュースほしい」

「麦茶があるけど」

「疲れた。甘いのがいい。りんご」

再び、コインを握り締めて販売機に走る。

梨香子の痛みは強くなっているらしい。看護婦が、励ましの声をかけていく。

「痛い、痛い」という声がひどく動物的だ。

そうこうするうちに、同室にいた妊婦の方が、先に分娩室に入っていった。

「まだなのかな、こっちは」と真一はその後ろ姿を見送る。

梨香子が不安気にうなずいた。

夕食が運ばれてきた。

痛みが治まったらしく、盆の上の飯を食べ始めた。少し前まで、自分に腹をさすらせてのたうち回っていたのが、平然として箸を動かしている。飯とおかずが、その口に消えていく。その健やかさとたくましさに真一は打たれていた。

しかし半分も食べおわらないうちに、また「痛い」と悲鳴を上げて、茶わんを置く。見ている真一の胃がねじれるように痛んだ。その苦しみ方を見ていると、この場に食べたものを全部吐くのではないか、と心配になった。

「お……おい。ビニール袋なんて、あったかな」

「知らないわよ、痛いんだから」

妊産婦のような腹をした五十がらみの太った看護婦が入ってきた。

「痛いよね。でも食べられるときに食べておきなよ。長丁場だからね」

口調は平然としたものだ。

看護婦や助産婦が忙《せわ》しなく部屋を出入りする足音がする。陣痛室には二人きりだ。

「だってついてきてくれないんだもの。どうしても見たかったから……」

真一に腰をさすらせながら、梨香子は話し始めた。先程の美術館の一件だ。

「生まれちゃったら、行かれないと思ったから。赤ちゃんの首がすわらないうちは、コンビニ行くのさえ、たいへんなんだから」

「いいんだよ」

真一は言った。いまさら言い訳も見え透いた嘘も聞きたくはない。

「それで、あの近くに岡本さんの事務所があったのを思い出して、ついでのときに電話をしてくれれば、お茶くらいごちそうするって言われてたから、電話したの。そうしたらちょうど時間が空いてるからっていうんで、それで一緒に見たの」

「いいんだ」

真一は言った。

所詮は東大の仲間か、と真一は心のうちで毒づいた。そして君たちが芸術家として認めるのは、芸大出でしかも海外に拠点を置いて活躍している奴だけなのだろう。

「痛い、痛い」と悲鳴を上げ、梨香子は今度は下腹をさすってくれるように頼む。

言われる通りに真一はする。

「そうじゃなくて」

「これでいいの？」

うん、と梨香子はうなずく。

痛みが遠のくと梨香子は再び話を続けた。

「岡本クンは気のおけない友達だから、見終わった後に、ぶらぶら駅まで歩こうかなんてことになって」

「もう、いいよ。うるさいな」

真一は、鋭い口調で言い、かぶりを振った。自分を利用するつもりなら、はっきりそう言え、と怒鳴りたかった。

子供ができた。しかし岡本には妻子がある。もちろん家庭を壊す気など毛頭ない。そこに自分がうろうろと通りかかった。

「ちょうどいい。おまえ、あれと結婚してしまえ。わかりはしない。ばれたところで、あの男ならちょろい」

礼儀正しい物腰の下でせせら笑っている岡本の顔が目に浮かぶ。そして「ま、しょうがないか。私もあなたと結婚して、専業主婦なんかやらされるの、不本意だし。あの男なら、家事と子育てを押しつけるのにはぴったりね。食わせてやって文句は言わせないわ」とうそぶいている梨香子の姿。

女郎蜘蛛《じょろうぐも》の罠というよりは、自分は腹にエイリアンを宿した女の餌にされたわけだ。

こうなれば意地だ、と真一はつぶやく。

何がなんでも産ませてやる。それが、君の希望なのだから。せいぜい苦しむがいいさ。

そう心のうちで毒づきながらも、そののたうち回る姿を見ていると、気持ちと裏腹に真一の全身がひきつる。陣痛が長く、激しくなっていくのを、真一の体が受けとめているように本当に痛む。先程は胃が痛かったが、その痛みは梨香子が苦しむたびに、真一の腹全体に広がり、今では梨香子の痛みを訴える声とともに、心臓までが苦しくなる。

狭い準備室を隔てた分娩室の方がにわかに騒がしくなった。ドアを開《あ》け閉《た》てする音とともに、赤ん坊の泣き声が聞こえてきた。

「生まれたんだ」と梨香子がうめくように言った。

「うん、こっちはまだかな」

血圧計を持って助産婦が入ってきた。

退席するように言われて、真一は陣痛室を出る。待合室の長椅子に腰掛けると傍らに、ピンクの花柄のノートがあった。表紙には「愛と命の記念日」とサインペンで書かれている。

「これはみなさんのふれあいノートです。かわいい赤ちゃんを胸に抱いた感動を、無事に妊娠・出産という大切な仕事を成し遂げた感想を自由に書いてね」とその下にワープロ打ちにした紙がはりつけられている。

真一は、ぱらぱらとめくってみた。ショッキングピンクのインクで、ハートが飛ばしてあるページがあった。

「結婚してもなかなか赤ちゃんができなくて、毎日毎日泣いてました。仕事もやめてリプロダクションセンターに真面目に通いました。痛くて辛い治療も受けたけれどできなくて、主人とけんかしたこともあります。離婚も考えました。

けれど神様は見捨てなかったんです。とうとうこの世で最高のプレゼントをくれました。おめでたですって言われた日、すぐには信じられなくて。私の中にひとつの命が宿ったんです。まるでマリア様になった気分。つわりはすごく辛かったけど、赤ちゃんをだっこできるんだと思って、自分を励ましました。出産もすごく痛くて、辛いけれど、人生でいちばん、感動的なできごとでした。三千二百グラムの女の子です。今、お腹も、腰も、傷口も、みんなみんな痛いけど、赤ちゃんの顔をみると、これからも何人も何人も欲しいなって、思っています。次は男の子がいいな」

真一は頭を抱えて、ため息を漏らした。そうなのだ。これが普通の女であり、母親の気持ちだ、と思った。そして普通なら、こんな妻をそっと見守る夫があり、幸福な家庭がある。そんな普通の生活が、自分には許されなかったことに、悲しみとやりきれなさを覚えた。

　陣痛室に戻ると、妊産婦がもう一人増えていた。その顔を見て、ぎょっとした。細眉、茶髪のどう見ても十代の女の子だ。相手の男の姿はない。かわりにスーツ姿の中年の女が入ってきた。

「痛い？　頑張ろうね、高橋さん。私、生まれるまでついててあげるから」

　名字で呼ぶとは、どういう関係だろうと思っていると、女の子は言った。

「いいよ、役所に帰って。一人で産めるから。どうせオトコは、戻ってきやしないんだしさ」

　陣痛に耐えていた梨香子の表情が、ぎょっとしたように固まった。

　どうやらわけあり出産の少女と保護者代わりの母子相談員かケースワーカーらしい。

　その女が席を外すと、陣痛室には二人の妊婦と真一だけが残された。

　そのとき、かちりと音がした。少女の方に顔を向け、真一は驚愕《きょうがく》した。

　少女はベッドの上で横になり、たばこをくわえ、深々と吸い込むと顔だけ仰向け、天井に向かって煙を吹き上げた。

「あの……あの、あの……たばこやめて。こっちも妊婦いるから」

　少女は無視した。そのとき足音が聞こえ、少女は落ち着きはらった調子で、足元のステンレス製の汚物入れに吸い殻を落とす。

まもなく少女は、先程の女性に付き添われて分娩室に入っていった。梨香子の陣痛の間隔は短くなっているが、まだ子宮口が十分開いていないとのことで、再びとり残される。

少女の入っていった分娩室をうかがい、「若いと早いのかな」とつぶやくと、梨香子は険しい顔で真一を見た。

朝日が昇りきった頃、再び分娩室から赤ん坊の泣き声が聞こえてきた。

「どういうことだ」と真一はつぶやいた。こんなのはおかしい、という気がする。いくら若いといっても、なぜあんなに後からやってきて、先に生まれてしまうのだろう。

昨日、木場公園で梨香子を抱いて走ってから、十七時間。自分はずっと妻の腰をさすり続けている。不安が膨らんでくる。

何か異常が起きているのではあるまいか。しかし医者も看護婦も、あの茶髪少女の方についていて、だれもここにはいない。

「なぜ、こんなに遅いんだ」とつぶやいた。

とたんに「うるさいわね」という梨香子の声とともに、紙コップが飛んできた。

「遅い、遅い言わないでくれる。接待の伝票回すんじゃないんだから。ただでさえ痛いのに、これ以上いらいらさせないで」

「でも、もし胎盤の機能が低下してたりしたら」

「うるさいわね、あなたに関係ないでしょ。産むのは私なんだから」

あなたに関係ない、という言葉に、後頭部を一撃されたような気がした。やはりそうなのだ、と思った。とうとう白状した。

梨香子の腹におかれた岡本の手。あの男と女にしては自然すぎる親しんだ口調。

「痛い、痛い」と梨香子が叫んでいる。

「ほら、ご主人、見てないでさすってあげてよ」

いつの間にか、看護婦が入ってきていて、背後からそう言った。

「はあ……」と従う。

日が高くなった頃、梨香子は分娩室に移った。

うめき声は、動物的な叫びに変わる。こんな声は生まれる瞬間のものだと思っていたが、梨香子は手負いの獣のように叫びながら、いっこうに生まれる気配はない。

「あの、すいません、子宮口は今、何センチですか」

真一はたまらずに、傍らについていた女医に尋ねた。

「いいから奥さんの腰でもさすってて」

「でも」

分娩台に固定された姿は苦しそうだ。それにいくら夫婦とはいえ、目の前に露出された性器は生々しすぎる。

「あの、この仰向け姿勢、生まれるのが遅くなるんじゃ……」

助産婦は無視する。

脇にセンサーがあった。いきむたびに針が上下する。真一はひどく不安な気持ちでそのディスプレイを見つめた。

「どいてください」

いきなり女医に怒鳴られた。

「機械の周りをうろうろしないで。奥さんの手でも握ってて」

おずおずと妻のそばに行き、その手を握る。

顔を歪め、梨香子は握り返してくる。骨がつぶされそうな力だ。

「がんばれ、リカちゃん」

梨香子の爪が手首に食い込む。

「いたたた」

「旦那が痛がってどうするのかしらね」

中年の看護婦が、舌打ちした。

そのとき扉が開いた。もう一人、産婦が入ってきた。隣の分娩台に上がる。

「すいません、旦那さん、狭いから出て」

女医が言った。

「は……」

真一は有無を言わさず、廊下の長椅子に出された。別に立ち会いたいわけではない。むしろ苦しむ梨香子から逃れられ、ほっとしている。しかし同時に何か理不尽なものを感じ、腹立たしくもあった。

ふと思い出し、長椅子のそばにある公衆電話で自宅の留守番電話を確認する。メッセージが四件入っていた。そのうち一件は、松井からのものだった。メールマガジンの内容を更新する時期になっているので、至急、エッセイの続きを送ってくれ、という。

もう少し待ってもらおうと松井に電話をかけると、妻が出て、少しおいてから松井の眠たげな声が聞こえてきた。

「なんだよ、こんな時間に」

「ごめん、病院。陣痛が始まって、つきそってる」

「お……」

松井はいきなり目覚めたような声を出した。

「ラマーズか？　立ち会いか？　それで今、病院にいるのか？」

「うん……」

「ノートパソコンは当然、持ち込んでるだろうな」

「え……」

「すごいエッセイになるぞ。おい、ドキュメント出産、だ。今さらビデオはめずらしくもない。立ち会った亭主が、サイエンスライターの目から、女房の出産を克明に書くってのが、新鮮だ。書いたらメールで送るんだ。出産の実況中継。連載エッセイのハイライト」

「ふざけるな」

真一は電話を叩き切った。初めて松井に逆らった。

それから一時間もしないうちに、赤ん坊の泣き声が上がった。しかし生まれたのは、またしても後から入った産婦の方だった。

それからさらに二十分ほどして先に出産を終えた母子が、分娩室から出てきた。看護婦が「旦那さん、立ち会いますか？」と声をかける。

「はあ」と真一は再び、分娩室に入る。

先程から何も変わっていないようだ。

「もう少しよ、もう頭が見えてるんだから」

確かに頭が見える。人の頭かエイリアンの頭か、まだ区別などつかない。生々しい性器を見るのも、やや慣れてきた。それにしてもこれが自分の物の入った器官とは信じられない。

梨香子の雄叫《おたけ》びとあいまって、下半身が空白になるような恐怖を真一は味わった。

早く終わってくれ、とただ念じた。一緒に陣痛室にいた妊婦にも、後から来た二人にも先を越された。なぜ梨香子だけが終わらないのか……。

女医の顔が険しい。これが難産というやつなのだ、と真一は思った。再び胃が絞られるように痛み出す。胃だけではなく、腹全体と背中まで痛くなった。梨香子の手を握る。爪が食い込み、血が滲《にじ》む。

「はい、いきんでいいわよ」

いらつくほど、のんびりした口調で助産婦が言う。機械によって増幅される胎児の心音が、梨香子がいきむと同時に止まった。

自分の心臓が止まったような気がした。再び規則正しいリズムを刻み出す。

再びいきむ。心音はゆっくりし、また止まった。今度は真一の心臓が大きく跳ねた。

早くこんなことは終わって欲しい。体力の限界だ。いや、その前に神経が擦り切れそうだ。

股の間に黒い頭が見え、出たりひっこんだりしている。髪が生えているのだ、とぼんやり思った。とりあえずエイリアンではない。

心音がまた止まった。次の拍動がない。とっさに叫んでいた。

「先生、先生、帝王切開にしないでいいんですか」

「だいじょうぶ」

蠅《はえ》でも追い払うようなそぶりをして、女医は言った。

帝王切開はしなかったが、会陰切開をした。黒い頭がみるみる大きくなる。そして頭全体がつるりと出た。続いて何か粘膜に覆われ、クリーム状の物をくっつけた物体の全容が現れた。

「ああ、女の子さんだわ。ずいぶん育っちゃって、皺がないわ」という女医のあきれたような声がした。

それは助産婦にかかえられ、真一の前を素通りして梨香子の顔の脇にもっていかれた。

真一は体をひねり、その未知の物体を見た。

「あ……」と小さく声を上げていた。それはエイリアンではなかった。

確かに育ち過ぎているのだろう。両手を開いて泣いているそれの顔は、真一があまりに馴染んだ顔だった。女の子だというのに、だれもがふりかえる梨香子の美貌の片鱗《へんりん》も受け継いでいない。天井を向いた丸い鼻と、狭い額、小さな顎……。真一の母親の顔、そのものだ。つまり母親そっくりと言われている真一自身の顔なのだ。

めまいを感じた。自分とそっくりのものが生まれた。自分の分身がこの世に出てきた。岡本には似ていない。まったく似ていない。しかし梨香子にも似ていない。クローンのような存在がそこにある。

ひどい脱力感があった。

あのノートにあったような感動など、ない。

ただ、このまま死んでしまいたい、と思った。

DNAの継承は済んだ。

生物としての自分の役割は終わった。

分娩室の壁が、太陽よりも眩《まぶ》しい。無数の光の矢が自分と子供に向かって放射されているように感じる。

おまえはもう死んでいいのだという神の声が、体の奥深くから上がってくる。

眠りにつく直前の幸福感が襲ってきた。墜落するような感じとともに目の前が暗くなった。

恍惚《こうこつ》感を破ったものは、女医の怒鳴り声だった。

「ったくもう、貧血起こしてぶっ倒れるくらいなら、ここに入ってこないでちょうだい。こっちは赤ん坊と産婦のケアだけで手いっぱいなんだから」

追い打ちをかけるように助産婦が言った。

「だからあたし、旦那の立ち会い出産は嫌だって言ってるのよ」

つまみ出されるようにして廊下に出たきり、真一は長椅子から立ち上がれなくなった。

その日は面会時間の終了とともに真一は病院を追い出された。驚きはまださめやらず、自分の体がぼんやりとした光明に包まれているような気がする。同時に、生まれ出《い》でた子供と現在の生活からもはや逃げられぬという悲壮な覚悟をも抱えていた。

無事女の子が生まれたことを、双方の実家に電話で伝えると、どちらの母親も電話の向こうで、涙を流さんばかりに喜んだ。その手放しの喜びようによって、これは喜ぶべきことなのだと真一は実感した。その後、秋山泉子や友人に連絡し、最後に松井に電話をかけて、「生まれました、すいません」と言った。「すいません」という理由などないのだが、電話を叩き切った気まずさと、真一の話し言葉の極端な語彙《ごい》の貧困さによる。

いずれにせよ状況は数時間前と一変していた。

すべては真一の誤解であり、邪推だったことが判明した。赤ん坊は紛れもなく真一自身の子供だ。彼は父親になった。

そして梨香子も母親になった。彼女は特別に頼んで、病院の個室に入れてもらった。大部屋だと夜間、赤ん坊が新生児室に移されるからだ。意外なことに梨香子は、夜も赤ん坊のそばで眠りたいと申し出たのだ。

赤ん坊が生まれた直後から乳は出た。難産のために梨香子は痔になっており、痛みのために座ることもままならないが、痛い痛いと悲鳴を上げながらも赤ん坊を抱き、小さな口が乳首に辿り着き吸い付いたとき、ひどく感激したように目を潤ませた。

あらゆる点で、梨香子はいい母親だった。医者は「がんばりましたね。百点満点のお産でしたよ」と言い、看護婦は「初産とはいっても、年のいってる方はやっぱり落ち着いてるし、お母さんらしい自覚が感じられるわ」と誉める。

梨香子の顔には、輝くばかりの笑みが浮かんでいる。化粧気のない頰に血の色がばら色に透けて、いっそう艶《つや》やかな白い肌が美しい。まるで聖母子だ、と真一は気後れさえしていた。

あの「鬼嫁」ぶりは、妊娠という特殊な状態で、精神の平衡を欠いていたからなのだ、と真一はあらためて思う。にこやかな顔の梨香子に久しぶりに心が軽くなった。子供が生まれ、梨香子も特殊な精神状態から抜け出ることができたに違いない。

前夜、一睡もしなかったにもかかわらず、混乱した思いでほとんど眠れぬ夜を過ごした真一は、明け方になって眠った。

目覚めたときは日が高かった。気持ちの整理はついていた。

パソコンを立ち上げ、自分宛てのメールをチェックすると、友人、知人からの祝福のメールが山ほど入っている。昨日、松井やSF仲間数人に女児誕生を電話で知らせたのだが、その情報が仲間うちに回ったらしい。松井からもメールが入っている。

「昨日の無神経な電話、謝ります。たしかに我が妻の出産のおりのことなど思い起こせば、あのような言動に腹を立てるのは当然であろうと思います。夜型の小生は午前中は頭が回らず、したがって岸田さんの状況を十分配慮する余裕もなく、たいへんな失礼をしました。で、あらためてお願いします。劇的な一日を綴《つづ》ったエッセイを今日中に、お願いします。サイエンスライターとして、生物や医療関係の記事も手がけてきた岸田さんの目からみた出産の現場を存分に書いてください」

要するに、昨日の不愉快な原稿督促と変わらない。しかし真一の心境は大きく変わっている。

『子供が生まれようとしている。ぼくの子供だ』

と真一は書き始めた。

『陣痛は男であればショック死してしまうほどの痛みであるという。

陣痛の間隔があいている間は痛みも弱く、笑って妻と話などしていられた。けれど、陣痛がやってくると途端に顔は引きつりラマーズ法の講習会で覚えた呼吸法で苦痛を堪《た》え忍ばなければならない。

歯を食いしばることすらできない。下手に食いしばったりすると、かえって痛みが増す。ただでさえもがき苦しんでいるところに、まるで針でも突き刺されたような悲鳴が混ざる。

腰をさすってほしい、と妻が訴えた。横向きになった妻の腰から背中を揉《も》んでやる。痛みが来ている間はそうしてもらえると楽だと言うのである。

陣痛の間隔は次第に狭まり、激しくなってくる。そのたびごとに妻は顔を引きつらせる。その表情を何度も見ているうちに、……何というか非常に申し訳ない気分になってきた。これが男と女の役割分担であり、妻もまた産みの苦しみがやってくると知っていたはずだ、と自分に言い聞かせても、結局はこの苦痛を引き起こしたのはこのぼくなのだ。

妻にとっても苦しい時間であっただろうが、ぼくにとっても長い一日だった。お産が軽く済む人もいるが、初産の場合たいてい長引く。妻も例外ではなかった。最初の軽い陣痛からすでに十二時間を経過しているが、産道の開き方がまだ、十分ではないという。

陣痛の間隔は次第に短く、痛みは強くなってくる。妻は手を握ってくれとせがむ。三十分おきぐらいに助産婦さんがやってきて腹にマイクを当てて赤ん坊の心音の位置を確認する。

広い窓のある明るい部屋で、カーテンで仕切れる二つのベッドと、付き添い用のソファ、テーブルが置かれている。

妻は窓ぎわのベッドに横たわり苦痛に耐えている。しだいに痛みは強くなり、陣痛がやってくるごとにシーツをけり飛ばし、ネグリジェの裾をあられもなく乱している。羊水やあるいは出血を止めるためのオムツのごときものが足の間に当てられているが、これもまた、あらわになってしまう。本人には気にかける余裕もない。陣痛がやってくるごとにぼくは妻の腰を揉み、裾を直してやった。シーツにまで血が染みる。

このような状況は人間が立って歩くようになってから何万年も繰り返されていたのだろう。医学がどれだけ進歩したか知らないが、女が苦痛とともに、子供を産み落とすプロセスは変化していない。

もう一つのベッドにはすでに先客がおり、陣痛に耐えているが、妻ほど苦痛の声をあげるわけではなく、時には歩き回って痛みをまぎらわしている。陣痛には個人差があるというが、これほど大きいものなのだろうか。

腰を揉み、喉が渇いたという妻の口にブリックパックの麦茶を運ぶ間に、窓から射す明かりは赤みを帯び、やがて夜が訪れた。何度か助産婦さんが触診に来て「子宮口は十分に開いている」と断言してくれたのだが、生まれる気配はまだない。

陣痛は間隔を置いて断続的にやってくる。この間隔が短くなってくるといよいよ出産である。

陣痛開始から二十時間後、妻はやっと分娩室に入った。ぼくも一足遅れて白衣に着替えて分娩室に入る。妻のお腹には胎児の心音を確認するためのセンサーが張りつけられ、赤ん坊の心音が電子音で表されている。

分娩台に妻が横たわり、助産婦の指示で呼吸を調整したり、いきんだりする。妻がいきむとセンサーの関係か、胎児の心音が途絶え、こちらの心臓まで縮み上がる。調子は万全というわけではないようで、酸素吸入が始まる。

手を握ってやろうにもここまで来ると、妻の手は分娩台に取りつけられたがっちりとした金属の取っ手を握って離さない。ぼくの手ではもう妻の力を抑えられないだろう。妻の上体、脚が次第次第に革のベルトで固定されていく。妻の頭のところにいるぼくからも妻がいきむたびに産道のところから赤ん坊の頭らしいものが押し出されようとしているのが見える。

だが、いっこうに生まれ落ちようとはしない。

医師は妻が一、二度いきむのを見ていて看護婦に告げる。

「もう少し見て、出てこないようだったら切開しましょう」

次の陣痛で産まなければ、切られる、危機感を抱いたのか妻はいっそう力をいれたが……かなわなかった。医師は注射器を取り、何か薬剤を注射した。鋏のようなものを取り上げ、刃を立てる。妻は少しだけ眉根を寄せた。

今一度妻がいきむと、ずるりと血塗《ちまみ》れの赤ん坊が妻の体から抜け落ちてきた。

「ちょっと待ってね、臍帯《さいたい》がからまっている。これで出てこれなかったのね」

助産婦がいうちょっとは本当に瞬《まばた》きする間ぐらいだった。すぐにくぐもった産声が上がった。

「ああ、女の子だわ」

医師が赤ん坊を見おろしながらいった。

ぼくは初めて自分の子供を目の当たりにした。分娩台の上には赤くてぬるぬるした生き物がうごめいていた。

感激の瞬間、なのだろうが、そんなものは湧かなかった。

ぼくはすぐに分娩室から追い出された。白衣のまま薄暗い廊下で待っているとテレビドラマなどでおなじみのシーンを演ずるため看護婦さんがナースステーションから姿をあらわした。腕にはガーゼとバスタオルで包まれた物体を抱いている。

「はい、あなたの赤ちゃんですよ」

ぼくは母親学級で習ったとおり、頭のほうから腕を回して自分の子供を抱いた。信じられないほど軽かった。信じられないほど無力な生き物だった。たった今生まれたばかりの女の子は、ぼくの腕のなかでまだ見えないだろう大きな目をきょときょとさせていた。

何度も繰り返すが、子供は嫌いだ。生まれたての赤ん坊など、ぎゃあぎゃあ泣き叫ぶし、ものの道理も言葉もわからない。自分に子供が生まれるなどかんがえられなかった。だが、生まれたての娘を渡されて、ぼくは初めて赤ん坊を可愛いと思った』

ちょっと格好つけすぎかな、と真一は書き終えて少し照れた。メールマガジンを見る読者を意識したわけではない。現実はもっとややこしい。しかし、もはやあの出産間際の葛藤《かっとう》や妻と生まれてくる子に抱いた疑念など、真一の記憶からは、完全に消し飛んでいた。

原稿をセーブして送るとすでに午後になっていた。まもなく面会時間だ。

真一は慌てて病院にかけつける。

個室のドアを開けた瞬間、「一天にわかにかき曇り」という表現を真一は思い出した。

梨香子の顔が夜叉に変わっていた。

「お……おい、どうした」

とっさに赤ん坊の方を見る。無事だ。赤ん坊は、真一の母親そっくりの天井を向いた鼻から、安らかな寝息を吐き出している。

梨香子が堰《せき》を切ったように話し始めた。

この日の午前中に、梨香子の実母が、紀伊半島から出てきたのだという。

初孫の顔を見て、いかにも良妻賢母といった感じの梨香子の母がどれほど喜んだかというのは、真一にも想像がつく。慣れた手つきで抱き上げ、頬ずりしたことだろう。

しかしそれだけではなかったらしい。梨香子にオシメのあて方がよくないと叱責しながら、自分でやりなおし、娘の授乳の仕方を見て、そんなことでは赤ちゃんがかわいそう、と注意したという。

「だから来ないでいいって言ったのよ。二言目には『私のときにはこんなに便利じゃなかった、もっと苦しかったけど可愛い赤ちゃんのためにがんばったのに』って、あの言葉を聞くたびにいらいらするの」

「そりゃわかるけど……でも。僕のおふくろじゃなくて、君の実の母親じゃないか」

「あなたに、母娘の関係なんてわかりゃしないわ」

梨香子は怒鳴った。赤ん坊が首を動かした。

「おい……母親になったんだから」

「母親になったたって、腹が立つことは腹が立つんだからしょうがないじゃない」

梨香子の爆発的怒りは決して妊娠のせいではなかったのだ、と真一は再び絶望的な気分になってきた。こんなふうにして生まれてきた娘が不憫《ふびん》でもあり、自分が限りなく不幸な男のようにも思えてくる。このところ気分の浮き沈みが激しい。

何やら叫んでいる梨香子の顔から目を背《そむ》け、嵐をやり過ごそうとするように、身を縮めて真一は赤ん坊の顔に見入る。それでも自分の実母にそっくりな、すなわち自分以外のだれにも似ていない女の子の寝顔を見ていると、なんとも神秘的な幸福感にとらえられる。

「真一さんのクローンね、まるで」

怒り疲れたらしく、梨香子がようやく穏やかな声で言った。

その日、家に帰るとメールが入っていた。おめでとうメールは一段落し、今度はマガジンに掲載している公開日記へのコメントだ。

「ようやく生まれたのですね。おめでとうございます。働く女の一人として、岸田さんの妻を思う心情に感動しています。これからも協力して子育てしてください。そして男女共同参画社会の実現に向けて、共に歩んでいきましょう。育児日記に期待します」

『どうも子供は好きになれない』のときからずっと読んでいます。私は父権という言葉にとっても抵抗を感じています。本来、父親とは岸田さんのように妻の妊娠や出産にしっかり寄り添い、子育ての視線を共有することによって父になるものだと思うのです」

「今の仕事をとても気に入っています。岸田さんのような男性は私の理想です。結婚するなら岸田さんのような人、いいえ、世の中の男の人たちがみんな岸田さんのようになってくれればいいのにって思います」

なんか違うんだよな……。

むず痒《がゆ》いような、尻をつつかれるような、なんともいえない居心地悪さを感じて、真一は首を振った。自分はそんなつもりはない。断じてこんなメールをもらうようなことはしていない。

そうこうするうちに、梨香子の母親から電話が来た。昼間、娘と大げんかしたことなど、おくびにも出さず、自分がしばらく東京に留まることを告げた。八王子《はちおうじ》に今は寡婦となった彼女の妹、すなわち梨香子の叔母が一人で住んでいる。そこに産後、梨香子が落ち着くまでしばらく身を寄せているという。

「で、そちらのマンションもそう広くはないし、しばらくの間、梨香子と赤ちゃんはこちらに来たらどうかしら。妹のところは、部屋がたくさんあるし、病院までもそう遠くないわ」

「あ、はい。でも……」

渡りに船ではあった。梨香子の部屋にベビーベッドを入れるのは、大仕事だ。なにしろ片付けを一日延ばしにしながら、準備もしないうちに生まれてしまったのだから、その散らかり方は尋常ではない。床が抜けそうな日本語、英語、ドイツ語、フランス語の入り交じった膨大な量の資料を片付けることから始めなければならない。

しかし梨香子に、「落ち着くまでしばらく母親のところに身を寄せてくれ」と真一が言ったとしても、素直に首を縦に振るとは思えない。

「梨香子に聞いてみないと」と真一は答えた。

「それは、あの娘は負けず嫌いの意地っぱりですから、本当に父親そっくりで。でも赤ん坊が生まれて、親の気持ちもわかったことでしょうよ。それに少しすればすぐにたいへんなことだってわかると思いますのよ。子供っていうのは、育児書通りに育ってはくれませんし、こっちの都合など考えてくれないんですもの。経験もない娘が一人で子供を育てるなんて無理ですよ。赤ちゃんなんて、あなた、思い通りになってくれませんもの。そりゃお姑さんでもそばにいれば別ですけど」

「はあ……」

「だから真一さんから、ちゃんと言ってくださいよ。あの子、おたくの言うことなら聞くようですから」

「え……それは」

僕が言ったって、嫌なら聞きませんよ。熱いお茶の入ったカップが飛んでくるだけです、と言いたいのを真一は耐える。

孫の顔を見に来た母親に腹を立てるような娘が、母と叔母の住む家に素直に行くとは思えない。

「それじゃ、くれぐれもお願いね」と言い残し、電話は切れた。

翌日、見舞いに行った真一は梨香子に彼女の母親の言葉を伝えた。

「やだ!」というのが、梨香子の返事だった。それ以上は言わない。説得をしようとすれば、また暗雲垂れ込めることはわかっている。そしてたちまち嵐が始まる。

梨香子はまだ腰と尻と切開痕《あと》が痛いという。苦しげな顔で座って子供に乳をやっているその顔は穏やかだ。その穏やかな顔が夜叉に変わるのは恐い。

幸い乳の出はいい。しかし出すぎて張って痛いらしい。

乳を飲み終え、しばらく抱かれていた赤ん坊のオシメが濡れてきた。真一が取り換える。換え方は、母親学級で習った通りだ。

乳を飲むとすぐに便が出る。

「胃結腸反射か」と真一は感慨深い思いでつぶやいた。うまくできているものだと思う。摂食と排泄《はいせつ》がこれほど忠実に結びついていることは興味深い。薄黄色の便は不思議と汚いという感じがない。やはり自分の子供なのだ、と思う。

手元はおぼつかない。習ってもすぐにうまくできるとは限らないのだ。それでも真剣だ。これをそんなやり方ではだめだ、などと言われたら、相手が実母であっても傷つくかもしれない、と真一は梨香子の怒りが多少はわかるような気がする。

赤ん坊は眠っているが、梨香子の乳は張ったままだ。搾乳器《さくにゅうき》を使って搾《しぼ》らなければならないが、それが痛いという。

「僕が飲んだ方が、楽かな」

何の気なしに真一は言った。

「うん、やってやって」と梨香子は遠慮も慎みもなく、いきなりネグリジェの前をはだける。

考えてみれば、自分の前で大股開きで子供を産んだのだから、遠慮も慎みもあるわけはない。

「でもさ」

真一が照れていると、梨香子は言った。

「先生が、その方が搾乳器より乳首を傷つけないって言ってたから」

恐る恐る唇を寄せる。奇妙な気分だ。後ろめたい。異様に重量感を増した乳房と黒く変わった乳首。梨香子は女から母という存在に変わってしまった。

生臭く、温《ぬる》い味が口の中に広がる。甘くはない。気色悪い味だ。しかたなく飲みこむ。

「気持ちいい」と梨香子は甘い声を漏らした。

よせよな、と真一は思う。母親になってまでその気になられたら困る。少なくとも真一にとっては、子供を産んだ女とは、そういうものだった。

「なんだか、腰から下がずうっと、ぼわーんって痺《しび》れていたの。痛いだけじゃなくて、なんだか全部弛《ゆる》んじゃった感じで。真ちゃんにそうしてもらうと、きゅっきゅって元に戻っていくみたい」

そう言うと、真一に乳首を吸わせたまま、梨香子は傍らのペットボトルを手に取り、中の水をうまそうに飲み始めた。

授乳中は喉が渇く。そうした知識はあるが、さすがに気分が悪くなって真一は乳首から唇を離した。

ドアがノックされたのは、そのときだ。真一は弾かれたように梨香子から離れる。

返事をしないうちに、菜穂子と奈々実が入ってきた。

「おめでとうございます」

「まあ、見に来てくださったの」

梨香子が、乳房をゆっくりしまいながら、客に笑いかけた。

二人の女は、ベビーベッドの中をのぞく。

「わっ」と一緒に声を上げた。

「岸田さん、そっくり」

「クローンみたいだろ」と照れながら真一は言った。

赤ん坊は周囲の騒ぎに驚いたように、わずかに顔をしかめた。

「うそ、おでこの皺の寄り方まで、岸田さんそのものだ」

菜穂子が言った。

「遺伝子って不思議だよね」

真一は感無量の思いで、わが子のやわやわとした髪を撫でる。

「女の子なのにね」

そのとき奈々実が低い声でつぶやくともなく言ったのが、耳に入ってきた。女の子なのに、美人のママに似ないで、不細工なパパに似てしまって、という以外に解釈のしようのない言葉だ。

さすがに自分の失言に気づいたのだろう、奈々実がいきなり甲高い声で訂正した。

「女の子なので父親に似るんですね」

もう遅い、と心のうちで思いながら、「そうだね」と真一は応じる。梨香子に気を悪くした様子はない。

そのとき脇から菜穂子の手が伸びてきて、ひょいと赤ん坊の頰をつついた。

「やわらかーい、んー、食べちゃいたいくらい可愛い」

真一は飛び上がった。

「赤ん坊に触るなら、手を洗ってきて」

そう叫ぶと、女二人は、「すいません」と洗面所に走っていく。

「何もそんなに神経質にならなくても」と梨香子が呆れたように笑っている。しかし母親学級では確かに習った。赤ちゃんは抵抗力がないので、触るときにはきちんと手を洗えと。それに菜穂子は爪を伸ばし、ピンクのマニキュアまでしていた。あの爪で傷つけられたりしたら……。

二人は戻ってきて、「ほら洗ってきたよ」と真一に手を見せると、さっそく赤ん坊を撫で回しはじめた。子供のいない女たちらしく、まるで犬の仔を扱うような可愛がり方だ。

真一は胃のあたりがひきつれる。しかし梨香子はにこにこ笑っている。

「だっこしてみる？」

梨香子は言った。

「おい、首がすわってないんだから」

慌てて真一は止めた。

「だいじょうぶよ、ねっ」と梨香子は奈々実に笑いかけ、「ここにこうやって手を入れてね」と赤ん坊を抱き上げる。

「おい、よせ」

傍らで青ざめている真一のことなど構わず、そっと奈々実に渡す。

「わー、やめろ」と騒いだきり、取り上げることもかなわず、真一は冷や汗がたれてくるのを感じながら、身構えている。

「しっかり、パパしてるじゃん」と小馬鹿にしたように菜穂子が笑った。

「菜穂子さんも、だっこしてみる？」

梨香子が尋ねる。

「だめだよ、そんな次から次に。赤ん坊が疲れる」

真一が慌てて手を出し、自分で抱き取った。

「大丈夫よ。あたし薬学部出身なんで、しょっちゅう兎とかモルモット抱いてたんだから」

ふざけるな、人の子供をなんだと思っているんだ、という言葉が、とっさに喉から出てこない。趣味の悪い冗談に笑っている梨香子の神経が真一にはわからない。

「ところで名前、どうするんですか？」

奈々実が尋ねた。

そういえば、まだ梨香子とは本気でそんな話をしていなかった。生まれる前に、男の子なら、女の子ならなどといくつか候補を出してみたことはあったが、あの荒れた精神状態の中で、そして自分の子ではないのではないかという疑念があっては、真剣にそんなことは考えられなかったのだ。

二十分ほどたった頃、梨香子の母がやってきて、奈々実と菜穂子が入れ代わりに帰っていった。彼女は、赤ん坊の名付け本を抱えてきたのだった。そして昨日真一に電話で話したことを直接娘に提案した。

幸いなことに、ちょうどこのとき部屋に看護婦が入ってきた。他人がいるとき、梨香子の爆発は起きない。しかし看護婦が出ていったのちにどうなるのか、真一は身をこわばらせ、義母とその手に危なげなく抱かれている女の子と、梨香子の三世代の女の顔を見た。

看護婦が出ていった。

「で、名前だけど」

梨香子の母親が言った。梨香子は口元を引き締め、母親の持ってきた字画の本を冷ややかに一瞥《いちべつ》した。室内の空気がひりついた。

「あ……あの、僕」

必死の思いで真一は言った。

「あの、あの、あの、僕、考えたんですが」

何も思い浮かばないが、自分が何か提案すれば、この場の母娘の激突は防げる。二人の視線が注がれる。赤ん坊は祖母の手の中で微笑した。大人の情愛を勝ち得るための生理的な笑いだ。それとわかっていても、そして不器量な女の子であっても、その笑みのなんと輝かしく愛らしいことか。

「ミキ」

「ミキ？」と二人がいっぺんに言った。

「そ、その……未来って書いて」

「未来で、ミキ？　いいじゃない」

梨香子の顔が輝いた。

「女の子が未来《みらい》？　せめて美しいに世紀の紀とか、貴いとか」と梨香子の母親は眉を寄せ、それから娘の顔を見ながら、「まあ、真一さんが、お決めになったなら、私がどうこう言うようなことじゃありませんけど……ただ子供にしてみれば、一生のものだから」とあきらめたように言った。

　そのとき個室のスピーカーから、いきなりトロイメライが流れ始めた。面会時間の終わりを告げる音楽だ。駄目押しのように女の声で、面会客に帰るように促す放送が入った。

「まったく、実の母親でも帰れっていうのかしら、ここ個室なのに」とぶつぶつ言いながら、義母は腰を上げる。そして実の娘への面当《つらあ》てのように真一に向かって、いかにもなれなれしい口調で言った。

「ねえ、真一さん、何かおいしいものを食べていきましょうよ。たまのことですからね。篠崎さんのうなぎでも、どう」

　真一にしてみれば、仲間うち以外の年代の違う人間と二人きりで食事するなどというのは、ストレス以外のなにものでもない。しかも仕事ではないから、何を話したらいいかわからないのだ。しかし例によって、そういう相手に「嫌だ」とはっきり意思表示するすべが彼にはなかった。

「いや、それは……あの」と言っている間に、タクシーに乗せられ、老舗《しにせ》の鰻《うなぎ》屋に連れていかれていた。

　玉石の敷き詰められた玄関を上がり、廊下の突き当たりにある奥まった部屋に真一は通された。

古色のついた掛け軸には、何か文字が書いてあるが、その繋がった文字は真一には読めない。無造作に床の間の前に座りかけ、そこが上座だと、以前、松井に注意されたことを思い出した。はっとして立ち上がると、梨香子の母親は「いいのよ」と笑ってその場に座るように促す。

品書きを渡されても、真一は何を頼んだらいいのかわからない。もともと食べることに格別興味はない。高い物を食べ歩く趣味はない。鰻は鰻丼と鰻重以外知らない。

「鰻丼」と真一は言った。

「あら、まず白焼きなんかどう？」

「いえ……よくわからないんで」

母親は不思議そうな顔をした。先程厨房《ちゅうぼう》から流れてきた鰻の焼ける匂いは食欲をそそった。早くそれを食べて、梨香子の母親から逃れたかった。

母親は勝手に注文をした。

鰻丼は来なかった。

まず酢の物のようなものが運ばれてきた。オパールの指輪を光らせて、箸を操りながら、母親は小さくため息をついた。

「ほんとうに先が思いやられますよ」

ぽつりと言った。

「はあ」と真一は母親と視線を合わせずに言った。

「母親として、いいえ、女としては、あれではだめなのよ」

「はあ……ええ、そうですか」

僕もそう思います、とは彼の口からは言えない。

「ねえ、真一さん、もちろん梨香子が仕事をしているのが悪いとは、私、言う気はありませんよ。でもね、妻として母として、おうちの中のことをきちんとして、その上でお仕事をしたければする、っていうのが本当じゃないかしら。家の中は埃だらけで、おしっこをしたら漏れるようなオシメの当て方をして、しかも泣く子を他人に預けて、それでいくら外でいい仕事したって、決して幸せな生き方だとは思わないですわよね。何より、自分で自分が惨めなだけでしょう。娘にもよく言い聞かせたものですよ。サッチャーさんをごらんなさい。本当に偉くなる方は、ちゃんとご主人を持って、立派に子供を育てて、その上で仕事をしているんですよ。キャリアウーマンっていうのは、ああいう方を言うんです」

「はあ……」

母親は堰を切ったように話し始める。

「小学校四年生くらいのときからでしょうかねえ、私がいくら言い聞かせても、ぜんぜん言うことを聞かなくなって。勉強ができたから外では可愛がられるんですよ。同級生の中でも一目置かれていたし。でも他人様《ひとさま》はそういう表面的なところしか見ませんでしょう。本当に心配してやれるのは女親だけですものね。顔がきれいでも、勉強ができても、女の子が心根の優しさや気配りに欠けたら、その上だらしなかったりしたら、何の価値もないんですよ。私はなんとかそれをなおしてやらなくては、世間に出たら、そして結婚したら、娘自身が困ると思って、言い聞かせて、言い聞かせて、それでもあの子はみんなにちやほやされるから、本当に親身になってやれる私の言葉なんか受けつけないんです」

「でも……」

無意識のうちに、真一は反論していた。

「でも……でも……完璧な人間なんていないですよ」

梨香子の母親の言葉はいちいちもっともだった。しかしそう言われる梨香子が気の毒だった。自分の資質と違うものをいちばん身近な人間に要求され続けるのは、きっと辛いことだっただろう。

梨香子にしかないすばらしさもあっただろうに、欠点だけを指摘され、常に矯正の対象とされて生きてきたことに痛ましさを感じた。

真一は、梨香子が怒りを爆発させた場面を思い起こしていた。どうりでアレルギーのように「女」としての批判に極端に反応したはずだ。あれは梨香子の逆鱗《げきりん》に触れたのだ。

キーワードは、「女」であり、「母」だった。精神が不安定になっていたという理由だけではなかった。

必ずしも子供がお腹に入って、そんな大それたこと、私だって娘に望みませんですよ」と母親は言った。

「完璧な人間になって欲しいなんて、そんなこと娘には望んでいませんよ。何もかも百点取って欲しいなんて、言うつもりはないんです。ただ、人間として、もっと……なんというのかしら、バランスのとれた子に育って欲しかったんですよ。全部に七十点でいいんですのよ、いいえ、五十点だっていいの。ほどほどに何でもできて、目立たなくても心は豊かで、性格に偏りのない優しい娘に育って欲しかったんです」

「私は、学校のテストで百点を取って欲しいなんて、

真一はうなずいた。血の繋がった母親の娘を気遣う言葉には真情があふれている。まさに母親の言うとおりだった。真一は「はあ」という以外に言葉もなく、運ばれてきた蒲焼きを黙々と口に運ぶ。近所の和食屋で一年に一回くらい口にする鰻丼の鰻とは、味も香りも違う。刺し身もてんぷらもそばもなんでもござれの和食屋で出す、養殖鰻の柔らかさとたれの甘さが、ひどく懐かしかった。

深夜の電話に起こされたのは、その翌日のことだった。

梨香子だった。携帯電話で病室からかけてきたのだ。

「淋しい」と梨香子は、甲高い声で訴えた。

病院内での携帯電話の使用は禁止されている。看護婦になど見つかったら大変だ。

「赤ん坊がいるんだろう」

淋しいって、君は母親じゃないか、そんな風に甘えててどうする気だ、という言葉を真一は心のうちでつぶやく。

「もう、我慢できない。家に帰りたい」

「……」

「今日も、あなたが帰っちゃったら、しん、として。急に淋しくなって、お乳が張って痛くなって……もう我慢できない」

「だって、お医者さんは？」

「まだ、入院していた方がいいけれど、どうしても帰りたいならしかたないって」

「だめだ」

ため息とともに、真一は言葉を吐き出した。

ベビーベッドの置き場がなかった。一日中、陽の射さない真一の部屋、食堂テーブルやそのほかの家具を全部押し込めてしまったリビングダイニングルーム。

そして南側の和室は、梨香子の部屋だ。クリスマスに客が来てからまもなく四カ月、そこは再びソドムと化している。

「資料をちょっと脇に退《ど》けて積んでおけば、ベビーベッドくらい置けるじゃない」

電話の向こうの声はさらに甲高くなった。

「あんな埃だらけの部屋に赤ん坊を寝かせたら病気になるよ」

「赤ん坊なんて、そんなに弱いものじゃないわ」

この期に及んでも、「これからは私、ちゃんと掃除をするから」という言葉を聞かれなかったことに、真一は絶望を感じた。結果的にできなければしかたない。しかしそう言ってほしかった。

「とにかく、あと三日待ってくれ」

「もういや、ここにいたくない」

「それじゃ赤ん坊を引き取れる態勢が整うまで、しばらく八王子の叔母さんの家に行ってくれ」

「やだ」

梨香子は何の感情もこもらぬ低い声で言った。

「なぜだ、君の親戚の家じゃないか。お母さんのそばじゃないか。それなら僕の母のところに行くか？」

梨香子は無言だ。

「君の実家のお母さんが、来てもいいって言ってるんだ。僕だってそれを止めない。こんなに恵まれているのに、なぜそんなに意地っぱりなんだ」

「とにかく嫌なものは、嫌。明日、車で迎えにきて」

いつまでも携帯電話で言い争っているわけにはいかない。とにかく明日行くから、とだけ言って、真一は電話を切った。

翌朝、梨香子のワーゲンゴルフで真一は病院に向かった。

一夜明け、梨香子の気持ちも少し落ち着いているだろうと思ったのは、甘かった。病院に着いたとき、梨香子はもうネグリジェ姿ではなかった。赤ん坊を抱き、荷物をまとめ、薄化粧までして真一の到着を待っていた。

「だめだ、本当にベビーベッドを置く場所がないんだよ。マジで物理的なスペースがないんだ。君のあの資料を片付けなくちゃ」

真一はかぶりを振った。

「私が片付けると前から言ってるじゃない」

梨香子は叫んだ。

「できるわけないじゃないか」

出産の疲労がまだ抜けず、傷口や痔が歩くたびにまだ痛むという状態で、部屋の掃除などできるはずはない。

結局、あのままブルドーザーを使ったように散らばっているものを隅に寄せて、空いたスペースに組み立てたベビーベッドを置く。そうしたら最後、隅に寄せたがらくたを梨香子は決して片付けはしない。

窓から射し込む光に、埃が舞っているのが見えるような部屋、ごみための中に赤ん坊が寝ている光景。真一は怖気《おじけ》をふるった。

「とにかく退院するわ。あなたがだめだと言ったって、私、病気でもないのに、もう入院はいや。家に帰る」

「うん……わかった」

真一はうなずいた。

まもなく真一は梨香子とともに診察室に呼ばれ、医師からさまざまな注意を受けた。

それからナースステーションに挨拶に行き、真一は両手に荷物を持ち、新たに家族に加わった未来《みき》を抱いた梨香子とともに、駐車場に向かった。

梨香子は後部座席に乗った。まだチャイルドシートを買ってないが、しかたない。

真一は慎重にアクセルを踏み込む。

車はゆっくりと国道に出る。

「強制送還だ」と真一はつぶやいた。

まっすぐに進めば、真一たちのマンションがある。しかししばらく行って国道二十号を右折すれば、中央自動車道の入り口がある。西に向かえば八王子だ。

だまし討ちのようで気の毒だが、しかたない。梨香子のわがままを聞くより、この際、娘の健康を優先させるのが父親の務めだ。

交差点で車のウィンカーを点滅させる。カチカチという音に、ルームミラーの中の梨香子の眉間に小さく皺が寄った。

「あ……ちょっと、買い物」

「ふうん」

不信そうに、梨香子は再び赤ん坊に視線を向ける。

「中央道入り口」という緑の表示があった。

「ちょっと」

いきなり梨香子が言った。

「どこ行く気？」

まさかこんなに早く感づかれるとは思わなかった。

こうなれば八王子インターまでノンストップで走るしかない。アクセルを踏み込む。高速道路に乗ってしまえば、梨香子はあきらめるだろう。

「どういうことなのよ」

「……」

「嫌よ、あたし、絶対いや」

閉め切った車内から反対側の歩道まで届くような声で、梨香子は叫んだ。

「うるさい。子供をしっかり抱いてろ」

高速道路に上るカーブをタイヤをきしませて曲がる。

「だましたのね、あたしをだましたのね」

「……」

「車を戻しなさいよ」

「できるわけないだろ、こんなところでUターンなんか」

料金所を通り、中央道の合流に入った。

「ひどいわ、こんな汚いこと平気でするのね」

梨香子はわめく。赤ん坊が泣き出した。

「やだ、お願い、泣かないで」

哀願しながら、梨香子は「車を戻しなさい」と怒鳴る。

「すぐ戻しなさい、あなたそういう人だったのね」

梨香子は運転席のシートを摑んで揺する。

右側車線を大型トラックが追い越していく。背後からコンクリートミキサー車が迫ってくる。

「やめろ。赤ん坊をエアバッグにしたいのか」

真一は言った。

「ひどい」

梨香子は低い声で叫んだ。

「あなた、この子を人質に取ったのね」

未来が泣き続けている。梨香子があやしている。いや、あやそうとしているだけで、

「お願い、泣くのやめて」と哀願する声は、ほとんど悲鳴に近い。

前方に「国立《くにたち》府中出口五百メートル」の標識があった。

「下りなさい」

赤ん坊を泣きやませようとしていた梨香子が、いきなり叫んだ。

「ここで下りるのよ」

無視して真一は車を走らせる。どすんどすんと背中に衝撃があった。

シートを後ろから蹴っている。

「ばかやろう」と怒鳴りながら、ハンドルにしがみつく。

火がついたように赤ん坊が泣き出す。

とたんに頭に衝撃があった。二発、三発。梨香子が運転席のヘッドレストを抜き、それで殴っているのだ。

驚きと恐怖が真一の体を貫く。いっそう激しく赤ん坊が泣いた。

割られた便器が頭に浮かぶ。

この女は正気ではない。

真一は車線を変更した。車は出口に向かって滑るように走っていく。少なくとも自分と生まれたばかりのわが子の命は惜しい。

高速道路を下り、一般道に出た真一はファミリーレストランの駐車場に車を停めた。ここなら人の目がある。外面《そとづら》のいい梨香子は人目のあるところで暴力はふるわない。

「だましてごめん」

真一は謝った。謝りたくはなかったし、謝る必要もなかったが、梨香子は未来を抱いている。人質に取られたようなものだった。

「でも、どうしようもなかった。一日だけ待って。これから病院に戻って、あと一日だけ待っててよ。頼むから……」

梨香子は蒼白の顔で、赤ん坊の尻のあたりを叩いてあやしている。

「一日で、部屋を片付けて、掃除する。ベビーベッドを組み立てるから。必ず明日、引き取りにいくから」

梨香子はルームミラーで、じっと真一の顔をみつめていた。そして口を開いた。

「ごめんなさい」

真一は目を閉じて、赤ん坊の声を聞いていた。泣き声は次第にやみ、寝息に変わっていく。

「アンフェアなことされると、あたし、かっとくるの……」

「うん……」

真一は車を病院に戻した。幸い、個室はまだ空いていた。梨香子は事情があって帰れなかったということにして、もう一日入院することになった。

その日、午後も遅くなってから真一は家に着いた。ひどい脱力感と疲労感に見舞われ、家のドアを開けたとたん、そのまま床に座り込んだ。

ベビーベッドを組み立てなければ、と思った。明日には梨香子と赤ん坊が帰ってくる。その前に梨香子の部屋を片付け、掃除機をかけ、埃の固まりのようになっているレースのカーテンを洗濯しなければならない。

腰を上げるのも億劫《おっくう》で、ずるずると部屋の前まで這っていく。

戸を開けたとたんに、においがした。埃っぽいにおいではなく、埃そのものににおいがあるということを、真一は初めて知った。あるいは過敏になっていた神経が嗅ぎ取っただけのことかもしれない。喉がいがらっぽくなるような、鼻の奥がむずがゆくなるような、そんな空気のにおいだった。

ずるずるとそのまま後退し、ダイニングキッチンの椅子に座り込んだ。そこだけは清潔だった。水回りの汚れや調理の油汚れを真一は嫌い、そうしたものは強い洗剤を使って、格別丹念に拭き取っていたからだ。

しかし梨香子の部屋は別だ。ここまで雑然と積み重なった得体の知れないものを整理することは、真一の手に余った。真一にとって物事は、本来理路整然と法則立って並んでいなければならない。

しかし梨香子は、そうした感覚とは無縁だ。あらゆる情報を食い散らかし、貪欲《どんよく》に飲み込む。鉄の胃袋のような頭脳というのだろうか。頭の良さは認めるが、後始末をする方はたまったものではない。しかもどれが食い散らかした後なのか、食う前のものかわからない。うっかり手をつければ、また爆発する。

腰から下の力が抜けてきた。体が重い。

どうにもならない、と真一は両手で頭を抱えた。逃げ道はない。未来は紛れもない自分の子供だ。それを産み出すために、梨香子は見ている方の気分が悪くなるほど苦しみや痛みに耐えた。

「どこの男の種かわかりはしない」という言い訳はもはや通用しない。

視野の端で、電話機についたランプが点滅している。留守番電話にメッセージが入っている。

再生ボタンを押す。

「お子さんが無事に生まれたそうで、おめでとうございます。女の子だそうで、そのうち見にいきます」

「もしもしシンちゃん、郡山《こおりやま》の叔母です。ごぶさたです。女の子のお誕生、おめでとう。これで姉さんも安心したと思うの。本当によかったわ。お祝い送りたいんだけど、何がいいのかしら。帰ったら電話ちょうだい」

おめでとう、おめでとう、おめでとう、親戚から、友人から、今日もまた、途切れることもなくメッセージが入っている。その中に秋山からのものもあった。

秋山は、おめでとう電話の二時間後に、仕事のメッセージも入れていた。

「働き盛りを襲う癌《がん》。集団検診の不安」というテーマで大学病院や自治体などに取材して、記事を書いてほしいという。

真一は最後まで聞かずに、再生を止めた。この上に仕事を入れる余裕はない。

こうして自分はライターとしての仕事のチャンスを奪われていくのだ。

いったいどこから人生の歯車が狂い始めたのだろうか。すっと穴に落ち込むような気がする。

年収二百万、狭いアパートで過ごしていた頃が懐かしかった。貧しく孤独だが整然とした生活が恋しかった。あの部屋に梨香子をひっぱり込み、「やっちまった」のがすべての原因だ。岡本でもなければ、エイリアンのせいでもない。

ふらふらと立っていって冷蔵庫を開けると、奥の方にビールの缶が寝ていた。新婚早々の頃、残業を終えて帰ってくる梨香子のために真一が買っておいたものだ。

それを取り出し、プルトップを開ける。喉に流し込んでみた。苦い味がした。

一缶全部飲んだら、そのまま気絶してしまうのではないか、と思ったが、不思議と酔った感じはなかった。吐き気もない。

どうでもいい、という気分になった。どうでもいいはずが、冷たい炭酸のためか、胃が痛み出す。

と、そのとき電話が鳴った。

一瞥しただけで、受話器を取らなかった。おめでとう、おめでとう、おめでとう、おめでとう、お祝い何がいい？　お祝い何がいい？　お祝い何がいい？　次は男の子、次は男……。どうせそんな電話だ。

何がめでたいものか、お祝いなんかいらない、二度と子供なんかごめんだ。

頭の中がぐるぐると回った。七回呼び出し音が聞こえ、切れた。一分と置かず、また鳴った。

のろのろと受話器を取った。秋山だった。

祝福の言葉の後、秋山は早口で言った。

「あ、留守電にも入れておいたんだけど、あの仕事、医療ものだから、あなたの専門とはちょっと傾向、違うかもしれないけど、いちおう理科系だから。いえ、だからその有効性が今、疑問視されていて、自治体によってはやめるところも出てきてるわけじゃない。それで厚生省の見解としては……」

秋山は一方的にしゃべっている。

その声が太鼓のばちのように真一の鼓膜をたたく。真一は返事らしい返事もしない。しかし普段から挨拶はおろか、ろくな返事ができない真一のことで、秋山はかまわずに話し続ける。

「私の伯父もね、毎年、市でやってるのを受けてたわけなのよ。で、異常ないっていうから安心してたらね、なんか具合が悪いって言い出して」

真一は半ば眠ったような状態で秋山の話を聞いている。いや、声は聞こえているが、内容は理解していない。

「で、一応、大学病院の方には、岸田さんとカメラマンと、それに私も一緒に行くわ。で、内科部長の先生のご都合のいい日は……時間は夕方の五時以降ってことで……その前に一応打ち合わせしたいんで、明日でどう？」

「は……」

真一は我に返った。

だから、と秋山は同じ言葉を繰り返す。

「すいません」

真一は言った。

「だめです。今は無理」

「なんで？　ちょっと、あなたということで、もう話を通してるし。一応、医学的なアプローチしたいから、科学記事をちゃんと書ける人じゃないと困るのよ」

「今、だめです」

「ちょっと、あなた、病気なの？」

ようやく真一の異変に気づいたように秋山は怪訝《けげん》な調子で言った。

「いえ、その……あの、妻が明日病院から帰ってきます」

「ああ、迎えに行くのね、それじゃ今夜にでも打ち合わせした方がいいのね」

「いえ、だから、ええと、部屋を片付けないと」

「それが終わってからでいいわ」

「たぶん終わらないから……もう見ただけで、僕、どこからどう手をつけたらいいのか……。怒るんです。手をつけると。でも赤ん坊が病気になるし」

「え？　あなた酔っ払ってる？　でもお酒飲む人じゃなかったわよね」

「ビール、飲みましたけど」

「ちょっと何があったの？」

「あ……う……」

言葉が出ない。

「とにかく、何ですって？　要するに奥さんが帰ってくるのに、部屋が片付いてないから、打ち合わせができないって？」

「仕事、たぶん、無理です。自信ないです。もうこんなことでは」

「完全なマタニティーブルーね、あなた」

さえぎるように秋山が言って、小さく舌打ちした。

「このごろ、旦那がなるのよね。ラマーズで立ち会ってからインポテンツになるとか、生まれた子供を見てアイデンティティーが崩壊するとか。何でもかんでも立ち会えばいいってもんじゃないのよね」

「そんなのじゃない。僕は」と言おうにも言葉が喉につかえる。

「要するに部屋が片付けばいいんでしょ。奥さん、子供が帰ってくる前に。そうしないと、奥さんに怒られるわけね。わかるわよ。奥さんが入院してる間、男所帯で気ままに暮らして、汚くしてたんでしょ」

「いえ、そんなんじゃ……」

「しょうがないわね、じゃ、とりあえずこれから行くから、掃除くらい手伝ってあげるから」

「いいです。家庭内のことだから」

「こっちは困るのよ。科学ライターってのは、代わりがいないのよ。いい加減な文科系ライターを使うと、病院はクレームをつけてくるから恐いのよ」

「そんな……あの」

電話が切れた。

受話器を置き、真一はぼんやりと食堂用テーブルの下の床にうずくまった。

インターホンが鳴っているのに気づいたのは、一時間もした頃だ。

のろのろと玄関に出ていき、ドアを開ける。秋山が立っていた。

「赤ん坊が戻ってくる前に、掃除しなきゃならないんでしょ」

遠慮する間もなく、秋山は勝手に上がり込んできた。

「きれいじゃないの」

磨かれた流しや調理台を見て、秋山は言った。

真一は黙って、南側の部屋の戸を開けた。秋山は小さく瞬きした。あんぐり口を開いたまま、真一を見た。

「あなた、散らかったものをみんなこの部屋に突っ込んでいたわけ？」

「いえ……」

「どういうこと？」

「妻の部屋です。僕が手をつけると怒られる」

「それにしたって……」

「つまりこれが、彼女の生活なんです」

真一はぽつりぽつりと話し始めた。峰村にいつか打ち明けたあの話とほぼ同じ内容のことに、さらに妻の妊娠、出産の修羅場とその後に来た嵐についても話した。

真一にとっての恥だった。

だからこそ、自分の身内にも友達にも、話せなかった。今、真一と梨香子の結婚生活の実態を知っているのは、峰村と秋山の二人だけだ。

しかし秋山は、峰村と違い、「別れろ」とも「殴れ」とも言わない。愚痴を言っている真一を男らしくない、と怒ることもしない。

「うん」とうなずき、黙って梨香子の部屋に入って、床に積み重なった服と書類をまず分け始める。

「手をつけると怒るんです」と真一はおずおずと言った。

「それはいいから、これでプラスティックの収納ケースを買ってらっしゃい」

秋山は千円札を三枚渡した。

言われたとおり、真一は近所のホームセンターに向かって走る。

ケースを四つ買って戻ってくると、早くも秋山が仕分けしている。

書類や資料は重ねられており、秋山は手際よくそれらをケースに収めていく。

「洗濯物入れ！」と秋山は言った。真一が洗濯機の上にあった籠を持っていくと、秋山は床に積み重なった衣服を点検して、そちらに放り込んでいく。

ようやく床が見え始めたとき、梨香子のスリップの下から平たくつぶれたゴキブリ取りが現れた。数匹のゴキブリが貼りついている。真一は、ああ、と小さくうめいた。

秋山は無言のまま、無造作にそれをごみ袋に放り込む。

そして真一は梨香子のクロゼットを開けた。確かもらいもののタオルをそこに押し込んだ覚えがある。赤ん坊が来たら、すぐに使うので出しておかなければならない。

しかし扉を開けると同時に、中から雪崩《なだれ》のように落ちてきたのは、大量のブラウスやズボンなどの衣類だった。洗濯したのか、していないのか、丸まったまま転がり出てきた。

秋山はやはり無言のまま、それらに汚れがついているかどうか点検し、洗濯籠とプラスティックの収納ケースに振り分けていく。

脇の下の部分が汗で黄色く変色した異臭を放つブラウスが、自分の目の前で洗濯籠に入れられるのを目にしたとたん、真一は恥ずかしさと腹立たしさでいっぱいになった。

「産休に入ってから、一カ月近くあったんですよ」

真一は言った。堰を切ったように言葉が出た。

「僕はもう限界です。こんなことが一生続くのかと思うと。子供なんか産むべきじゃなかったんだ、彼女は。僕は結婚以来、妻のヒステリーに付き合った。そして病院で付き添っている間じゅう、当たり散らされ、侮辱され続けた。信頼関係なんてもとよりないんだ。会社行って、子供を産むだけなら、よほど楽だ。痛がってるだけで済むんだから。僕は多くは期待しない。せめて汚れ物を洗濯籠に入れるくらい、そしてせめて自分のパンツくらい自分で洗う慎みが、だめならその気持ちや恥じらいや感謝が欲しいんだ。何もやらない、なんて言わないから。男に、夫にそれをやらせている、すまないって、そんな気持ちだけでもあれば、僕はやってやれる。しかし」

「うるさいね」

低い声で秋山がさえぎった。

驚いて、真一の口からこぼれ出ていた言葉は止まった。

「うるさいんだよ。いちばん亭主にしたくないタイプね、あんたみたいな男」

真一は口をあんぐり開けた。だれでもこの部屋を見れば、夫である真一の立場がわかるはずだ。

「出産に立ち会ったくらいで、大きな顔しないでよ。痛い思いしてるのはだれだと思ってるの」

真一は言葉もなく秋山をみつめた。この場に梨香子の生き霊が、秋山の体に憑《つ》いて立ち現れたように思えた。

「それは……母親になるための、試練というのか……それで可愛い赤ん坊を抱けるわけだから」

秋山は黙りこくった。重い沈黙だった。そして数分したとき、堰を切ったようにしゃべり始めた。

「十カ月間、お腹に入れてるだけだって、どんな思いをしてるかわからないの？　気持ちが悪いのよ。口の中が苦くて、渇いて、だから始終、甘い物を食べたくなって食べていたら、亭主におまえはつわりがなくて丈夫なやつだと言われたわ。そのときは、あたし、亭主を殺してやろうかと思った。ホントに殺そうと思ったのよ。中期は安定してるですって？　ばかなこと言わないでよ。これから産休取るために、人の何倍働いたと思ってるの？　八カ月過ぎれば寝られないのよ。お腹が重くって、横になったって苦しくって。生まれた後も慣れない育児が続くわ。恥じらいや感謝ですって？」

秋山は汚れ物をあらかた洗濯籠に積み上げると、それを真一の前に置いた。

「奥さんが帰ってくるまでの間、何日あったの？」

「あ……」

「このくらい洗えなかったの？」

「でも、妻が怒るから」

「なんで怒るかわかる？」

秋山は、洗濯籠を真一の前に突き出した。

「考えたことないの？　え？」

真一は後退《あとずさ》りして、首を横に振った。

「あなたに妙なこだわりがあるからよ。偉そうな顔をするからよ。パンツがどうしたって？　私も、私の母も、祖母も、夫や父や祖父のパンツを洗ってきたのよ。洗濯機もない時代から。つまりあんたたちは、そうして平然として、自分の脱ぎ散らかしたものを洗わせてきたんじゃないの。そこに恥じらいがあった？　感謝があった？　たかが汚れ物だろうが。生きてる証拠じゃないの？　あんた、今、だれのおかげで、勝手なことができてるの。奥さんの稼ぎで好きなことしてるんじゃないの」

「そんなことないです。去年も二百万、収入ありましたから、僕一人なら十分食べていかれます」

真一は、小さな声で反論した。

「そう。本代は？」

低い声で秋山は尋ねた。

真一は言葉に詰まった。

「掃除機！」

秋山が短く言った。真一は慌てて奥の部屋から掃除機を持ってきて、服や本や額縁や爪切りやヘアスプレーなどのなくなった畳の上にかける。この部屋はこんなに広かったのだと、真一はあらためて驚いた。

秋山に手伝ってもらい、ベビーベッドを組み立てる。

組み上がったベッドに小さな布団を広げてみる。

和室の中央にベビーベッドが置かれている。その上にうさぎの模様の小さな布団があった。

ここに未来と名付けられた小さな女の子がやってくる。ここで自分とそっくりの顔をした女の子が眠る。

不思議な気持ちがした。

埃のにおいは消えている。

「仕事と家事と育児の両立どころか、三本立て、四本立てなんて、私たちがあたり前のようにやってきたことよ。たまに仕事が入るだけのあなたがそれをするのに、なんでぶつぶつ言うのよ。しかも自分のお腹を痛めたわけじゃないわ」

理屈ではわかっている。しかしあたり前と言われることに抵抗があるのだ。

「あなた、けんか、強かった？」

唐突に秋山は尋ねた。

真一は、首を振った。けんかは嫌いだった。何より恐かった。けんかに暴力はつきものだった。物心ついたときには、年下の子供に泣かされていた。

「情けない」と母は悲しそうな顔をした。父は「男なら泣くな。気迫の問題だ」と怒った。兄は「やりかえせ」と言った。しかし強くはなれなかった。無理して入った運動部でも、練習にはついていかれなかった。上級生に殴られるのは恐かった。

幼稚園から高校卒業くらいまで、真一を脅かしたのは、いじめではない。そんなものならまだよかった。物理的な暴力や、力を背景にした威嚇《いかく》だった。

努力しても強くなれない人間はいる。

真一は梨香子と出会った頃の居心地の良さを思い出した。梨香子は彼に強さを要求したことはなかった。いや、肉体的強さを補いうる男の気迫さえ、要求しない。

「あたしは、自分で言うのもなんだけど、小さい頃からなんでもできる子だったわ」

埃をかぶった蛍光灯を拭きながら、秋山はぽつりと言った。

「それがね、高校の三年生のとき、突然、過食症になったのよ。いろいろあったけど、原因はつきつめてみれば、女だったから。女であることを要求されていることを自分が知ったってことかな。つまり恋よ。二年生の夏休みに初めてカレシができて、それまでだれよりも頭がよくて、なんでもできて、と思っていた自分が、いかに女として不完全かって思い知らされたの。たかがおっぱいが小さくって、愛想が足りなくて、女らしい言い回しができなかったってこと。それが人間失格みたいに言われるわけよ。どうしようもない劣等感を感じて、自分の不完全さを思い知らされて、その一方で、なぜそんなことを要求されるのかと反発もしたわ。でも理不尽さへの怒りは、好きな男の子の前では、たちまち消えて、結局残るのは、今まで味わったこともない挫折《ざせつ》感だけよ。自分の完璧さをそこなう自分が許せない。母とか、女であるということの呪縛《じゅばく》。いくら否定しようとしても、自分を縛りつける意識。あなたも同じじゃない？　自分の中のオトコをまもるために、いらないプライドや劣等感を抱いていたんじゃない」

真一に反論するすべはなく、かといって同意するには感情的な抵抗があり、黙って秋山の顔を見ていた。

「僕はけんかは強くなかった。金もない。でも男に必要なのは金や力ではなく、自分が男だというプライドだと思う」

「現実に、そのためにあなた自身が不自由になっているんじゃないの。そうした意識から解放されたとき、男と女のもっといい、自立した関係が築けるはずよ」

「秋山さんの家は？　旦那は納得してますか」

真一はぽつりと聞いた。

「教育したのよ。何ひとつできなかった男を。十八年かけて、家事を分担させたの。並大抵の苦労じゃなかったわ」

男は仕事、女は家という性別役割分業をなくし、男女共同参画社会の実現を、というスローガンを真一は思い出した。

嫌だ、と思った。理由もなく、そんなものは嫌だ、と感じた。理屈でいくら説明されても、彼の意識の深い部分が拒否の声を上げた。

それでも部屋はきれいになった。まさに秋山のおかげで、たった二時間のうちに、すぐにでも梨香子と赤ん坊が住めるような状態になった。

「どうも」と真一は頭を下げた。それが真一の礼の言い方だった。

それから台所に入ると、精一杯の感謝の気持ちを込めて、秋山のためにミルクティーをいれる。

すっかり落ち着いたところで秋山は仕事の段取りについて真一に話した。部屋がきれいになってみると、不思議なことにその程度の仕事ならかんたんにこなせるような気がしてきた。


その夜、きれいに片付けた梨香子の部屋に、真一は布団を敷いて寝た。明日はここに赤ん坊が来る。二人の家族が三人になる。親子三人の暮らし……。現実感がなかった。目を閉じようとしかかったとき、電話が鳴った。闇の中でデジタルクロックは、十二時を指している。

受話器を取ったとたんに啜《すす》り泣きが聞こえてきた。

梨香子だ。昼間のことで自己嫌悪に陥ったのだと思った。それで謝りの電話をかけてきた、そう思った。

しかし電話から聞こえてきたのは、「淋しい」という言葉だった。

「すぐ帰りたい。そばにいてくれないから、眠れない」

君は母親じゃないか、そんなことでどうする、という言葉は、なぜか口をついて出なかった。

しかたない、と思った。自分は子供を二人抱えてしまったのだ、と真一は、その鼻にかかった甲高い声を聞いたとき瞬時に悟った。

いい年をした、大きな図体の女のすべてを受けとめなければならないのか？　そんな自信はない。しかしそうしなければならない。

なぜそこまで、という問いへの答えは、「やっちまったから」と言うしかない。

梨香子は完璧な女の鎧《よろい》を着て生きてきた。少なくとも自分が「やっちまう」までは。

「やっちまった」ことで、自分は梨香子の「完璧な女」の鎧を割ってしまった。

不全感を内に押し込め、自分の母親を拒否して、完璧な女を演じてきた梨香子が、殻を割った。不完全な姿をさらしてぶつかってくることのできる唯一の人間が自分だったのだと、今、真一は理解した。

あの夜叉の顔を受けとめてやれるのは、自分しかいない。理由は「やっちまったから」だ。

男なら、と真一はつぶやいた。自分の腕が折れても爆発するこの女を受けとめてやらなければならない。

経済力だけが取り柄の大きな子供と自分の遺伝子を受け継いだ小さな子供を、その両腕に抱えなければならない。

「大丈夫だよ」

真一は電話の向こうに語りかける。

「僕、ここにいるから。ベビーベッド、組み立てたよ。君の資料や本はプラスティックのコンテナに入れた。捨ててないから大丈夫だ。もういつでも帰ってこられる。安心していいよ」

「うん」と意外にしおらしく梨香子は言った。そして「電話切らないで。淋しいから。私が切るまで切らないで」と何度も繰り返した。

「いいよ」と真一は答えた。

「君が寝るまで、こうしてる」

梨香子はいろいろなことを話した。我が娘の様子、この日病院であったこと……。結婚以来、これほど話したことがないくらい、さまざまな身辺のことを話した。およそ内容のない話だった。真一のもっとも苦手とする世間話ばかりだった。それを真一はじっと聞いていた。しだいに梨香子の声は落ち着き、眠たげなものに変わってきた。と、そのとき背後で赤ん坊の泣き声が上がった。とたんに梨香子は驚くほどしっかりした声で言った。

「あ、ごめん。みーちゃんにおっぱいあげなくちゃいけないから切るわ。じゃ、明日。おやすみなさい」

拍子抜けして電話を切る。真一は長く深いため息をついた。

いびつな女に、いくら努力しても強くなれなかった男。だから結婚が成立した。自立した男女の結びつきだの、男女共同参画社会だの、くそくらえだと、つぶやいた。甲斐性なし男と身辺の面倒が一人でみられない女、互いに一人で生きていかれない人間が、互いの必要性で結びついたとして、なぜ悪いのだ。だから結婚するんじゃないか。明日、梨香子は赤ん坊を連れて帰ってくる。親子三人の生活が始まる。決して平坦ではない道程を想像しつつ、なぜか穏やかな思いで、真一は家族の未来に思いをはせ、目を閉じた。

十五分もした頃、再び電話が鳴った。授乳を終えて、またかけてきたのだ。ここまで来れば腹も座った。小さな赤ん坊のめんどうを大きな赤ん坊が見て、大きな赤ん坊のめんどうは自分がみる。

それだけだ。

「はい」と受話器を取る。

「どうも、さきほどは。夜分すいませんね」という声は梨香子ではない。秋山だ。

時計は一時を回っている。いつものことだ。印刷所や校閲部の仕事の仕上がりに合わせ、深夜に待機するのは雑誌の編集部では日常的なことだった。

用件は、三日後の取材についての詳細だった。

「午後四時四十五分に、御茶ノ水、聖橋口《ひじりばし》よ、わかったわね」と命令するように言った後、秋山は不意に声色《こわいろ》を変えた。

「あのね、あなた、本出したくない？」

「あのSF評論集、まとまることになったんですか」

真一は受話器に嚙み付きそうな勢いで、叫んだ。心臓が激しく打った。

「なに言ってんのよ、あんなもの出すわけないじゃない」

秋山はそっけなく言った。あんなもの、と言われて、真一は内心ひどく憤慨し、傷ついていた。

「男の子育てよ。男の」

「は……」

「ずっと企画を考えていたのよ。メンズ・リブよ。テーマは」

「なんですか、それ？」

「だから男らしさからの解放。家父長制度の下で暴力装置として機能していた男という概念から男自身が自由になるということ」

「はあ？」

「とにかく、あなたに男の子育て日記を書いてもらいたいのよ」

「いやですよ……そんな」

　キワモノではないか、と思った。女がすべきことを低収入の、強くなれなかった男が代わりにする。そうした自らの家庭の事情をさらして、世に出る、あるいは金を稼ぐということが、ひどく卑しい行為に思える。痩せても枯れても自分はサイエンスライターであり、ＳＦ評論家だ。

「出産日記読んだけど、おもしろかったわよ。今までにああいう話はよくあったけど、はっきり言って、啓蒙的な意図が見えて普通の人は最初から拒否するんで売れはしないわ。だけどあなたのは、そうじゃないから、あの調子で子育ても書いてほしいのよ」

「僕は……そういうプライベートというか……」

「だからプライベートな部分が欲しいのよ。生々しい現実を通しての話を、サイエンスライターとしてのあなたらしい知性を加えて書いて欲しいの。最近は父性ということがよく言われるんだけど、父性だ母性だといったものは神話なわけよ。本来人間が持っているのは、普遍的な親性とも呼べるものなわけね。つまり性役割を超えた形で現れる親性について、イデオロギーやスローガンではなく、あなたの日常を通して日記という形で、書いて欲しいわけ。そうして女と男のもっといい関係を、読者と一緒に探っていきたいと思うのよ」

「ちょっと、僕は……その」

「出版部長も乗り気よ」

「いえ……」

「本が出るのよ。あなた、自分の名前で本が出るって、どんなことかわかる？　少なくとも一万部はいけると踏んでるわ、あたしは。あなたの文章が一万部よ」

自分の家庭の事情を一万人の人間が覗くのか、と思った。

「明日の朝いちばんで企画会議だけど、あたしが提案すれば、まず通るわ」

「ちょっと待って……その……ええと」

「出版は一年後。つまりお嬢ちゃんのお誕生日に、パパからのプレゼントよ。書店に出回る時期はずれるかもしれないけど、発行年月日は、お嬢ちゃんのお誕生日にしましょうよ」

「あ……う……」

心が動いた。娘の誕生日に、父親の書いた本が出る。自分の名前の記された本が娘の一歳の誕生日のプレゼントになる。

「それじゃ、よろしくね。冒頭は、公開日記の立ち会い出産の記録からね」

早口でそれだけ言って電話が切れた。

なんという傲慢《ごうまん》、身勝手、あつかましさ。しかし娘の一歳の誕生日のプレゼントができる。

何も秋山の意図どおりに書く必要はない。男女共同参画社会も共生社会も自分には関係がない。

自分は物書きであってアジテーターではない。家庭の事情をさらして印税をもらうことなら、素人にもできる。

すぐれたエッセイストであれば、ペーソスやそこはかとない人生のニュアンスを感じさせるものを生み出すが、サイエンスライターには、サイエンスライターならではの書き方がある。

妻との葛藤や自分の経済力など、そんな言い訳がましいことを書く必要はない。文科系の人間の作文のように、心情を縷々《るる》綴るのはいじましく女々しい。

自分はSF評論を書いてきた。科学記事を書いてきた。子育て日記もその延長線上にあればいいということではないか。子供を育てる。その記録を書くだけだ。

秋山の言うとおりになど書くものか。これは僕の育児日記であって、「男の育児日記」などというものではないからだ。

『一カ月が過ぎた次の日、これでだいぶ楽になるだろう、肩の荷を少しだけ降ろした思いであった。

人間の赤ん坊は信じ難いほど無力である。生まれたてでは目も鼻も利かない。母乳を飲ませるべく母親が乳首を突きつけても存在がわからない。母乳のしたたる乳首を口の中に突っこまれてはじめてそれが食料だと認識する。

運動能力は皆無である。芋虫《いもむし》ですら這えるのに、新生児は泣き叫ぶ以外なにもかなわない。昔は本当に赤ん坊がネズミに引かれたと言うが、ぼくはカラスを恐れた。開いた窓から飛びこんで来たカラスが娘に襲いかかったら、彼女に助かるすべはない。カラスどころかスズメが新生児を餌食《えじき》にしようとしても容易だろう。親はこの無力な生き物を生き延びさせるために最善の努力を尽くす。並大抵ではないが、それでいながら、余裕が出てきたのは事実である。

生まれ落ちてすぐ、ちょっと触っただけで壊れてしまうのではないかと思われた赤ん坊の手足もしっかりしてきた。小指で突ついただけで壊してしまうのではないか、と恐怖を感じたものだったのが、平気で抱き上げられるようになった。事実、一カ月健診での体重は四五〇〇グラム。誕生時三三九二グラムだったのであるから大した成長である。このままの成長率を一年続ければ立派なゴジラができあがる。

頭も硬い。新生児期では卵のようで、ちょっと力を加えただけで頭蓋骨が陥没し脳漿《のうしょう》を噴き出させるのではないかと不安を感じさせたものが、骨格として感じられる。口も大きくなる。生まれたその日、妻が授乳させようとしても肥大した妻の乳首が口の中に入らないほどだったものが、普通にくわえられるようになる。生まれたその日では、乳首の位置すら捉《とら》えられなかったのがもがもが鼻を鳴らしながら乳首にしゃぶりつける。首もすわりかけてきた。以前はうつぶせにすると顔も上げられずにもがいていたものが、今では頭を上げる。娘をぼくの腹の上においてうつぶせにすると、顔を上げてきょとんとこちらを見ている。

目も事物の形を認識するようになってきたらしい。ベビーベッドに横になって、親の顔をじっと見ているので、こちらが左右に顔をふると娘の瞳もこちらの顔を追う。

変化は娘だけではなかった。ぼくも易々《やすやす》とオシメを換えられるようになった。片手で赤ん坊を押さえ、片手でオシメを丸める。用意しておいたコンビニ袋に放り込んで終わりである。

ミルクの作り方も覚えた。哺乳瓶を煮沸《しゃふつ》、湯で粉ミルクを溶かして、湯冷ましで必要量に割る。時には冷却、保温して自分の二の腕の内側に一滴落として温度を確認する。沐浴《もくよく》にも慣れた。最初は赤ん坊を湯の中に落としても受け止めるネットを敷いていたのだが、ネットが邪魔に感じられるようになる。さらに娘は成長してネットなどがあってはフロにすら入れられないようなサイズになる。

外気浴と称して気候の良い日には抱っこ紐で赤ん坊を抱き、三人で散歩に出かける。ほぼ一カ月、狭苦しいわが家に閉じ込められていた妻にとっても、娘にとっても初夏の陽射しは心地好いものに感じられただろう。

出かけられるようになると、妻もだいぶ落ちついてきた。人ごみに娘を出すのは切ないといいながらも、空いた時間帯を選んでスーパーや近くのコンビニに買い物に出かけるようになった。

この時期、ぼくは様々な試みをした。一つには娘と一緒に大人用の風呂にはいること。また、娘を預かり妻を遊びに出してやることである。

東京国際フォーラムでマスタートラスト関連のセミナーがあるという。それに外出したのである。

こちらは妻が出かけてから娘のオシメを換え、ミルクを飲ませて背中におぶって編集者と打ち合わせのため駅前の喫茶店に向かった。オシメは清潔で快適。満腹した彼女はぐっすり眠っている。眠っている子供は手が掛からない。喫茶店の禁煙席で指をくわえて寝る娘の顔をのぞき込んだ編集者も頬をゆるませた。

打ち合わせは順調だった。一段落ついた仕事の総括を終え、次の企画の話に移ろうとしたとき、携帯が鳴った。娘が生まれて直後購入したものである。

妻からだった。妻はすでに自宅に戻っていた。

ともかくすぐに、できるだけ早く帰ってきて欲しい、との悲鳴のような訴えだった。乳房が張って苦しくてたまらない、と言うのである。ちょうど、新しい企画について議論が煮詰まっていたところだった。もう少し話を進めれば、新しい仕事に結びつきそうだった。だが、妻の声にはほんの十分を許さない切迫感があった。

ついでに娘がむずかり始めた。今までぐっすり眠っていたものがもはや手の着けようがない。「泣く子と地頭には勝てない」「寝た子を起こすような真似」と諺《ことわざ》にあるように手の着けようがない。喫茶店の中でもあり、いささかまずい雰囲気がただよった。

編集者に非礼を詫び、娘をせおって自宅へ向かった。

歩き出しても娘は泣きやまなかった。いつまでも動物的な小さな泣き声を上げつづける。ぼくは身体を揺すりながら歩いた。娘はこうした揺動が好きである。動物的な泣き声を立てるほどのときでも、揺すってやると不機嫌がにこにこ顔にかわる。

だが、娘の泣き声はいっこうに治まらない。娘に何か並々ならぬ事態が降りかかっているのではないか、そんな不安で振り返ったが、自分の頭の真後ろまでは目が届かない。

腸重積、という語が頭をよぎる。「乳幼児に発生するもっとも恐ろしい病気である」と育児書に頻出する。さらには「腸重積が早期に発見されれば、その子の命は助かったことになる」とまでされる。

慌てて走り出す。走るうちに火のついたように泣いていた娘の泣き声が止まった。落ち着いたのならいいのだが、こちらの胸には不穏な思いが去来する。吐き戻したミルクが気管につかえて息絶えてしまったのではないか。

さらには腸重積の症状として腸の蠕動《ぜんどう》に伴って泣いたりやんだりを繰り返すとある。さあ、なにが起こったかと、真っ青になっていると、再び猛烈な勢いで泣き出した。泣かなければ心配で、泣いたら泣いたで青くなる。時間としては数分の短時間だっただろうが、生きた心地がしなかった。

赤ん坊をせおって家に駆けこむと、今度は中から妻が飛びついて来た。ぼくにではない。娘にである。乳首を消毒し、小さな口に吸い付けさせると、やっと亭主の存在に気づいたようである。よほど乳房が張って苦しかったらしい。

ぼくがいくら哺乳瓶をあてがっても見向きもしなかった娘は、妻の乳首に吸い付いて泣きやんだ。まるで魔法のようだった。

出産以来、初めての妻の単独外出は終わった。いささかの行き違いはあり、冷や汗もかいたが、無事に終わった。いくつかの問題はあったが、誰もが解決してきたものであるし、我々もどうにかできそうだった』

真一は打ち終えた原稿を松井にメールで送る。ふう、と息をついて時計を見ると、午前一時を回っている。未来を寝かしつけてから仕事を始めると、こうした日記風エッセイ一本仕上げるだけでもこんな時刻になる。

キッチンに入って、コーヒーメーカーに残っていたコーヒーに氷とシロップと牛乳を入れて飲む。一日の中で唯一、ほっとする時間だ。

そのとき梨香子が寝室からふらりと起きてきた。パジャマの開襟の襟元から、まばゆくふくよかな胸の谷間をのぞかせ、片手で目をこすっている。

「どうしたの？」

「眠れない」と、冷蔵庫を開け、甘口シェリー酒を取り出し、小さなグラスに注ぐ。

「たった一カ月とちょっと、よね……」

梨香子はぽつりと言った。

「産休に入ってからも、たったの二カ月なのよね」

「うん」

「こうして世の中から切り離されている間に、世界が変わっていくわ」

「たったの二カ月だよ」

真一は、テーブルの上に置かれた梨香子の手に自分のてのひらを重ねて、静かな口調で言った。

出産後、初めて一人で単独外出したあの日、戻ってきた梨香子の淡い色の大きな瞳は生き生きとして、化粧気も薄い頰は桜色に染まっていた。久しぶりに見るアグレッシブな魅力に溢《あふ》れた笑顔だった。赤ん坊をあやす声にも張りが感じられた。

束の間吸った外の空気、ビジネスの空気が、一カ月あまりも家とその周辺に閉じこめられていた梨香子に生気を与えたように見えた。しかしその生気が憂鬱と苛立《いらだ》ちに変わるのもまた早かった。

東京国際フォーラムで、梨香子は学生時代のクラスメートに再会したという。卒業時、彼女よりも成績が悪くて銀行をあきらめ、中堅証券会社に就職したその女友達は、独身のまま一昨年外資系証券会社に引き抜かれ、国際引受担当者として活躍していた。

また、その彼女によれば、梨香子と同じゼミに所属していて、当時学生結婚していた別の女性は、都庁に就職して一年目に出産したにもかかわらず、その五年後、管理職試験に合格し、三十四歳の現在、港区に出向し税務課長をしている。あと二、三年で本庁にもどり、四十代で部長、やがては主税局長、ひょっとすると副知事くらいまでは登りつめるだろうと噂されているらしい。

そうした中で、自分だけがとり残されていくような気分になったのだろう。

「真ちゃんにとってたった二カ月だって、私にとって二カ月のブランクは大きすぎる」

シェリー酒を飲み干し、梨香子は再びボトルに手を伸ばす。

「授乳中なんだから、そのくらいで」と真一は止める。意外に素直に梨香子は従った。

「国際金融の世界は、流れが速いわ」

「うん……」

「二カ月の間に、私は違う世界の人になっていたのよ。一年もしたらどうなるのかしら」

真一はグラスに氷水を入れて、梨香子の前に置いた。

「君のゼミ友達の都庁のキャリアだって、子供を産んでるんじゃないか」

梨香子はため息をついた。

「若い頃、産んでしまうべきだったのね。まだ責任も何もない、二十三、四のときに、さっさと産み上げていれば、今、こんな重要な時期に、浦島太郎にならないで済んだのよね」と、泣きそうな顔で首を振る。

真一は小さく息を吐き出した。

「人生、七十年か八十年の中の、たった一年じゃないか。後から振り返ってみれば一生のうちで二度とない、いちばん幸せな時期かもしれないよ」

ベビーベッドの方に無意識に目をやる。子育てが仕事よりも数倍大変だということを、真一はこの一カ月あまりで十分に実感した。しかし苦労してあまりある幸福を未来が授けてくれたことは間違いない。

「こんな風に社会と完全に切り離されていくことが、恐い」

梨香子は自分の両腕を抱いて小さく身震いした。

「企業社会だけが、社会なのか？」

「あなたが、打ち合わせなんかでいない日は、一日中、この子と二人なのよ。気がつくと赤ちゃん言葉で独り言を言ってたりして。人間関係はあなただけ。電話で友達と話していても、だんだん彼らの言ってることが遠い世界のことに思えてくるの。私、二度と大人の世界に戻れなくなりそう」

「産院のときの友達がいるじゃないか」

個室だったとはいえ入院や通院しているうちに、同じ頃に出産した母親と梨香子は親しく話すようになっていた。この前の一カ月健診でも、彼女たちと会ってまるで同窓会のようにはしゃいでいた。彼女たちとなら話題を共有できる。

「どうせ近所なんだし、彼女たちを呼んで情報交換したら？　僕がじゃまなら外に出てるから」

「やだ」

即座に梨香子は答えた。

「ただの主婦だもん、あの人たち。子供と夫の話題と、他人の噂話しかない人たちと、私が何の情報交換するの？」

冷ややかな口調だった。

「ああ……うん」

梨香子が、普通の母親たちと何の接点もないことくらい、十分にわかってはいる。それにしても、出産の痛みを共に耐えぬいた戦友として、ライフスタイルや人生観の違いを超えて親交を結べるなどというのは、男の考える絵空事だったことを知り、真一はなんとも寒々しい思いを味わっていた。

しばらくためらった後、真一は言った。

「職場復帰したら？」

梨香子は、一瞬大きく目を見開き、複雑な表情をしたが、無言で首を振った。

「一年間だから、この子にとっても私にとっても、いちばん大切な時間だと思うから」

先程と矛盾したことを言う。自分の心と体がいくつもの矛盾を抱えていることは、おそらく梨香子自身もわかっているのだ。だから苛立つ。苛立ちながらも、「あの母親は子育てを放棄している」という世間的な非難を居直って受けとめる度胸もない。真一は言葉もなく、しばらくの間、無言で梨香子をみつめていた。

季節は梅雨に入った。毎日、山のように出る未来の洗濯物が、フローリングの居間に張ったロープに、万国旗のように下がっている。梨香子は家の中に洗濯物を干すのを嫌うが、こんな天気のときにはしかたない。マンションの間取りからして乾燥機が置けないのだから。

東邦信銀から電話がかかってきたのは、ちょうど梨香子がシャワーを浴びているときだった。

「今、手が離せません。後ほどこちらから電話をさせますので、電話番号とお名前を」と、真一は棒読みのような調子で言った。

この二、三週間、会社から頻繁に電話がかかってきている。

以前、真一は「すいません、今、授乳中です」と正直に答えたことがあり、梨香子に叱責され、この台詞を覚え込まされたのだ。

相手は、梨香子の上司だった。

「LCのアニュアル・レビューがどこにファイルされているか、確認したいので、それでは、お手が空きしだい電話をいただきたい、とお伝えいただけますか」

真一はメモを取り、梨香子が風呂場から出てくるのを待つ。こんな電話ばかりだ。

年に一度しか使わないような資料がどこにあるのかわからない。契約書を確認しなければならないが、自分では判断しかねる部分がある。相手先の担当者が、梨香子とどうしても直接話をしたいと言ってきている。

家では寝転がって乳を出すだけの雌牛のような女房ではあった。しかし彼女のセクションでは、梨香子はかけがえのない人材のようだ。少なくとも妊娠、出産を口実に肩叩きされるような世間の女性社員とは一線を画す力量があるのだと真一はあらためて妻を見なおす。

梨香子はしばらくの間、上司と押し問答していたが、やがて受話器を置くと、不機嫌な調子で言った。

「引き継ぎのとき、私、ちゃんと指示してあるのよ。それをなんでいちいち電話かけてくるわけ？　一度聞いたら、覚えりゃいいと思わない」

「みんな君ほど、頭、良くないんだ……」

ため息混じりに、真一は答える。

「たかが社員が一人ぬけたくらいでこれじゃ、組織として失格だわ」

吊り上がった目が、しかし言葉と裏腹に、誇りに輝いているのを真一は見逃しはしなかった。

それから数日おかずして、また電話がかかってきた。今度は問い合わせだけではなかった。婉曲《えんきょく》で遠慮がちな出社要請らしい。

「私がいないと、数億ドルの取引きがおじゃんになるかもしれないって、何を言いたいわけ？　育休、取れって言ったのは、あっちなのよ。取れの、出てこいのって、人を何だと思ってるの」

そう言いながら、まんざらでもないのは、その生き生きとした口調から察せられる。

『妻は一年間の育児休業を取るつもりだったらしいが、様々な事情から繰り上げて職場復帰する可能性が出てきた。

ここで大問題が持ち上がった。保育園である。

「うーん、キツイよ」

同じ「戦略2000」のライターである松井さんに相談した。二人の子持ちで、奥さんは地方公務員。当然のように仕事を続けている。

「ゼロ歳児って、扱っている保育園少ないし、受け入れていたとしても、枠が少ないから、四月ぴったりに入れるようにしないと、なかなか入れないいんだ」

前提としてゼロ歳児、一歳児の受け入れ数は圧倒的に少ない。何しろ手間がかかるのである。ゼロ歳児であればミルクから、オシメ交換を頻々とやらなければならない。専門の経験をつんだ保母さんでも一人で子供二人をみるのが精一杯であるという。一歳児でも、そこまでは手が掛からないとしても勝手に動き回り目がはなせない。二歳三歳よりは遥かに手が掛かる。

ただでさえ受け入れが少ないところに持ってきて、四月にならないと保育園の空きはできない。幼稚園や、小学校の入学と関係あるのかも知れない。もっとほかに人為的な理由があるのかも知れない。保育園に入れるために受胎調整をする夫婦すらいる。

保育園など、どうしていいものだかわからない。ぼくが独りで茫然としている間に妻が糸口を示してくれた。

「市役所に行って、保育園の資料もらってきてくれない？」

市の児童福祉課に電話をかけて、問い合わせたらしい。電話をかけたり、書類を調べる作業は妻の方が向いているし、赤ん坊に縛り付けられた彼女にできるのはその程度でしかない。出歩くのはぼくの仕事である。

いずれにせよ、徒歩十五分、市政センターに足を運んだだけで市内の公営、認可、無認可の保育所、保育ママの一覧が手に入った。

そして、同時に友人の示唆した「キツイよ」という言葉の意味を思い知らされた。市に問い合わせたところ、六月に新生児を受け入れる余裕はない、という事実が明白になったのである。

保育園は就学以前の児童の面倒を見切れない親のために公的私的な機関がなりかわって保育してくれる。私立であればともかく、公立の場合は様々な制約がついてくる。

最初に悩まされたのは両親の就労証明である。どちらかの親に養育能力がある場合は、保育園の入園規定は厳しくなる。事実上、受け入れてもらえない。働いているという事実を証明しなければならない。

妻の就労証明は問題ない。会社が出してくれる。だが、だれがぼくが働いていると証明してくれるのだろう？　物書きは個人営業である。自分で自分に就労証明を出すのだろうか？

まったく行き詰まってしまった。最後の手段として就職することにした。本当に働くわけではない。勤めることにしておいて、書類だけ出してもらうのである。大学受験の際、高校の一般推薦枠が足りないためある友人が採った方法である。就労学生枠には余裕があったため、かれは父親の知り合いの建築事務所に勤める形にして受験した。

非合法な手段だが背に腹はかえられない。もし、子供を保育園に入れられなければ、ぼくが本当に子供の面倒を見なければならない。少額とは言え、ぼくの収入がなくなるのである。妻も休業の分だけ収入は減っている。一家路頭に迷うことにはならなくとも、相当の苦労を強《し》いられる。

だが、一時的にでも就職するとなると別の問題が生じる。どこへ就職する？　以前、叔父貴が設計事務所を持っていたが、とっくに引退している。大学高校時代の友人はエンジニアぞろいで、自分で何かやっている者はいない。仕事のつき合いと言えば、物書きばかりだ。個人営業ではあるがぼくと同じ立場がほとんどで会社組織にしている者はいない。「戦略２０００」の特約記者ということにして就労証明をもらうという手も考えてみたが、れっきとした出版社がそんな非合法なことをするはずはない。

物書き仲間を見回して、子持ちの人間に片っ端から電話をかけた。ぼくと同じ問題を抱えていたはずだ。一人はよくわからないといい、もう一人は子供が生まれたときはまだ勤めていた。

ただ、一人だけ「確定申告の書類の提出でいいんだよ」そのように教えてくれる人がいた。ほっと一息ついた気がしたが、まだわからない。そう教えてくれたものの、同氏の奥さんは専業主婦である。つまり、かような知識を持っていたとしても自分で保育園を利用したわけではないのだ。

問題はまだあった。収入である。公立保育園は弱者救済の立場から年収の低い世帯を優先する。幸か不幸か、我が家は共働きで、収入は悪くない。娘が生まれたとき都と市に助成を申請したが、却下されたぐらいなのだ。保育園の入園を拒否される可能性もある。そうなるとぼくが子供の面倒を見なければならず、収入は激減。結果として来年の今頃には入園資格はできるだろうが、あまりに惨めである』

真一が筑波にある通信機器メーカーの研究所から戻ってきたとき、夏至間近の夕空は十分に明るかったが、時計を見るとすでに七時を回っていた。

「2001年　携帯電話が大きく変わる」というタイアップ記事作成のために、カメラマンと二人、東京を出たのは午前中だったが、メーカーの技術者との話は意外なほど弾み、つい長時間のインタビューとなった。ビジネス誌の記事なので、高速データ通信のシステムに関する専門的な話の大半は捨てなければならないのは残念だが、久しぶりの充実した取材に、真一は少しばかり高揚した気分で電車を下りた。

その高揚した気分はマンションのドアが開かれたとき、一瞬にして消し飛んだ。

「もう、いや」

「お帰りなさい」のかわりに聞こえてきたのは、梨香子の金切り声だった。

「どうしたんだい？」

目の下に隈《くま》を作り、青ざめた顔色の梨香子の目に涙が浮かんでいる。

「ウンチするのよ、この子」

梨香子のジーンズに点々と飛び散っているのは、確かに独特の甘酸っぱい臭気のある赤ん坊の便だった。

「赤ん坊がウンコするの、あたり前だろうが」

部屋に上がると、確かに未来は畳の上にオシメを開かれて仰向けに転がされていた。

オシメを交換しようとしたとたんに、タイミング良く軟便を飛ばしたらしい。梨香子のジーンズだけでなく、床にまで飛び散っている。

「おーっと」

真一はティッシュでそれらを素早く拭き取り、新しいオシメを当てる。自分の子供のものだと、なぜこれほど汚いという感じがしないのか不思議だ。

ふと振り返ると、梨香子は汚れたジーンズを脱いだきり、下半身は下着姿のまま放心したようにぺたりと座り込んでいる。

ベビーベッドの下に目をやれば、洗濯物だか着替えだかわからないもの、おもちゃ、化粧品などが、雑多に突っ込んである。

こいつは本当に母親失格なのだろうか、と梨香子の憔悴《しょうすい》した顔に視線を戻した。

梨香子の大きな瞳に涙があふれた。

「お、おい、どうした」

赤ん坊は一人でたくさんだ。こんな大きな赤ん坊までいらない、というのが本音だった。

「気が狂いそう」

両手で顔をおおって、梨香子はかぶりを振った。

「こんなところに、赤ん坊と二人で閉じこめられるのよ。一日中、だれとも話せないのよ。何一つまとまったことができないの。たった一人よ、泣くだけの赤ん坊がいるだけ。物を考えることもできなくなるの。自分が何なのかわからないわ。何をしているか、わからなくなるの……」

気配を察知したのか、未来は火がついたように泣き出した。

梨香子はびくりとしたように、赤ん坊のそばに走り寄り抱き上げる。悲壮な表情であやしている。

「お腹すいたのかな？」

「さっきおっぱい飲んだばっかり」

「お願い、泣かないで」という声のトーンが上がってくる。

「よしよし、未来ちゃん、いいもの見よう、いいもの」

とっさに真一は、傍らのビデオのスイッチを入れる。

「やめて」

鋭い声で梨香子が叫んだ。

「ビデオに子守をさせたりしないで。泣いてるときは、人が応えてあげなくちゃいけないのよ」

おまえのヒステリックな声で応えるよりましだ、と心の中でつぶやきながら、梨香子の言葉を無視してチャンネルを合わせる。

ビデオが回り始める前に、ＣＮＮニュースの画面が出た。

はっとした。

旅客機が低空を這うように飛んでいる映像だ。様子がおかしい。エンジンから火を噴いている。梨香子が未来を抱いたまま、吸い寄せられるようにそばに来た。管制塔が映った。空港だ。エンジンから火を噴きながら、飛行機は着陸した。しばらく滑走し停まる。

「やった」と梨香子は手を叩いた。

「待て」と画面に目を凝らしたまま、真一はさえぎった。これで無事に済むわけがない。

次の瞬間、機体は炎上した。炎の塊の中からさまざまなものが飛び散る。

画面は切り替わった。レポーターが、航空専門家にインタビューしている。レポーターが事故を起こした航空機の機体番号を口にしたとたん、梨香子が悲鳴を上げた。

「なんだよ、どうした？」

「これ……最新鋭の旅客機」

「するとリコールだな。そりゃたいへんだ」

「そんなことはどうでもいいの。これ、うちの航空機ファイナンスで、フランスの航空会社にリースした飛行機なのよ」

言い終わる前に震え出した。

電話が鳴ったのはそのときだった。弾かれたように梨香子が立っていって受話器を取る。

「はい……はい……はい。今、行きます」

電話を切った梨香子は、勢い良くTシャツを脱ぎ捨て、パンツスーツを着る。

「ちょっと、行ってくるわ」

慌ただしくパンプスを履く。

「どこへ?」

「会社」

この日をもって、梨香子の育休は終わった。

『ゼロ歳児の受け入れ数が少ないのはわかっていたが、子供を何とかして保育園に入れなければならない。

梅雨空の下、ぼくは娘をだっこ紐で胸に抱えながら、雨が彼女にかからないように傘を前向きに差して市役所の児童福祉課を訪れた。

市役所の二階にあり、戸籍や出納のある一階とは打って変わってどこか寂れた場所である。

ここでいいのだろうか? 不安を覚えつつも天井から吊るされた児童福祉課の看板を確認する。

「すみません」

受付に立っても誰もこちらに注意を向けようとしなかった。

「すみません、保育園についてうかがいたいのですが」

大声で叫ぶとやっと一人、デスクから立ち上がった。年齢は二十五、六だろう。ネクタイこそ締めているが、襟元のボタンははずされ、前を開いた紺のジャンパーをはおっている。突っかけのサンダルを履いて、ズボンのポケットに手を突っこんだままもの憂げにカウンターのむこうに立った。

いささかの不安とともに、ぼくは事情を説明して明日にでも娘を保育園に入れたい、と説明した。

「で、どちらをご希望です？」

どちら、と言われてとまどった。係員は面倒臭そうにパンフレットを差し出した。市内の全公営保育園の案内だった。パンフレットには、私立保育園、無認可保育所、保育ママのリストもあった。

以前、もらってきたものと同じだった。通わせられそうなところはすでにピックアップしてあった。

言われるままに申請書を二通書き、提出した。

「で、いつから通わせられます？」

「さあ、それは申請を出してみていただかなければなんとも言えませんねぇ」

ダメならダメで対策を考えるがやってみないとわからないでは困る。泣きたくなってきたが、窓口は単に窓口であり実務作業を持っているわけではない。現場の事情などわかるはずもない。

「じゃあ、いつになればわかるんですか」

「うーん」

係員はしばらく唸《うな》った後、

「正式なお返事にはならないでしょうが、明日、おいでいただければ、もう少し明白なお答えができると思いますねぇ」


すがるような思いで、翌日、朝一番に市役所を再訪した。

「ああ、あなたですか。ええと保育園の件ですけどね、やっぱり無理ですね」

「はあ？」

「南と、西町の保育園。どちらもゼロ歳児の受け入れ余地はないですねぇ」

「ないって……」

「定数が決まっていますから、それを超える園児を受け入れるわけにはいかんのですよ」

「じゃあ、ぼくはどうすれば」

係員は肩をすくめた。

「私たちもこれではイカンと上には伝えているんですが、それまでは皆さん自宅待機をお願いするしかないってのが実情です」

口調は立派だったが、言葉には覇気がなくおざなりだった。

「転出などで、空きが出る場合もあるんですが、まあ、普通は皆さん四月までお待ちいただきますねぇ」

役所はあてにならない。

自宅へ取って返して娘に離乳食を食べさせながら、パンフレットにあった私立保育園に電話をかけまくった。調べるのに一日待て、などということはなかったが、いずれも答えは否定的だった。大半の保育園は手のかかるゼロ歳児を受け入れていない。そうでない場所も、当然のようにいっぱいだった。

溺れるものは藁《わら》をもつかむ。

ベビーシッターを頼む手が残っていた。パンフレットは取り寄せてあった。料金がとてつもない。会社などによって差はあるが、一日五千円から一万円程度。ちょっとした額である。一日五千円のもので、月に二十八日間来てもらうとして月々十四万円の出費となるのである。ワンポイントリリーフ的に頼むならともかく長期となると現実的ではない。

続いて、自宅から一番近い無認可保育所へ足を向けた。

保育「園」となると園庭の面積・給食設備の有無などの条件がありおいそれとは開けない。それだけに数が少ないが、保育「所」となると規制は緩やかで数も多い。

雑居ビルの半地下に設けられた一室だった。窓は北向きで、晴れていても陽は射さないだろう。街中で子供たちがどこかへ遊びに出るとしたら、ひっきりなしに自動車の行き来する道路を渡り、街角の児童公園へ行くのがせいぜいである。

ただ「たんぽぽ保育所」の看板だけが華やかだった。黄色地に赤字で所名がかかげられ、看板の周囲ではキリンさんや、ゾウさんが笑っている。

「すみません」

ぼくは一声かけて保育所のドアを開けた。

「どうも、こんにちは」

エプロンがけに、朗らかな笑顔をのせた若くて明るそうな女性が振り向いた。きっと短大を出た程度の年齢だろう。もちろん、保母の資格は短大卒で取得できる。

ぼくは事情を説明した。

女性は同情的な表情とともにこの保育所がどんなシステムを取っているか、にこやかに説明してくれた。二十四時間営業で、夜十時を過ぎる場合は事前に連絡をください。週何日という形であずかりもします。土日祝も開いています。公営と比べて割高になりますが、市から補助が受けられます。入所はいつからでも受け付けます……。

部屋は明るかった。フローリングの床は清潔で、ゼロ歳児が這いまわっても安全なように、一歳児がつかまり立ちしても倒れないように、棚の類はすべて作り付けになっていた。

だが、保母の背後では四歳ぐらいの女の子が一人、くたびれた表情のおばさん保母と遊んでいるだけだった。寂しそうな横顔だった。

自宅へ帰り、離乳食を作りながらテレビをつけると、ニュースをやっていた。横浜の無認可保育所であった児童虐待事件についてだった。

ぼくはさっき話をした保母さんの明るい表情を思い出した。あの人ならそんな真似はしないだろう。

ニュースの報道はさらに事件の詳細を伝えた。

「……容疑者は父母には明るく振る舞い、その人間性から信頼されていた、とのことです。また、関係者は次のように話しています」

続いて、画面と音声を加工したインタビュー。また、そのニュースで初めて保母の資格がなくとも保育所が開けるとの話を聞いた。

保育園が決まらないまま、妻の復職の日がやってきた』

冷たい雨が朝から降っていた。七月に入ったというのに、薄手のジャケットでは肌寒い。幸い通勤時間帯は外れているので、電車は空いていた。背中で、未来はおとなしく眠っている。新宿で地下鉄に乗り換え、十分たらずで「戦略２０００」編集部に着く。

特集記事の打ち合わせに、赤ん坊を連れていくのは初めてだ。預けるところはなく、茨城から母親を呼ぼうとしたが、たまたま近所の葬式と重なってこられないという。多少高いが背に腹は代えられぬとベビーシッターの派遣会社に電話をしてみたが、前もって予約してなければ派遣はできないと、木で鼻をくくったような返事が返ってきた。それなら自分で面倒みるよ、とばかりにノートパソコンや資料の他に、ミルクと紙オムツまで抱えての、初めての遠出となった。

地下鉄の駅から出版社の入っているビルまで地上を歩くので、かなり濡れてしまった。未来もぐずり始めた。オシメが濡れているのかもしれない。幸いまだ打ち合わせ時刻まで間がある。早めにビルに入り赤ん坊のオシメを換えようとして困った。そんな部屋はない。秋山に頼んで会議室を早めに開けてもらおうと思い、編集部のある部屋に入ったが、ちょうど部員が出払っている。机の間をうろうろ歩いたが、挨拶もろくにできない真一の態度が災いし、居合わせた人々は子供を背負った男を一目見ると、慌てて視線をそらす。

そうこうするうちに未来は火が付いたように泣き出した。真一は慌てて廊下に出る。

「あらあら、どうしたの？」

清掃作業員の女性が駆けよってきて、未来の顔を覗き込んだ。

「あ……オムツ」

真一はそれだけ言った。

「こっち、こっち」と年配の清掃員はその場に雑巾とゴム手袋を置き、手招きした。廊下の突き当たりが管理人室になっていて、畳が敷いてある。

清掃員は、押し入れを開けて座布団を取り出した。そして真一から未来をそっと受け取りあやした。

「いいわねえ、このくらいのうちが一番、うちの孫もこんなときがあったわね」

優しげな口調と微笑みに、未来の泣き声はふっと止んだ。

真一はロンパースを脱がせ、濡れたオムツを外す。未来は小さく笑ったように見えた。

「おお、よしよし、ママはどうしたの？」

清掃員は未来に話しかける。どう答えたらいいのか真一にはわからない。これは未来に話しかけたのであって、自分に発せられた問いではない。

「ママはね、お仕事なんだよねぇ、ミキちゃん」などと赤ん坊に話しかける形をとって答えるなどという高度な会話技術が、真一には身についていない。

にやにやしながら、娘の顔を見て黙っていると、やがて清掃員の女性は出ていった。しばらくして戻ってきた彼女は、パック入りのジュースを真一に押しつけると、しみじみした口調で言った。

「あんた……人生、悪いことばかりじゃないからね」

「は？」

相手が何を言わんとしているのか、把握できないまま「どうも」と頭を下げてジュースを受け取った。

定刻の少し前に、会議室に行くと、すでに秋山や平岡菜穂子などが来ていた。

「あら、未来ちゃーん」

菜穂子が満面に笑みを湛《たた》えて走り寄ってくる。

「まあまあ、未来ちゃん、ご機嫌でちゅね」と秋山が顔を近づけ、慣れた手つきで抱き取り、「あら、それは？」と真一が手にしているビニール袋に視線を走らせる。

「汚れた紙オムツ」

「よこしなさい」と秋山は言った。

「あたしが処分しておくから」

「でも……」

「そんなもの電車で持ち歩くわけにはいかないでしょ」

「すいません」と頭を下げて渡す。

少し遅れて入ってきた奈々実が「まあ、かわいい」と飛び付いてきた。

松井や山崎も周りにやってくる。最後に部屋に入った絹田徹子だけが、その騒ぎを一《いち》瞥《べつ》しただけで、関心も興味も示さず、少し離れたところに腰掛けた。

やがて秋山がおもむろに口を開いた。「戦略２０００」は、売り上げアップを図って、この秋、リニューアルするという。ターゲットを三十代の若手ビジネスマン・ビジネスウーマンに絞り込むらしい。そのリニューアル創刊号の編集準備のために、彼らはこの日集められたのだった。

特集はどのように組むか、創刊号にふさわしいテーマは何かといったところで議論が白熱した頃、未来がぐずり始めた。真一があやしていると、奈々実が「お腹すいたのかな、オシメ？」とそばに来てしゃがみ込む。菜穂子もやってきてあやす。しかし泣き止まない。「眠いんだろ」といきなり松井が脇から手を伸ばして真一の手から抱き取り、軽くゆすりながら会議室を一周した。そうこうするうちに未来は静かになった。秋山が応接コーナーのソファを引き寄せて、自分の隣に寝かせ、打ち合わせを続行する。こうした場では、ひっきりなしに煙草を吸う山崎慎一もこの日は禁煙している。

この間、赤ん坊の泣き声に眉をひそめていたのは、絹田徹子一人だった。四十を過ぎて独身のまま、痩せこけた体をなんとやらというブランドの黒服で包んだこのライターの殺伐たる心の内を想像し、真一は哀れんだ。

会議はまもなく終了し、一同は食事に行くことになった。

「僕は、赤ん坊連れだから」と辞退しようとすると、松井が「座敷なら、大丈夫だ」と言って、近くのビルの地下にある居酒屋に行く。

「あたし、こういう店、苦手なんだけど」と言ったのは、絹田徹子一人だった。

テーブルについて、一同は乾杯した。酒の飲めない真一はグレープフルーツジュースで、少しばかり酔った気分になった。未来がぐずり始めたが、秋山が手際よくオムツを換えてくれた。真一が山崎慎一の持ってきた資料に見入っている間も、赤ん坊は菜穂子が見ていてくれる。真一は久しぶりに子供のことを忘れて、秋山も菜穂子も、赤ん坊に夢中のように見える。自分が酒を飲んだり、何かつまんだりするより、松井や山崎慎一とさまざまな話をした。やがて菜穂子が、未来を抱いて隣に来た。

「はい」と真一に渡すと、豪快な調子でビールのジョッキを空けた。真一はふと奈々実を見た。

「抱かせてあげるよ」と笑いかけ、彼女に渡す。「は……」と戸惑ったような顔をしたのは、奈々実が一番若くて赤ん坊に慣れていないせいだろう、と真一は解釈した。絹田徹子だけは相変わらず、赤ん坊を無視して秋山や山崎と話をしている。

「でも、すてきなご夫婦ですよね」と未来を抱いて奈々実は言った。

「岸田さんは、家事育児を引き受けてくれて、奥さんがバリバリのキャリアウーマンだなんて」

「僕だって、好きでやってるわけじゃないんだ」と言ったのは、本音だった。

「本来、子供は、母親が育てるものだよね」

「あ、そう」

奈々実がこころなしか冷ややかな声色で言った。

「気がついてみれば、家事も育児も僕がやってた。こんなことなら、奈々実ちゃんと結婚してればよかった」

奈々実は返事をしない。もちろん「まあ、うれしい」なんて未婚の女は言えるはずはないから、恥じらっているのだろう、と真一は思った。菜穂子が口をへの字に結んでこちらを見た。

「あ、平岡さんでもよかったな」

菜穂子は鼻先で笑って視線を逸《そ》らせてしまった。

「でも、平岡さんだって思うでしょ。僕と結婚するのは嫌でも、この子の母親にはなってみたいって」

だれも返事をしない。

そのとき松井がそっと手招きして真一を呼んだ。赤ん坊を菜穂子や奈々実に任せたまま、真一はそちらに行く。

「岸田さんよ」と松井は、居住まいを正して言った。その隣に秋山がいる。

「赤ん坊、見てくれる人、いないの？」

「だから保育園入れなかったし、親は遠いし」

「ベビーシッターは、一時間二千円だもんな」と松井はひとりごとのようにつぶやき、

「ちょっと相談だけど」とあらたまった調子で言った。

「今回のような内部の打ち合わせならともかく、外に出て取材するような仕事はしばらく無理だと思うんだ」

真一はさすがに少し身構えた。子供連れで今回の打ち合わせに来たことを咎《とが》められ、「戦略2000」の仕事から外されるのだろうか、と思った。

「アンカーしない？」

松井は言った。

「え、僕が」

他のライターや記者のデータ原稿を最終的にまとめる仕事は今まで松井がしていた。それを赤ん坊を抱えて身動きのとれない真一に譲ってくれるというのだ。

秋山がうなずいた。

「すいません」

ありがとうございます。お心遣い感謝いたします。ぜひ、そうさせていただきます。そんな言葉は口から出ない。ただ「すいません」と万感の思いを込めて頭をたれていた。

『離乳食は手がかかる。育児雑誌など読むとリンゴはすり下ろしたり、ほうれん草を裏

ごしたりしている。とてもやっていられないので、副食用のベビーフードのパックを開ける。パックだけですますわけにはいかない。お粥《かゆ》ぐらいは作らなければならない。生米を炊いて粥を作ると二十分はかかる。娘が泣き始めてから二十分は長すぎる。普通に炊いたご飯が適量ずつラップに包んで冷凍してある。時間があればこいつを戻して粥にする。

タイミングがあわないと、これらの作業は「世界が終わる」と泣き叫ぶ娘の声に耐えながらの作業となる。

たっぷりと食べさせベビーベッドに戻して、こちらがのんびりしようとすると、また泣く。泣きながらベッドの桟をつかんで揺らす。遊びたいのである。ベッドからだしてやる。

すると這ってどこかへ行く。どこが目的かわからない。部屋の隅に落ちていた綿ぼこりを取って遊んだり（口に入れるので要注意である）、部屋の角においてあるダンボール箱をなめる。

満腹すると胃結腸反射で大便。バスタオルを敷き、娘を寝かせてロンパースを脱がせるが、抵抗する。「あたしは遊びたい」両手両足をじたばたさせる。尻は大便まみれであるが、娘はそんな物は気にしない。下手をすると足から手から大便に突っこみかねない。

結果、便が飛び散り、その中を娘が這いまわる。タオルを敷くのはこうした汚物が飛び散るのを防ぐためでもある。汚れが背中まで広がっているとそのまま風呂場に運びこみ、シャワーを浴びせて清潔を保つ。

こうした騒動をくり返し適度に疲労すると娘はやっと寝る。寝ているあいだにどうにか掃除をする。床の汚れは並大抵ではない。大便を拭き取り、該当箇所をアルコール消毒する。いかに寒かろうとあまりの悪臭に空気を入れ換える。

大便拭き取りは特例としても、子供は食事をするのが上手くない。手づかみで食べ物に手を伸ばし飛び散らせる。ぼくがスプーンで食べさせても何が気にくわないのか吐き出して、その辺になすりつける。「べよべよ」も楽しいらしい。部屋中飛び散った米粒や、挽《ひ》き肉、パンのかけらが散乱している。掃除機をかけ、濡れ雑巾で部屋の床を全面拭き清め、飯粒が乾いたところを見計らって、もう一度掃除機をかける。この作業が食事ごとに繰り返される。たまにさぼったとしても、二日おこたると、歩くと足の裏に乾いた米粒が突き刺さる。どうしても一日一度は欠かせない。

そして、散歩である。ベビーカーに乗せて近所の公園を歩いたり、だっこ紐でつれ歩く。最低三時間というのがその基準らしい。

朝のうち、と言っても子供に食事させて、洗濯機を回し、洗濯物を干し、部屋掃除をするとそろそろ朝と呼ぶより昼に近い。娘をだっこ紐で抱いて公園を一回りする。散歩に終始していると今度はこちらが飢える。散歩ついでに買い物をする。大人が飢えるのは仕方ない。だが、娘を飢えさせるわけにはいかない。大量に飲み干す小分けしたジュース、ベビーフード、夕食昼飯の買い出し。

帰ると娘に昼食。掃除。洗濯物が乾いたのでこれを分類して畳む。

娘が寝てくれれば御《おん》の字である。

作業の合間にこちらは昼飯を食べる。運が良ければ髭《ひげ》も剃《そ》れる。

そして午後の散歩。

合間を見て、原稿を書く。

そうこうするうちに夕食の準備である。娘に食べさせるため、米はたいてい炊いてある。米だけで済むわけでもない。煮炊きしていると娘が起きて「世界が終わる」と泣き出す。

夜になっても娘は腹を減らす。溶いた粉乳や、ジュースを飲ませる。朝まで寝てくれるに越したことはないが、最低でも一度、時には二度三度「世界が終わる」と泣き叫ぶ。

だが、次第に楽になってきたのは事実である。

こちらが慣れたのもあるし、成長にしたがって食事ペースも緩やかになり、オシメ交換も間があく。離乳が進むにつれ、お粥作りの時間も短縮される。最初のうちは米粒の形が消えるほど煮込まなければならなかったのが、お湯で湿した程度のものを受け付けるようになる』

ワープロソフトを落として時計を見ると、午後の九時を過ぎている。梨香子からの連絡はない。育休を切り上げて職場復帰したとはいえ、協定上では時間短縮が認められ、午後四時で上がれるはずなのだが、そんなに早く帰ってきたことはない。出勤してしまった以上、組織の一員としては、たとえ乳児がいるからといって一人だけ先にぬけるというわけにはいかないらしい。

子供がぐずり始めた。真一は台所に入ってミルクを作り始める。消毒、計量、なんともめんどうだ。乳が出たら楽だろうと、ふと自分の小太りの胸をつまんでいた。

はっと我に返り、冗談じゃないとかぶりを振る。

インターホンが鳴った。ようやく帰ってきた。

ドアを開けると、不機嫌な顔の梨香子が「ただいま」でもなく、つっ立っている。今日はどんな不愉快なことが会社であったのだろうか、それとも単に忙し過ぎただけか……。

それまでぐずっていた未来が、母親の顔を見たとたんに淡い笑いを浮かべた。条件反射のように、不機嫌だった梨香子の顔がほころんだ。

「未来ちゃーん、ただいまー、いい子にしてた」

抱っこして頰ずりする。

梨香子に娘を預けて、真一は台所でミルクを溶く。未来はまたぐずり始めた。

梨香子があやしているが泣き止まない。

「ちょっと、真ちゃん、なんとかして」

「お腹、すいてるんだよ」

「でも、オシメじゃないの？　あ、やっぱり湿ってる」

未来の尻のあたりに手をやって、梨香子は言った。

「ねえ、紙オムツ、どこにあるかわからない」

「だからいちばん下の棚の……」

「わからない。真ちゃん、みんなしまい込んじゃうんだから」

君のような出しっぱなしよりましさ、と舌打ちしながら、哺乳瓶をその場に置き、ベビーベッドの脇の棚から紙オムツを取り出す。ついでに取り換える。

その間に梨香子は自分のパンツスーツを、パジャマに着替える。

「ねえ、お腹すいた」

子供にミルクをやっていると、梨香子が言った。

「ちょっと、待ってくれ。今、何してるかわかるだろ」

下に妹が生まれてしまっただだっ子のように、梨香子は体を揺すった。

「だって、帰ろうと思ったら、いきなり電話がかかってくるんですもの。早く上がりたいから、夕飯も食べないで残業してたのにいきなり契約書の確認しろって、それも八年前の。だいたいそんなものはね、担当の部署で……」

「わかった、わかったから」

真一は台所を指差した。

「冷蔵庫の中に煮物が入ってるから。それから味噌汁はレンジの上の鍋だ」

うなずいて梨香子は、冷蔵庫の扉を開ける。

とたんに「うそー、私、ごぼうは嫌いだって言ったじゃない」という声が聞こえてきた。

怒る気力もない。真一の全身から力が抜ける。

『色々と感じるものがある。

それは赤ん坊は社会に守られているという実感である。

ぼくは三十一歳の男性で、どのような基準からしても守られる対象とはならない。それだけにギャップを大きく感じるのかもしれない。

赤ん坊を抱いて朝の買い物に行き、時には打ち合わせのために出版社のオフィスにも出かけた。

買い物では「自分で袋に詰めてください」との建前のスーパーですらレジのおばさんが「あ、いれてあげましょう」と手伝ってくれる。急激に成長しつつある巨大なこぶが（しかも、それはしばしばこちらの意思とは無関係に手を出したりする）身体の前面についている状態ではこれはなかなか助かった。

編集者や仕事仲間との打ち合わせも、相手が男性でも表情が緩む。女性であればその頬は緩みっぱなしである。悪い気はしない。

街を歩いていると向こうからやってくる人がことごとく避けてくれる。人混みもさほど苦にならない。反対の例もないわけではない。女子高生の列とすれ違おうものなら「わあ、かわいい」という黄色い声とともに列がこちらに歪む。普段であれば胡乱《うろん》な中年男が、まるで自分がもてているかのような錯覚すら覚える。

電車に乗ると座っている人が席を譲ってくれる。こともあろうに弱々しげなおばあさんですら「どうぞ」と席を立つ。さすがに謝絶した。

赤ん坊さえ抱いていれば銀行強盗しても非常線の警官も「あばばばば」と笑って見過ごしてくれるにちがいない』

気がつくと、梅雨は明け、いつになく残暑の厳しかった夏も過ぎていた。八月末の結婚記念日には、梨香子はニューヨーク出張が入り家にいなかった。それ以前にそんな日は忘れていた。

子供を育てながら、百枚を超えるデータ原稿と格闘して、記事を書くうちに季節は秋になっている。

一日中、だれとも話をしない日もある。幸い、「戦略2000」のリニューアルが迫っているので、頻繁に打ち合わせがあった。その場にでかけていって、いっときでも大人と話ができるというのが、今、真一の唯一の息抜きとなっている。

その日も背中に未来をくくりつけ、真一は編集部に行った。

リニューアル創刊の特集記事のひとつとして、「ロボットはどこまで進化するか」という真一の提出した企画が、初めて通った。ちょうど、国内の自動車メーカーの開発した二脚歩行ロボットが話題になっているところでもあり、出した企画の細かな説明をすることになった。

未来はまだ真一の膝の上だ。眠そうではない。こんなときに横にすると泣き出す。

真一は立ち上がり、端の方に座っていた菜穂子のところに行き、未来をその膝の上にそっとのせた。

「は？」と菜穂子は怪訝な顔をした。

「抱かせてあげる」

未来は、菜穂子の膝で機嫌良い笑い声を上げた。人見知りしないのが何よりありがたい。とたんに「赤ん坊って、汚いっスよね」という声が聞こえた。

「よだれは垂らすし、何か食べさせればべたべたにするし」

耳を疑った。奈々実の声だ。

「でも、でも、でも……そりゃ汚いけど……可愛いと思うでしょ」

うろたえながらそれだけ言って、菜穂子の顔を見た。

「いいかげんにして」

とたんに鋭い口調で菜穂子が言った。

松井と山崎がぎょっとした顔で、こちらを見た。

「何のつもり？」

菜穂子が立ち上がり、未来の体を押し返してきた。

未来の笑みが消え、ぐずり出す。

「仕事場に持ってきて、泣かせるわ、人に面倒は見させるわ」

「ちょっと、平岡さん」と松井がたしなめた。

「迷惑なんですよね」

奈々実が小さいがはっきりした声で、菜穂子に同意した。

真一は茫然として未来を抱いたまま、立ち尽くしていた。とても自分の企画を説明できる心境ではない。

そのとき隣から腕が伸びてきて未来を受け取った。秋山でも松井でもない。ぎすぎすとした細くて長い腕、絹田徹子だ。

「あ……」

「どうでもいいから早く説明すませてくれない。みんな忙しいんだから」

赤ん坊に格別冷たい視線を浴びせかけていた絹田に未来を預けるのは不安だった。しかし今はそれしかない。真一は口ごもりながら説明を始めた。

気になってちらりとわが子の方に目をやる。慣れない手つきで未来を抱いている絹田の様子がおかしい。いつになく柔和な顔であやしているのが不気味だ。精神に変調でもきたしたのではあるまいか。

真一の説明の後、いくつかの質問が松井や秋山から出され、打ち合わせは終わった。他のメンバーは会議室を出たが、真一はまだ資料をしまったり整理し直したりしていた。

「今は、寝てるだけだからいいですよ。そのうち動き始めますよ」

不意に廊下の辺りから声が聞こえてきた。

「きっと岸田さんのことですから、会議室で放し飼いにしますよ。目障りとかじゃなくて、危ないじゃないですか。いろんなものが積んであるし、掴まり立ちなんかして下敷きになったらどうする気なんでしょうかね」

菜穂子の声だった。人の子を動物ではあるまいし放し飼い、とは何事だ、とさすがの真一も憤慨した。

「そういう親に限って、怪我でもすれば他人のせいにするんですよ」

冷ややかな口調で言ったのは、山崎慎一だ。

「よくいますよね、自分のしつけの悪いのを棚に上げて、自治体のせいだの、社会が悪いのって」

「そうそう、裁判とか起こしたりして」

殴られたような気がした。何より、あんなに未来を可愛がってくれた菜穂子たちが、いきなり排除し始めたことが解《げ》せない。山崎はともかくとして、女の子であれば当然、赤ん坊を可愛がってくれるはずではないか。どうしてあんなひどい言い方ができるのだろうか。

ふと気づいた。会議室の隅に絹田徹子が残っていた。未来を抱いたままだ。慌てて走り寄った。ただでさえ子供嫌いの絹田のことだ。何を言われるかわかったものではない。さぞかし、きつい嫌味が飛んでくるだろう。

「いいわよ。ゆっくり片付けて」

絹田は、青白い顔に笑みを浮かべていった。どこかしらすさんだ微笑だった。

「でも……子供が」

「大丈夫よ。ほら、寝ちゃった」

確かに絹田の腕の中で未来は軽い寝息を立てている。

「確かに調子に乗りすぎたよね、岸田さん」

絹田は低い声で言った。

「何が……」

「自分の子供がみんなにとってどんなものか、考えたこともなかったでしょ」

「でも女の人はみんな子供が好きなはずだから」

「女も男もないわよ」

冷めた口調で絹田はさえぎった。

「他人の子供なんか、可愛いわけがないじゃないの」

「そんな……」

「だから調子に乗るなってことなのよ。一度や二度なら可愛がるわよ。可愛がるだけならいいの。だけど打ち合わせのたびに子守させられるとなれば、話は別じゃない？　彼女たちだって遊びに来てるわけじゃないのよ」

「はあ……」

「預けるなとは言わないけどねぇ。でも、『抱かせてあげる』はないんじゃないの？

タクシン。すみませんお願いしますと頭を下げるのがスジだよね」

　真一は押し黙った。他人の子供など可愛いわけはない、という言葉は納得できない。絹田のようなおばさんならともかく、女の子がそんな風に思うなどということは、信じたくない。しかし確かに仕事に来ている菜穂子たちの邪魔をしているという自覚はなかった。その点はまずかった、と真一は反省した。

　絹田徹子は赤ん坊の顔を覗き込んでいる。口元にくっきりと寄った縦皺、眉間の縦皺、浮いた頬骨、険のある顔立ちが、今日は奇妙に穏やかだ。

「何、見てるのよ。早く片付けたら。いつまであたしに子供を抱かせてる気？」

「いえ、なんか……」

「自分の子供は可愛いと思うわよ、たぶん。でも自分の子供しか見えてないっていうか、自分の子供が他人にとっても可愛いと信じ込んでて、どんなド厚かましいことでも平気でやっちゃう母親って、世の中にいるじゃない。あたし、ああはなりたくないわねぇ」

　絹田はため息混じりに言った。ひどく気怠《けだる》げな口調だ。

　何気なく聞き流してからはっとした。

「あの、私はそうなりたくないって、母親になりたくないって意味なんですか、それともたとえ子供を持っても、そういう母親になりたくないって意味なんですか？」

　絹田は答えなかった。

「でも絹田さん、もう四十過ぎてますよね」

「四十過ぎて子供産んじゃいけないの?」

絹田は太くアイラインを引いた目を真一に向けた。

「結婚……してましたっけ?」

「結婚しないで子供作っちゃいけないの?」

「あの……それって可能性の問題ですか、それとも……」

「三カ月よ、今」

さらりと言った。

「まさか妊娠……」

絹田徹子は返事をせずに、未来に微笑みかける。

「みんな知ってるんですか?」

「なんで知らなきゃいけないわけ」

「父親はだれなんですか」

こんなとき真一は、婉曲《えんきょく》に尋ねるすべを知らない。

「さあね」

「ゆきずりの男ですか」

ふん、と絹田は笑った。

「そんな格好のいいもんじゃないわ。仕事仲間。以前、『戦略2000』にいたカメラマンよ、去年の秋に辞めた」

「まさか……あの、あの、あの」

以前、「戦略2000」にいて昨年秋に辞めたといえば、一人しかいない。

「まさか、峰村さん？」

絹田徹子は片方の唇だけ引き上げて微笑した。

「彼、奥さんと子供がいたはずですよね、離婚したんですか」

「知らない」

冷めた口調で絹田は言った。

「あの……」

真一は尋ねた。

「ずっと好きだったんですか？　峰村さんのこと」

「青いわねぇ」

絹田の窪《くぼ》んだ目尻に皺が寄った。

「セックスと妊娠は結びつくけど、好きとセックスは結びつくわけじゃないのよ」

ぎくりとした。自分と梨香子のことを重ね合わせていた。

「梅雨の真っ最中のことだったわ、あれは。毎日じめじめしてて、なんだか気持ちまで腐っちまいそうな日だったわね。仕事帰りで池袋、歩いていたらばったり会ったのよ。なんだか、あのプライド男がさ、尾羽打ち枯らしてって感じで、みじめったらしい顔して歩いてたから、ちょっと一杯やろうって誘ってやったのよ。そしたら秋山さんの悪口で異様に盛り上がっちゃってさ。酔った勢いで、薄汚くて貧乏くさいラブホで一発。この歳になりゃ大丈夫だろうと油断してたら命中しちゃったのよ。情けないったらありゃしない……」

絹田は喉の奥で低い笑い声を立てた。笑いながら、不意に手の甲で涙を拭った。

「なんで……」

真一はようやくそれだけ尋ねた。何が何だかわからない。

「なんで産むのかって？　堕ろそうとしたわよ、そりゃ。でも、歳が歳じゃない。これが子供を産める最後のチャンスなのよ。そう思ったら、急に惜しくなっちゃってね。麻酔される直前に、ベッドから飛び降りて手術室を逃げ出したのよ」

「峰村さんは」

「知らないわよ」

冷めた声で絹田は答えた。

「あれきり会ってないし。食い詰めたあげく、通信社の仕事にありつけたのはいいけど、それがチェチェン報道でね。夏ごろ、現地入りしたらしいわ。彼の友達のカメラマンの話じゃ、連絡が途絶えて一カ月だって。空爆されて死んだところであたしんとこに連絡が入るわけでもなし」

絹田は真一の背後に回り、寝入った未来をそっと背負わせた。背中に赤ん坊の体の湿り気を帯びたぬくもりが広がってくる。

「あの……あの……でも」

そんな風にして生まれる子供の身になったら……そんな問いを発する勇気はない。

「日本の将来がどうの、次世代がどうのと政財官界のオヤジから女性行政のみなさんまで勝手なこと言ってくれるけど、子供作るも産むも、そうご立派なこっちゃないってことよ」

真一は言葉もなく、絹田の前より一層痩せた顔を見つめるばかりだった。

やがて絹田は、くるりと背を向けると部屋を出ていった。

「あ……あの……あの……」

その後ろ姿を追い、真一は呼びかける。

「生まれたら教えて下さい。ベビーベッド返しますんで」

『娘の這うスピードも格段に速くなり、つかまり立ちをするようになった。そしてすぐにつかまり歩きする。言葉はまだしゃべれないが喃語《なんご》を口にし、手づかみで物を食べるようになった。「あむあむあむ」というのは何かを要求しているのである。なにを求めているのかまではわからない。もっとも、娘が要求するものはたいてい食事と、ジュースである。

「たったかた」

とかなり明瞭な音を出すことがある。意味不明であるが、人間が声帯と舌を使っている音である。生まれてすぐは「きゅう」と動物の鳴き声のようなものであったのが大した発達である。

生まれたての赤ん坊というのは芋虫にも劣る運動能力しかないが、寝返りを打ち、這うようになると仔猫仔犬ていどの能力を発揮する。ボールや紐にじゃれつき、抱き上げると手足をばたばたさせて喜ぶ。

つかまり立ちをするようになると今度は猿になった。身体を縦にしたとたん、足を横に動かすより、縦に動かすのが楽しいらしく今度は登るのである。ベビー用椅子の台に登り、大人用の椅子に登る。ひっくり返しそうでおっかない。部屋の隅に積んであるビニールボックスに登り、テレビに登る。

もっとも、猿なみの知能を証明するように、一度でもおっこちた所には二度と近づこうとはしなかった。学習しているのである。大人用の椅子やベビーベッドから這うようにおりる時、足が下に着かないと絶対に手を離さない。一度墜落して痛い目に遭ったのを忘れていないのである。

これまで幸いにして娘は大した病気はしなかった。比較的長期に続いた熱は突発性発疹《ほっしん》であった。乳幼児が決まったようにかかる病気である。

朝のうちから、どうも娘の調子がおかしい。普段なら活発に動き回るものが一カ所に座ったまま指をくわえているだけである。夕方になるとぐったりとして物も食べない。抱き上げると温かい。体温を計ってみると三八度を超える。

このころになるとベビーベッドに横になったままぐったりとして動かない。熱を計りなおしていくと、体温はぐんぐんと上昇していく。

「ねえ、どうしよう？」

妻はおろおろするばかりである。

娘が熱を出したことはあってもこれほどの高熱は初めてである。病院にかつぎこもうにもすでに診療時間を過ぎている。それでも、と藁をもつかむ思いで常日ごろから予防注射や定期健診にかかっている市内の病院に電話をかける。

答えはすげないものだった。「当直医が小児科ではないので、診察できない」。後に知ったのであるが、大人と子供では別種の動物くらいの差がある。通常の内科医は乳幼児に注射することすらできない。育児書を見ると「子供の発熱はウイルス性疾患がほとんどである。熱がでたからといって寒い時期などに病院につれだすよりは家でおとなしくしていた方が良い」ともある。だが、自分の娘が高熱で苦しんでいるのに平然としていられるものではない。

思い余って119番にかけた。

「火災ですか、救急ですか」

数回、鳴らないうちに受話器が上がり冷静な声が対応した。ぼくは最初に非礼を詫び、娘の熱の話をした。生死に関わるほどの緊急事態ではないだろうが、対応してくれる公共機関を他に知らなかったのである。消防署員はやはり冷静に「二十四時間医療機関案内・ひまわり」の番号を教えてくれた。もう一度かけ直す。

夜間八時を過ぎて対応してくれる病院は少ない。こちらの所在地を告げると、都内の三つほどある大病院を教えてくれた。再々度、受話器をとり都立府中病院に電話をかけた。これもまたしごく冷静に「病院の横手に緊急受付があるからそちらに来てくれ」と言った。

自動車を走らせて、府中病院へ駆けつける。間違えて癌病棟につけてしまったが、夜間窓口は隣だった。すでに深夜に近いというのに待合室は一杯だった。頻々とサイレンを鳴らした救急車が駆けつけてくる。

だが、幸いにして小児科の救急患者は少ないらしかった。すぐに名前を呼ばれ、診療室へ入る。

白衣の胸にけろけろけろっぴのワッペンを貼った若い医者が娘の喉を覗きこみ、首筋を探り聴診器を当てる。

「この子、突発性発疹やりました？」

ない、と答えた。突発性発疹の病名だけは知っていた。だが、ぼくには診断する能力はない。

「まず間違いなくそうでしょう。薬だしますから、とりあえず飲ませてください。あんまり熱が高くてごきげん悪いようでしたら頓服《とんぷく》を使ってください。子供の場合、よほどの高熱がでない限りそんなに心配することはありません。病名について、今はまだなんともいえませんが、明日、また来てください」

翌日、近くの医者へ行った。診断は府中病院の医者と同じだった。熱は大して下がらなかったが、娘は旺盛な食欲を示した。医者に受けたサゼスチョンから、気にせずにいたら五日目に赤い発疹が出た。三八度を超える熱が三日四日続き全身に赤い発疹が出る。乳幼児に特徴的な病気の一つで、熱は上がるが後遺症をもたらさない。発疹は治癒する兆候である。翌日には熱も下がり、洗濯物をひっくり返したり、机のものを引き摺《ず》り落としたりし始めた。

こんな具合で、娘は大したことはなかった。ちょっと熱を出したり、鼻をたらした程度で冬を越した。

一方、我々はふらふらになってしまった。

結果、この冬はぼく自身、三度の風邪で寝こんでしまった。冬になると体調を崩すのが通例なので気を遣っていても上手くいかなかった。

年末にぼくが五日ほど寝こんだ。本当に風邪なのかと疑いたくなるような激しい症状だった。

正月前にかろうじて復帰すると娘が熱を出し、この風邪が妻に伝染した。

妻が快癒したと思ったら、今度はこちらがやられた。

夜、ベビーベッドに入れていた娘がむずかるので降ろして添い寝してやる。その時は落ち着いたのだが、乳幼児は寝癖が悪い。しかも、成人より体温が高く、布団をはがしてしまう。自分の布団だけならともかく、親の布団まではがしてしまう。

結局、十二月から三月までの四カ月間、三度寝こんだ』

ふとキーボードを打つ手を止めた。

二、三カ月前のことでも、娘のことだと克明に思い出せる。這い上がろうとした椅子をひっくり返し泣いたときのこと、熱を出してぐずっていたときの顔。

しかしその間、世の中で何があったのか、いや、娘と自分以外の人間にとって何が起きていたのか、何もかもがおぼろげだ。

この日、会社から帰ってきた梨香子と向き合って食事しながら、真一が話をしていると、梨香子がいきなりさえぎったのだ。

「ねえ、真ちゃん、そういう非生産的な話、やめない」

とっさに頭に血が上った。

しかし自分が何を話していたのか、考え直してみようとするとよくわからなかった。

スーパーマーケットで鱈《たら》の切り身が安かった。未来にミルク煮を作ってやったら一切れ全部食べてしまった。

隣の家がこっそり猫を飼っていてベランダに置いたトイレが臭《にお》ってかなわない。それより蚤《のみ》が移ってきて、未来を刺したらどうしよう。

ワイドショーで手軽な肩凝り予防法をやっていた。

ライター仲間の絹田徹子にまもなく子供が生まれるのだが、その父親というのが……。

梨香子もはじめは、相づちを打ちながら聞いていた。しかしそのうち相づちの間《ま》が空いてきた。視線はテレビの画面を追っている。聞いてもらうために、真一はさらに熱心に話す。するとうるさそうにこちらを一瞥する。

元々真一は決しておしゃべりな方ではない。話そうとしても言葉が喉に詰まってしまう。しかし緊張感のない人間関係の中でなら話せた。それがこの数カ月、梨香子の顔を見ると何かを吐き出すように話さずにはいられなくなる。

「戦略2000」のリニューアル創刊号が無事に出版された後、プロジェクトチームは解散した。会議や打ち合わせの回数は減り、育児の合間にアンカーとしての仕事をわずかばかりこなしている真一に、外出の機会はほとんどない。

図書館や研究機関に出掛けていき、データを積み上げ、以前のような科学記事を書きたいが、子供連れではそれもままならない。

何より子供の世話をしながら、他人が書いたデータ原稿を元に記事を書く仕事をしていると、一日中大人と話をすることがない。電話嫌いな真一にとっては、インターネットに接続されたパソコンの十四インチの画面だけが、唯一、社会に開かれた窓となる。なるほど情報は入ってくる。しかし生の人間との交流がなくなると、頭のどこかが麻痺《まひ》したように、現実感がおぼろげになってくるのだ。

母子カプセルという最近週刊誌を賑わしている言葉を思い出し、真一はぎくりとした。このままでは父子カプセルになりかねない。

父と子の閉じられた人間関係。自分の精神状態にとって好ましくないだけではない。娘にとっても好ましい環境であるはずはない。

差し迫った問題は、四、五歳になって幼稚園に通い始めたとき、友達ができなくなるのではないかということでもある。

数日後、早咲きの桜の咲き始めた公園にでかけた真一は、あたりを見回した。同じ年ごろの子供がいる。しかし父親の姿はない。母親が数人のグループを作って群れている。未来の外気浴のために頻繁に足を運んでいる公園だ。そこに来ている母親たちの顔触れもわかっている。向こうも自分の顔を知っているはずだ。初めてやってきたのなら公園デビューなどという儀式も必要だろうが、前から顔を合わせているのだから、話くらいならできるに違いない。

そんなことを思い、真一は勇気を奮い起こしてブランコの近くで群れている数人の主婦に近付いていく。

砂場近くにいるのは、ニットのスーツにヒールの靴、ロングネックレスといった母親たちで、気のせいか美人が多いような気がするが、それだけに気後れする。こういう集団は、仲間内で固まって他人を排除すると聞いたこともあるので恐い。

その点、ブランコの近くにいる母親たちは、トレーナーにジーンズといった服装で、親しみが持てる。入れてください、と言えばだめだとは言わないだろう。

ベビーカーに乗せて、おっかなびっくり近付いていき、「すいません」と声をかけた。

主婦たちは話をやめない。一人がちらりとこちらを見た。笑顔が消え、小さく眉を寄せた警戒の表情に変わった。

「あの……」

言葉に詰まった。

主婦たちは沈黙して、真一をみつめた。一片の親しみもこもらぬ顔だった。

「あの、あの、あの……」

怪しい者じゃありません、ほら、あなたたちの子供と同じくらいの娘です、とでも言わんばかりに、真一は未来の乗ったベビーカーを自分の前に押し出した。

「こんにちは」とぺこりと頭を下げる。からからに喉が渇いた。主婦たちは無言で会釈を返した。

「あら、いつもお父さんが連れてこられるから、どうしてかしらと思っていたんですよ、何かご事情が」とかなんとか、話しかけてくれると思ったのだが、だれも何も言わない。

しかたなく「すいません、何カ月ですか」といきなり子供の一人を指差して質問した。

「一歳と二カ月にはいったとこですけど」

戸惑ったように、その子の母親が言った。

「可愛いお嬢さんですね」と言い慣れないお世辞を言う。

とたんに母親は憮然とした顔をした。

「うちの子、男ですけど」

「あ、すいません……その」

母親たちは薄気味悪そうに後退り、もっと遊びたがる子供を引ったてるようにして、どこかに行ってしまった。

砂場にいたグループも一部始終を見ていたのだろう。真一がちらりとそちらに目をやると、母親たちは一斉に視線を逸らせた。

子供を連れていたのだから、変質者と間違えられたということでもないのだろう。いつも連れてきている子供だから誘拐犯と疑われたわけでもあるまい。しかし平日の真っ昼間、赤ん坊連れで公園に現れる男は、彼女らにとっては間違いなく異邦人だった。

普通の母親にとってさえ難しい公園デビューは見事な失敗に終わり、真一は再びチャレンジする勇気を打ち砕かれていた。

その一方でアンカーの仕事を松井に譲ってもらったとはいえ、ほとんど時間の取れない現状では、来る仕事を断らざるを得ない。引き受けておいてできないよりはましだが、それでもせっかく来た仕事を断ることはフリーランスにとっては命取りだ。いったん断れば、よほどの売れっ子でもなければ、二度とその会社からの仕事の依頼はない。それだけではなく、あのライターは忙しいから頼んでも引き受けてくれない、という情報が業界中をめぐる。

身動きもできないまま、焦燥感と閉塞感《へいそく》に苛《さいな》まれる中でひとつだけ、光が見えた。まもなく四月がくる。

四月。保育園に空きが出る。今度こそ、入れますように。

真一は未来の寝顔に見入り、祈るような思いでつぶやく。

同時に、たった一歳の子供をなぜ他人に預けなければならないのか、とも思う。

いつも行くあの公園で、未来はいちばん可愛い。親のひいき目などでは断じてないと思う。あの砂場のそばのハイソ集団で、わずか一歳くらいなのにスカートなどはかされた女の子より、真一が女の子と間違えたオカマ予備軍の男の子より、未来がいちばん器量よしだ。少し傾きかけた陽に金茶に光る髪が額に垂れている。父親の顔だけをじっと見つめる黒いひとみ、さかんに何か意味のわからない言葉で語りかけてくる濡れた口元。何かひどく哀切な思いにつかれて、真一は未来を抱き締めたくなる。あっという間に通り過ぎていく人生の幸福な瞬間、あまりにもはかない幸福な時間が、そこにあるような気がする。世界も社会も、観念的なものに過ぎず、愛と呼べるものが今、手の中にある。

「パパ、パパ」と真一は自分を指差す。本当は「お父さん」と呼ばせたいが、少し難しい。未来の発する言葉はまだ何も意味をなしていない。

『調査員は事務的に質問事項をまとめて用紙に記入していく。

「現在、養育情況はどうなっていますか？　誰が見ています？」

「まあ、ほとんどぼくです。妻ですか？　土日だけです」

ぼくはまあ、正直に答えていた。

いかに生活がつらいか。妻の時短のためどれだけ収入が減ったか、生活のために貯金をどれだけ崩したのか。

保育園の入園は生活の厳しい順に認められる。

現状では認められないのではないか、かような不安のもとに必死に窮状を訴えたが、その場で結論がでるはずがない。調査員はデータを持ち帰るだけである。調査員本人の意見が判断に影響するとしても市役所に戻ってからである。

「ところで、家《うち》の子入れそうですか。現在の待機状況はどうなっています？」

引き上げる前の調査員に聞くのを忘れなかった。

「えーと、岸田さんの希望なさっている南保育園ですと受け入れ余地四人に対して、十四人が待機中です」

倍率、三・五倍。

目の前が真っ暗になった。

しかたなく私立の保育園に当たる。

我が家では保育園を選ぶ際に第一候補に公立を挙げ、入れなかった場合の受け皿として私立を考えた。どこの家でも同じであるようだ。公立の入園諾否が決まった後、私立に申しこみが殺到する。以前調べた私立保育園のデータを引っぱり出し、電話番号をチェックした。公立に入れなかった場合、申しこむためである。

入れない恐れだってあるとなると、このぼくが娘の面倒をもう一年間、見るのである。来年四月になれば保育園に空きができる可能性が上がる。一歳児より、二歳児の方が受け入れ人数に余裕があるのである。

三月二十日、夕刻、娘に食事をさせているとチャイムが鳴った。

「ただいま」

疲れた声で妻が帰ってくる。お帰り、と声はかけるが娘から手ははなせない。口元に持っていった挽き肉のケチャップ炒めに手を伸ばそうとしているところなのだ。

「これ、いろいろ来ているわよ」

テーブルに妻がさまざまな郵便物を放り出す。早めに届いていた夕刊、妻宛ての業界新聞、ぼく宛ての大学同窓会からの郵便物。ピンクチラシ。大したものはなかった。友人からの手紙などであったら、妻は真っ先にそれを開いて読みふけるはずだからだ。そんなものに混じって市のマークの入った薄手の茶封筒があった。

娘に離乳食を与えながらぼくの心臓は大きく鼓動した。こんなときに市役所から来る郵便物の内容は決まっている。

保育園入園の可否だ。

「ほら、顔拭いて」

ぼくの注意がそちらに向いている間に着がえた妻が娘の口元を拭いている。ほっぺたがケチャップだらけなのだ。

「なんなの、それ？」

「さあ、開けてみないとね」

我ながらすげない答えだったが、まだどちらともわからない。いまさら、どうあがいたところで何も変化はない。封筒に指を突っこみ、書類を引き出す。

筆頭には「南保育園、入園内定のお知らせ」とあった。

「やった」

口には出さなかったが、全身が軽くなった。ぼくは間違いではないかと、何度も通知を読み返した。いくら見返しても「内定した」であった。しかも、第一希望であった南保育園である。

肩の荷が降りた、そんな気分だった。長かった兼業主夫生活に一つの区切りが付くのである。

やがて、正式決定の通知が届き、急に慌ただしくなった。保育園が指定するような衣類、昼寝用の布団、布オムツ……そんなものを短期間にかき集めた。

四月二日。保育園の入園式の日。妻は会社の休みを取った。和歌山から義母までやって来た。あろうことか留め袖を着ていた。

帰りは四人で公園の池でボートに乗った。池の周囲に植えられた桜は七分咲きで夢の国のようだった。

翌日から慣らし保育が始まった。最初、三時間程度から始めて、保育時間を延ばしていくのであるが、我が娘には慣らし保育はほとんど不要だった。ぐずる子が多い中、娘は床に降ろされると親など気にかけず一目散におもちゃに駆け寄って行った。

朝、妻が娘を保育園に送り、夕方、ぼくが引き取りに行く生活が始まった。

娘と妻を送り出し、リビングの床を拭く。食事のたびに娘が飛び散らかす米粒や水滴の量が生半可ではないのだ。

その上に掃除機をかける。洗濯が終わり、ベランダの物干しにかけて買い物に出かける。娘の好きな豆腐と挽き肉と大人用の晩ご飯の食材を買いこんで帰って昼飯を食べると、午後はまるまる仕事に当てられる。

いままで、娘の食事や、オシメの交換、散歩に費やされていた時間が自分の仕事に使える生活が戻って来た。今、ぼくはリビングのテーブルにノートパソコンを置いてこれを書いている。

書きながら、何かが物足りなくてときおり目を上げる。視線はいつも娘が眠っていたベビーベッドに吸い寄せられる。

誰もいないベビーベッドは少し寂しかった』

「それじゃサインしてちょうだい」

秋山が、一冊の本を真一の前に置いた。ごく薄いソフトカバーには、「ぼくはパパになった」とタイトルがつけられている。

「自分の作った本にサインもらうのが、あたしの編集者人生の生きがいなのよ」と秋山は笑った。

帯にある「ゼロ歳児と向き合って——共生時代の足音　男女役割分業を超えて」という実情を知るものにとっては悪い冗談としか思えないキャッチコピーは、秋山がつけたものだ。

とにもかくにも、未来の誕生日から一カ月遅れで、真一の書いたエッセイは一冊の本としてまとまった。

発売日のこの日、松井が音頭を取り、調布にある寿司屋の二階に「戦略２０００」のライター仲間が集まったのだった。

「私にもサイン」と菜穂子と奈々実も本を真一に渡す。

ぺこりと顎を突き出してお辞儀するだけの真一の脇で、梨香子は未来を膝にのせ「本当にありがとうございます。皆様のおかげで、本まで出せただけでなく、こんな会までもよおしていただいて」と丁寧に頭を下げる。

「いいえ」と菜穂子と奈々実が、声を揃えて言った。

この場に絹田徹子の姿はない。帝王切開で少し前に赤ん坊が生まれたばかりで、外出できないのだ。見舞いに行った奈々実によれば、だれに似ているのかわからないが、りりしい顔立ちの男の子だったという。

「あたし、今、飼ってるゴールデンでいい。子供よりかわいいし、男よりラブラブだもん」と菜穂子は言う。

未来は奈々実に抱かれている。

「赤ん坊って、汚いっスね」などという発言をした女と同一人物とは思えない笑顔で、「未来ちゃーん」などと呼びかけ、頬ずりしている。

タイミングを見計らい、ゆったりと手を伸ばし、梨香子は奈々実からわが子を受け取り、哺乳瓶の野菜ジュースを飲ませる。

「よかったねぇ、未来ちゃん、お姉ちゃんに抱っこしてもらって、ねえ、うれしいね」

完璧な母親というよりは、聖母の笑みを浮かべて梨香子はわが子に呼び掛ける。

サインをしながら真一は、未来の方を見る。目が合った。未来が梨香子の腕のなかで、身をくねらせる。

「あらあら、どうしたの？」と梨香子が手を離す。傍らにいる菜穂子の膝や奈々実の肩に摑まりながら、あぶなっかしい足取りでこちらにやって来る。

真一は中腰になって手を差し伸べた。

真一を見上げて、未来は唇を動かした。そして小さく、しかし鮮明な発音で言葉を発した。

「パパ」

その場にいただれも、未来の発した初めての言葉に気づかなかった。しかし真一だけには聞こえた。

「そう、そうパパだよ、パパ」

サインペンも本も放り出し、真一は未来の体を抱き上げた。

「ぼくがパパなんだ」

あとがき

篠田節子

「育児をしない男を父とは呼ばない」「父性の復権」「男も取ろう育児休暇」

一九九七年、少子高齢化への危機が叫ばれる中、世間では男の子育てをめぐるさまざまな議論が沸騰していた。

そして私が作家仲間六人と借りている仕事場でも、一人、父親になろうとしている男がいた。本書で育児日記部分を担当している青山智樹である。

女の子誕生からまもなくして実母を亡くし、子育てに適した住まいも、保育園もみつからないまま、時には我々が原稿を書いている仕事場に子連れで出勤する。

そこで目のあたりにした若い父親の愛と苦労と狼狽《ろうばい》の日々は、傍《はた》から見ればそれなりにめでたく、おかしく、ペーソスに満ちていて、ときに迷惑でもあった。それ以上にさまざまな機関のブチ上げるスローガンや政治家、評論家による小理屈を無力化するほどの生々しい迫力に満ちていた。

そんなある日、出版社を通じて私の手元に書評して欲しいという本が数冊送られてきた。育児休暇を取った労働組合の幹部や企業の管理職といった男性たちによって書かれた「子育て日記」だ。

どれもこれもが格好の良い内容だった。育児休暇を取ったどの男性も、素敵だった。その格好良さと素敵さに、私は違和感を覚えた。

同じ部屋で背中に子供を括《くく》り付け、架空戦記を執筆している青山智樹に「どう思う?」とその本を見せると、彼の感想は私とは異なり、いかにもエンタテインメント作家らしいものだった。

「プロの作家が書けば、同じ育児日記だってもっとおもしろいものに仕上がるんじゃないかな」

「じゃあ、あんたが書いたら?」

その場でノンフィクション・ノベル「真一くんの育児日記」の構想は固まった。

青山智樹が担当する「真一くんの育児日記」を中心に据え、私が主人公真一くんの身辺で起こるさまざまな出来事を短いストーリーに仕立てて添える。スローガンや各方面の利害に絡《から》んだ主張では拾い切れないさまざまな事情を語ることによって、読者の間で本音の議論が交わされる土俵ができたら、というつもりだったが……。

しかし「真一くんの育児日記」に前史を付けることになり、それを私が全面的に担当したことで、当初、意図したものとはだいぶテイストが変わってしまった。何しろSFパニックホラー出身の私は、チマチマして湿度の高い家庭劇など大嫌いなのである。特にモンスター物が得意（なつもり）なので、登場人物までもモンスターにしないでは気が済まなかった。

ノンフィクション・ノベル「真一くんの育児日記」の長い長い前史は、結果的に『百年の恋』として独立し、長編エンタテインメント小説となった。

いずれ「真一くんの育児日記」も日の目を見ることになるだろうが、その頃には子育てのためのさまざまな環境が今より整っていることを願ってやまない。

青山智樹

妻が身籠《みごも》った。三十五歳での初産である。

少子高齢化の進む中、一生に一度あるかないかの千載一遇のチャンスである。

詳細にメモを取り、自作の小説なり、あるいはそれだけで一冊の形になるように書きつづっていた。作中日記にあるように保育園が見つからず子供を背負って家事や、時には子連れで出勤したりして執筆を続けた。

苦労する他人の様子を横目でじっと見ていた篠田節子が話し掛けてきた。

「日記とかつけてる？　あったら見せて」

もちろん、存在する。プリントアウトして渡した。

数日して、篠田節子から、

「これをベースに合作をしないか？」

との話が持ち掛けられてきた。続いて、どのような話にしたいか、何をするつもりか、語ってくれた。

とまれ、このあたりがきっかけとなって篠田節子の中で『百年の恋』の構想が固まったのはあきらかだ。

合作に当たって、育児日記の部分はだいぶ縮小することを余儀なくされたが、かなりの使えそうなエピソードが残されている。

以後、詳細な打ち合わせが繰り返された。時にはメインストーリーに変更が加えられたり、本来純然たるノンフィクションである部分に手を入れたりもした。時には日記部分のエピソードをフィクション部に繰り入れたり、逆も行って現在の形となった。

さて『百年の恋』で大きな話題となるのがモデル問題である。

私自身、週刊朝日連載時に「岸田真一のモデルなのか？」と多くの人々から訊ねられた。その際にいちいち「違う」とこたえ続けてきた。

あまり長々と弁明を続けるといいわけがましくなるので、このあたりで抑えるが現実には数人の人物を含めたハイブリッドであるとするのが正確であろう。その一要因として自分が入っているのは否定しない。

また、もう一方の重要人物、梨香子については篠田女史によると、仕事を持つ既婚女性、五人のうち三人に「あれのモデルは私ですか？」と訊ねられたそうである。なお残りの二人は「私以外にもあのような人がいると知って安心した」というものだそうであるが、小説家などというものナチュラルに嘘をつく人種なのでどこまで本当なのかこれまた不明である。

当初、メモ程度でしかなかった育児日記を読み物としてまとめるうちに私の中にも様々な思いが浮かんでは消えた。時には少子化の問題であり、時には高齢化に関してであった。自分の身を振り返って分析をかけてみると、この二つはかなり密接な関係にあるのがわかる。

さらには……『百年の恋』では二人はなんとなく結婚しているが、結婚観についての男と女の隙間《すきま》のようなものも見つけられた。

これらは本著作とは別に自分なりの作品としてまとめるつもりである。

解説——幸せのかたち

藤田香織

未だに忘れられないことがある。

二〇〇一年一月、本書の親本が刊行された約一ヶ月後の新年会。編集者とライターが集まったその席上での話題は、もっぱら「最近読んだ本」についてだった。多くを語らずとも話の通じる人と、好きなものについて話をするのは、幸せなひと時で、私は気持ちよく酔っていた。

いくつかの本が話題になり、そのたびに最年少だった私は先輩たちの深い洞察力と知識にいたく感動し、「なるほど、なるほど」と、ぶんぶん首を上下に振っていた。やがて話は出版されたばかりの『百年の恋』にも及んだのだが——。

「いや、凄《すご》いよね。いくらなんでもあんな女いないっしょ。あそこまで書ききっちゃうのが篠田節子の面白さだけどさ」

「っていうか、実際にはあのヒロインがあんな男と結婚すること自体、まずないよ。ああいう女は結婚しないほうが幸せなんじゃないの？」

私の酔いは一気にさめた。正確ではないけれど、内容は間違っていないと思う。それだけ印象的だったのだ。

「あの男、悲惨すぎ」「あんな女と結婚するなら、一生独身でいい」「下着まで男に洗わせるってどうなの？」「ありえねー」。三十代後半から四十代にかけての男性諸氏が口々に述べる感想を聞いて、何というか「男の本音」を小耳に挟んだような居心地の悪さを感じてしまった。

なぜって。

私にとって『百年の恋』は、過剰でも過激でもない、「ありえねー」どころか、「さもありなん」的物語だったから。

そして邪悪な私は思ったのだ。「あんな女いないっしょ」と無邪気に言える男の人って、なんて幸せなんだろう、と。

本書の主人公・岸田真一は、三十歳。職業は海外ＳＦの翻訳家。とはいえ、本業ではまだまだ無名の存在。それだけでは食べていけないのでマニュアルの翻訳や化学記事のライターとして原稿書きに勤《いそ》しみ、どうにか生計をたてている。小太りで背は低く、オタク気質で女性経験どころか恋愛経験もほとんどない。年収は二百万円。

そんな真一が、おたふく風邪に罹《かか》った同業者のピンチヒッターとして出向いたインタビュー仕事で運命の出会いを果たしたのが「あんな女」こと大林梨香子。真一より三歳年上で、東大理学部数学科の大学院を修了。信託銀行に入行後、社内留学でアメリカに渡りMBAを取得し、現在はその能力を生かして国際営業開発部の営業開発プロジェクトマネージャーという重責に就いている。年収八百万円の、いわゆるバリキャリである。

自分より年齢も、身長も、収入も上の梨香子に最初は苦手意識を抱いていた真一は、けれど、ちょっとばかり好きな飛行機の話に梨香子が興味を示してくれたことで舞い上がり、すとんと恋に落ちてしまうことから、本書は動き出してゆく。

が、恋に落ちたのは真一のはずなのに、この後の展開が梨香子主導で動いて行くことに留意して欲しい。

取材お礼のメールにセスナに乗せて下さいというお願い、本を貸してもう一度会う口実を作り、返してもらうついでに真一の家に遊びに行きたいと申し出て、手作りのパウンドケーキを持参する。

やるなぁ、と、思わず苦笑せずにはいられない。大抵の女性読者であれば、この過程を読むだけで、梨香子が狩りモードに入っていることに気付くはず。

けれど、恋愛経験皆無な真一は、自分が狙われているとは微塵《みじん》も気付かず、結婚の了承を取り付けると仕事仲間に「女なんて、やっちまえば、こっちのものですからね」と大見得を切ったりしているのだ。あぁなんて、なんて無邪気で幸せな真一くん！

かくしてまんまと梨香子の狙いどおり狩られてしまった真一は、結婚式の準備に、新居探しに、引越しにと、ひとり奮闘するはめになる。

ようやく薔薇《ばら》色の新婚生活が始まる……と思いきや、梨香子は家事能力がゼロで、洗濯、掃除、炊事と一切の家事が真一の身にふりかかってくる。おまけに梨香子はちょっとしたことで癇癪《かんしゃく》を起こし、苛立《いらだ》ちを隠さず真一にあたり散らす。こんなはずじゃなかった。こんな結婚生活、望んでなかった――。

初めての海外出張から戻った日、汚れたまま放置されたいくつものティーカップと、全自動洗濯機の中で黴《かび》の生えた洗濯物を見た真一は、ついに離婚を決意する。だが、その矢先、なんと梨香子の妊娠が発覚。問題は何ひとつ解決しないまま、先送りにされ、出産、育児と結婚生活は続いてゆく。

先に挙げたように、真一と梨香子の生活は男性から見れば、どうやら耐え難いことらしい。実際、真一も妻らしさ、母親らしさの欠片《かけら》もない梨香子に我慢の限界、怒り心頭だ。

でも。もしも、この夫婦が男女逆転していたら？

家事の一切を妻に任せ、仕事に猛進している（あるいは逃げている）夫なんて、珍しくもないどころか、それが「あたり前」だとされている。世の中に自分のパンツを洗ってくれる妻に日々感謝を捧げている夫なんて、どれほどいるのか。確かに昭和の時代に比べれば、いわゆる亭主関白な夫は減少傾向にあるとは思う。けれど、いくら「夫も家事に協力しよう」だの「家族との時間を大切にしよう」だのとスローガンが掲げられても、長年すり込まれた「夫は仕事をして家族を養い、妻は家庭を守る」的な思考はそう簡単に変わりゃしないのだ。なのに、それが「女が働いて男が家事をこなす」となると、どうしてこんなにヤヤコシイことになるのだろう。

一方で、初婚年齢が上がるにつれ、梨香子ほどではないにしろ、三十歳を過ぎて結婚し、子供ができても産休、育休をとって、働き続けるワーキングマザーは飛躍的に増えている。彼女たちは、そりゃもう懸命に頑張っている。本当の意味で「理解ある夫」はまだまだ少なく「協力するよ」の言葉もあてにならない。それどころか「好きで働いてるんだから、家事も育児もちゃんとやれよ」とあたり前のような顔をして言い放つ夫だっているわけで。仕事と家事と育児。たとえお金で解決できることがあっても、目配りは欠かせない。自分のことは常に後回しで、趣味ってなに？　充分な睡眠ってなに？　な状態が何年も続いたとしたら？　ある日、プツリと堪忍袋の緒が切れて、梨香子化しても不思議じゃない。

あとがきで、本書の育児日記部分を担当された青山智樹さんが、梨香子について〈篠田女史によると、仕事を持つ既婚女性、五人のうち三人に「あれのモデルは私ですか？」と訊ねられたそうである。なお残りの二人は「私以外にもあのような人がいると知って安心した」というものだそうであるが、小説家などというものナチュラルに嘘をつく人種なのでどこまで本当なのかこれまた不明である〉と記しているが、それは紛れもない事実ではないだろうか。世の中、綺麗事じゃ生きられない。子育てなんて尚更だ。プライドなんて、いくら振りかざしても子供は泣きやまない。今出来る人が、今出来ることをやる。それだけのことがどうしてこんなに難しいのだろう。

本書には、そうした素朴かつ根強い疑問が、とても現実的に描かれている。なんで？　どうしてこんなことになっちゃったんだろう。二人ではじめた生活なのに、自分ばかり損をしている気がする。結婚生活において、そう思うことは決して珍しくない。

けれど、そんなふうに日々「損」と「得」をはかりにかけて暮らしてゆくのは、なんだかとても勿体《もったい》ない。顔や、身長や、立場や、趣味が人によって異なるように「幸せのかたち」なんて、みんなそれぞれ違うのだ。あたり前のことなのに「これでいいのだ」と人はなかなか思えない。悩んで、喧嘩して、時には少し立ち止まって、互いの気持ちを確認しあって、少しずつ自分たちの幸せを見つけてゆくしかない。「夫婦の聖戦」には終わりがないけれど、喧嘩はひとりじゃできないのだ。

物語の最後の一行。娘を抱き上げた真一の〈「ぼくがパパなんだ」〉という台詞が胸に沁《し》みる。とても、とても深い一言だと思う。

最後に。恐らく本書は圧倒的に女性読者に好まれる作品だと私は思うのだが、ぜひ、恋人や夫にもお薦めしてみて欲しい。感想を聞くのはちょっとドキドキするけれど、そこから、新しい「幸せのかたち」が生まれるきっかけになるといいな、と願っている。

この作品は二〇〇三年十月、朝日文庫として刊行されました。

篠田節子の本

集英社文庫

絹の変容

レーザーディスクのように虹色に輝く絹――。その妖しい光沢にとりつかれた長谷は、ハイテク技術で蚕の繁殖を試みるが……。バイオ・テクノロジーの恐怖を描く。小説すばる新人賞受賞作。

神鳥 イビス

27歳で謎の死を遂げた明治の画家・河野珠枝。彼女が死の直前に描いた絵の秘密を追う女性イラストレーターと作家は、地獄絵のような恐怖世界に入りこんだ……。異色のホラー長編。

愛逢《めであ》い月《づき》

甘く切ない恋の至福の時は短く、小さなすれ違いから崩れていく……。恋という魔物にとりつかれ、執着と妄想の世界へ傾いていく男と女の美しくて残酷なラブ・ミステリー6編。

女たちのジハード

保険会社に勤める異なるタイプの女性たち。
結婚、仕事、生き方に迷い、挫折を経験しながらも、たくましく幸せを求めてゆく。
現代OL道を生き生きと描く、第117回直木賞受賞作。

インコは戻ってきたか

夫も子供もいるキャリアウーマンの響子は、カメラマンの檜山と
地中海キプロス島を取材することに。ところが現地の紛争に巻き込まれて……!?
女性のリアルな恋と冒険を描く長編小説。

S 集英社文庫

百年《ひゃくねん》の恋《こい》

2007年 1 月25日　第 1 刷　　定価はカバーに表示してあります。
2016年 4 月12日　第 4 刷

著　者　篠田節子《しのだせつこ》

発行者　村田登志江

発行所　株式会社　集英社
東京都千代田区一ツ橋2-5-10　〒101-8050
電話　【編集部】03-3230-6095
【読者係】03-3230-6080
【販売部】03-3230-6393（書店専用）

印　刷　凸版印刷株式会社

製　本　加藤製本株式会社

フォーマットデザイン　アリヤマデザインストア　　マークデザイン　居山浩二

ISBN978-4-08-746119-0 C0193